CRÉPUSCULE VILLE

Lolita Pille est née en 1982 à Sèvres. Elle est l'auteur de plusieurs romans, dont *Hell*, qui a été adapté au cinéma en 2005.

Paru dans Le Livre de Poche :

BUBBLE GUM

HELL

LOLITA PILLE

Crépuscule Ville

ROMAN

GRASSET

© Éditions Grasset & Fasquelle, 2008.
ISBN : 978-2-253-12743-7 – 1re publication LGF

A mon père.

« Quand je me sens des plis amers autour de la bouche, quand mon âme est un bruineux et dégoulinant novembre, quand je me surprends arrêté devant une boutique de pompes funèbres ou suivant chaque enterrement que je rencontre, et surtout, lorsque mon cafard prend tellement le dessus que je dois me tenir à quatre pour ne pas délibérément descendre dans la rue envoyer dinguer les chapeaux des gens, je comprends qu'il est temps pour moi de prendre le large. Ça remplace pour moi le suicide. »

Herman MELVILLE, *Moby Dick*.

PREMIÈRE PARTIE

Le Grand Black-Out

Colin Parker avait déposé les armes au terme d'une nuit froide de janvier 21. Il ne se souvenait pas de la date exacte. Il supposait que ça s'était produit en janvier 21 car la télévision avait abondamment mentionné le premier anniversaire de la Guerre Narcotique. Il se souvenait de ça : les interviews des vétérans entrecoupées d'enregistrements de terrain qui tanguaient sous la course et les balles. Toute la nuit, le crépitement des mitrailleuses s'était mêlé à celui de la pluie, tandis qu'il allait et venait dans son appartement, à s'agiter en tout sens à la façon d'un animal pris dans des barbelés. Jusqu'à l'aube avait régné une atmosphère de fébrilité qui précède, en général, les grands départs. Mais il n'y avait pas eu de départ pour Colin Parker. Et il n'y en aurait plus, jusqu'à l'ultime voyage.

Il mourrait étouffé. Etonnant, déjà, qu'il ait survécu jusque-là. Colin Parker était un miraculé de la mort lente, un tube digestif en sursis, hésitant entre lâcher prise et endurer plus avant sa longue agonie végétale. Parfois, entre deux cuites, il était saisi d'accès de désespoir et il se croyait mort. Et s'il était déjà mort, il ne mourrait jamais. La mort n'était pas ce qu'on croyait.

Ce n'était pas une fin. C'était une condamnation à perpétuité, un aller sans retour pour une éternité de tortures immobiles.

Du moment où son corps avait commencé à échapper à son contrôle, il se souvenait encore moins. Sa conscience altérée par l'abus de psychotropes, était depuis longtemps débarrassée de l'encombrante notion du temps. Au même titre qu'il n'envisageait pas de terme à ses tourments, il était incapable d'en concevoir l'origine, et si, parfois, des souvenirs confus lui revenaient, ils lui semblaient appartenir, non pas à une époque passée, mais au domaine de l'imaginaire, comme un lieu chimérique, impossible, où il s'était rendu en songe, où il avait eu une enfance et des femmes, dont il avait respiré l'air et arpenté les rues.

D'abord son corps s'était développé d'un coup. Ses membres étaient recouverts de chairs superflues. Son ventre s'était alourdi, ralentissant sa marche, englobant bientôt sa poitrine et ses hanches et son visage dans le miroir avait revêtu une enfance un peu ridicule. Il envahissait l'espace d'une façon nouvelle. Le moindre mouvement devenait pénible. Il passait des nuits blanches à se tourner d'un côté puis de l'autre pour échapper à l'inconfort qui le privait de sommeil. Il se procura des somnifères. Ses forces s'amenuisaient. Il se fatiguait vite et attendait avec encore plus d'impatience l'heure des repas.

Puis les regards portés sur lui changèrent. Il avait toujours suscité l'indifférence et en avait souffert. A présent, ceux qu'il croisait le fixaient avec dégoût. Il en souffrit plus encore. Il avalait des litres de soda antidépresseur. Malgré les mises en garde répétées de son Traceur, il avait dévoré chaque jour davantage. Ce fameux matin de janvier 21, il n'avait pu entrer que dans un seul de ses quatre costumes. Un ensemble gris perle fait de lainage et d'élasthanne. Son emploi exigeait le port du costume et Colin Parker fondait ses derniers espoirs sur le gris perle, malgré une tension menaçante aux coutures du pantalon. A huit heures et demie, dans les couloirs du transdivisionnaire, une horde de collégiens en uniforme l'avaient accablé des premiers quolibets du jour. Il s'était réfugié dans les toilettes publiques et avait constaté, non sans soulagement, que la couture était encore valide. Cependant, cet épisode lui permit de mieux envisager le sort qui l'attendait, si la couture craquait.

Il arriva en retard à son bureau, tour Clair-Monde. La plupart de ses collègues étaient à leur poste. Il sentit leurs regards fixés sur lui tandis qu'il traversait les locaux changés en champ de mines. L'amour qu'il vouait à son travail lui apporta un peu de répit. Il rédigea cinq présentations produit pour du shampooing sec et des crèmes d'entretien plastique. Les textes étaient concis et respectaient les figures imposées en les enrichissant d'une note d'humour toute personnelle. Le comité les approuverait sûrement tels quels. Colin Parker en éprouva une fierté qui se retrouva instantanément gâchée par un craquement entre ses jambes. Huit ou dix points, pas plus, avaient sauté mais Colin Parker s'estima d'ores et déjà foutu. Ce n'était qu'une question de secondes. Au moindre mouvement brusque, au moindre soupir, la couture éclaterait sous lui et il se retrouverait en sous-vêtements à la merci des regards. Alors l'indifférence polie qui

régnait au département Communication des cosmétiques Clair Derm se changerait en rumeur de lynchage.
On le montrerait du doigt et on rirait aux éclats. On
prendrait des photos qui circuleraient ensuite de Traceur en Traceur sous des légendes assassines. Peut-être
même qu'on lui lancerait une agrafeuse au visage. Puis
les rires s'éteindraient et laisseraient place à un froid
mépris. On se lasserait de l'animal en se félicitant
d'être si bien lotis en comparaison. Colin Parker attendit la fin de la journée sans oser respirer. A dix-neuf
heures, ses collègues gagnèrent, par grappes, les ascenseurs. Quand le département fut tout à fait désert, il
fila à petites enjambées. Il prendrait un taxi pour rentrer chez lui.

Au pied de la tour Clair-Monde, deux taxis refusè-
rent de le charger. Il insista auprès du second chauffeur, le menaçant de porter plainte. Le chauffeur
s'emporta et lui dit que son taxi n'était pas un wagon
à bestiaux. Il démarra en trombe et ce qui restait du
costume gris perle en fut tout éclaboussé de neige fon-
due. Colin Parker abandonna son idée de taxi mais ne
se résolut pas pour autant à s'aventurer dans les rames
bondées du transdivisionnaire. Il décida de rentrer à
pied. Les rues étaient sombres et il avait l'habitude de
raser les murs. Quand il atteignit Texaco Boulevard,
l'événement redouté se produisit. Elasthanne ou pas,
le pantalon de Colin Parker finit par se déchirer pour
de bon. Il se trouvait à un quart d'heure de marche de
son appartement, tour Alegria. Il avait froid, il avait
faim et il avait envie de pisser. Il était seul, en pleine
rue, dans son costume déchiré. Devant lui, une publicité pour des jeans étirait la silhouette alanguie d'un

*homme parfaitement bâti sur toute la longueur d'un
bloc. L'homme semblait lui adresser un clin d'œil vic-
torieux et Colin Parker se cacha derrière un abribus
pour pleurer. En effet, l'homme avait gagné. Et lui,
Colin Parker, avait irrémédiablement perdu.*

*Il pleura toute la nuit. Il brisa des objets fragiles. Il
brisa le miroir de la salle de bains, à coups de télécommande, en poussant des cris suraigus. Il but près d'un
litre d'alcool et le double de soda euphorisant. Vers
quatre heures du matin, il envisagea de mettre fin à
ses jours. Il chercha, en vain, un moyen indolore. Il
préféra finir la vodka. Quand il s'endormit, les réverbères halogènes projetaient déjà l'aube à travers les
persiennes.*

Il savait qu'il n'irait plus travailler.

*La Ville traitait bien ses prisonniers. Colin Parker
demanda une aide financière en alléguant une « inap-
titude chronique au travail due à une difformité catégorie A ». Un médecin lui rendit visite et tenta de lui
prescrire une reconstitution plastique. Il refusa, c'était
son droit. Le médecin confirma la catégorie aux autorités compétentes. On lui alloua une petite somme
d'argent mensuelle. Cette somme couvrirait ses frais
de nourriture et de boisson, la connexion au Réseau,
le câble et l'électricité. Il possédait un Traceur grâce
auquel il pouvait passer ses commandes, un monte-
charge isotherme pour acheminer les susdites commandes, un robot ménager autonome à quatre-vingt-deux
pour cent. Il possédait un écran-titan et l'accès à trois
mille chaînes dont la fonction Hologramme lui permettait de projeter son alter ego en situation dans les
programmes « dont vous êtes le héros », fonction dont*

il attendait avec impatience qu'elle soit active sur les chaînes pornographiques. Grâce à sa télécommande centralisée, il pouvait, sans quitter son lit, guider l'écran, modifier la luminosité, manipuler les stores, persécuter le robot.

L'extérieur, au contraire, n'avait plus rien à lui offrir, excepté quelques rencontres stériles avec des êtres dont il avait du mal à croire qu'ils étaient ses semblables, dont le regard insistant lui rappelait douloureusement qu'il n'était pas aux normes.

Chez lui, il fixait lui-même les normes. Solitaire, il restait digne, oisif, il était enfin libre. Il décida de se reposer quelque temps. Il ferma la porte et cacha la clef. Sur l'écran, le présentateur signala une énième tentative d'épuration du ciel, la mort suspecte de Lila Schuller, quelques méfaits de morts bancaires, le premier anniversaire de la Guerre Narcotique.

Il s'allongea sur le lit et commanda une côte de bœuf de quatre cents grammes avec des frites au couteau et de la béarnaise, deux pizzas aux poivrons, une omelette, une portion de canard au curry, un litre de crème glacée, un assortiment de macarons, deux litres d'Euphore Light au gingembre et quatre oreillers supplémentaires en soixante-cinq sur soixante-cinq. Sur la chaîne Clair d'Etoiles, on annonçait une fiction avec Lila Schuller en première partie de soirée, puis la retransmission de son autopsie.

Colin Parker soupira de contentement, monta le son et tout en bénissant la Ville et le Progrès qui le lui accordaient enfin, il s'apprêta à vivre.

Et il vécut, selon ses vœux, pendant plus de dix ans.

Etendu toute la nuit, toute la journée, les yeux rivés

à l'écran, la télécommande à portée de main, il bouffait. Il bouffait tout le temps, sans arrêt, sans plaisir.
Peu importait que ce soit chaud ou froid, bon ou mauvais, cru ou cuit, solide, liquide, frais, vivant, périmé,
dégoûtant. Ce qui comptait, c'était le geste machinal
de la cuiller aux mâchoires, les mâchoires en action,
l'estomac au travail. En engloutir assez pour tromper,
à défaut de combler, le vide qui grandissait à l'intérieur
de lui. Pour apaiser ses entrailles changées en Furies,
qui réclamaient sans cesse. Son corps le possédait, il
était l'esclave de sa tuyauterie. Bientôt, il n'y eut plus
de jour, plus de nuit, plus de temps. L'inlassable addiction avait dissous les cycles qui ordonnaient le temps
pour recréer sa propre alternance de satiété en fuite,
d'éternelle frustration, jusque dans le sommeil, jusque
dans l'instant même où il y répondait. La faim le
tenaillait alors même qu'il était en train de manger.

La première année fut paisible, la seconde indiffé-
rente, la troisième difficile. Dès la quatrième année, sa
mémoire commença à se troubler, son esprit à s'affai-
blir. Il continuait de grossir. Il dormait assis, de peur
de suffoquer pendant ses rares heures de sommeil. Sa
solitude devint de moins en moins soutenable. Les
doses massives d'antidépresseurs qu'il s'administrait
pour la tolérer, dévastaient son système nerveux. Il
faisait des cauchemars, rêvait de matière organique
palpitante, de slogans publicitaires hypnotiques, d'oiseaux de proie qui lui déchiquetaient les viscères. Il se
perdait dans une non-zone aride où rendu fou par le
manque, il finissait par se dévorer lui-même. Une nuit,
il rêva que les charognes dont il s'était nourri, repre-
naient vie dans son ventre et se débattaient. Il se

*réveilla en sursaut, les poings crispés, l'abdomen meur-
tri par les coups qu'il s'était infligés pour neutraliser
les monstres imaginaires.*

*Ses rêves et les menus de ses repas, c'était là l'es-
sentiel des anecdotes qui composaient désormais son
existence. Bien qu'en marge, il n'échappait pas aux
règles et était tenu de s'acquitter chaque jour de ses
onze minutes de confession obligatoire. Matin et soir,
à heure fixe, son Traceur sonnait et la Voix lui posait
la question consacrée : « Cher Abonné, comment allez-
vous ? » Les réponses de Colin Parker variaient en
fonction des substances actives. Parfois Colin Parker,
en plein trip de soda à l'opium, se mettait à chantonner
un standard brésilien qui causait d'insensibilité. Quelques notes suffisaient à ramener sa mère. D'elle, il ne
possédait plus grand-chose. A peine une dernière image
aux couleurs ternies à force d'évocations. La mère rentrait du bar où elle travaillait aux premières lueurs de
l'aube. Elle s'installait devant la maison, face à la mer,
avec une bouteille et un verre. Elle mettait un disque
et orientait l'appareil vers le large. Elle se saoulait
jusqu'à midi. C'était toujours le même disque, une
bossa nova triste à mourir. Puis les littoraux avaient
été évacués, l'ombre s'était abattue sur la Ville et la
mère s'en était allée. Et Colin Parker était resté seul.
La solitude de Colin Parker. Souvent, Colin Parker
composait de sa propre initiative la touche C pour
Confessionnal et pendant des heures, il répétait qu'il
était seul. Quand l'appel du Grand Central le cueillait
en plein répit anxiolytique, ses confessions se bor-
naient à une énumération de choses qu'il avait mangées ou comptait manger. Dans cet état où rien*

*n'importait, Colin Parker s'estimait presque heureux.
Mais ces moments de grâce se firent de plus en plus
rares, à mesure que son corps s'accoutumait aux médicaments. Il augmenta les doses. Varia les catégories.
S'administra des mélanges. Chaque fois, il rattrapait
son sursis pour une courte période puis son sursis le
distançait de nouveau. Il atteignit des posologies dont
le tarif, pour tout autre, aurait été la mort. Elles ne
causaient chez lui qu'une vague somnolence. Il passa
de la codéine aux hypnotiques, des hypnotiques aux
benzos, des benzos aux antidépresseurs, des antidépresseurs aux psychopharmacologiques. Des psychopharmacologiques à l'héroïne légale. De l'héroïne légale à
l'opium en tablettes.*

Il resta à l'opium en tablettes.

*Il fut frappé de démence au cours de la cinquième
année. Peut-être que toute cette came l'avait rendu
cinglé. Peut-être aussi que le mal sommeillait en lui
depuis un bon bout de temps et que la came s'était
contentée de lui donner sa chance. Certains jours,
Colin Parker était convaincu qu'un parasite avait pris
possession de son corps. A plusieurs reprises, il le décrivit en confession comme un « animal de cauchemar,
une sale bête à l'appétit d'un tonneau percé, aux dents
longues comme des couteaux ». Colin Parker prêtait à
ce parasite l'intention de le faire imploser. Malgré sa
force extraordinaire, l'animal avait un talon d'Achille
que Colin Parker comptait bien exploiter pour le vain-
cre. Il était allergique au vinaigre. Bien que son Assistant lui affirmât que son organisme n'abritait sûrement
pas d'animal de cette sorte, Colin Parker se mit à boire
deux litres de vinaigre par jour. Il en conçut de terribles*

maux gastriques qui le persuadèrent que sa stratégie
défensive était inefficace. Les maux de ventre étaient,
bien entendu, un coup du parasite. Colin Parker tran-
cha pour l'ablation.

Il entreprit de se déchirer les chairs un matin de
mai 26. Sous l'influence des opiacés, il ne ressentit la
douleur que vingt-cinq minutes plus tard. Il avait eu
le temps de pratiquer dans son propre corps, un orifice
de quelques centimètres de profondeur. Ce fut à la vue
du sang qu'il perdit conscience, un sang bouillonnant,
d'un rouge de lave. Il sombra dans le coma pour six
jours entiers.

Il se réveilla sevré, les idées clarifiées par la saignée,
avec un appétit d'ogre. C'étaient là des conditions pro-
pices à la rémission.

Et finalement, ce fut la télévision qui le sauva.

Pendant cinq années, Colin Parker ne s'était jamais
arrêté de grossir. A présent, il semblait n'être plus fait
que d'un seul bloc. Bien qu'il crût, à chaque kilo supplémentaire, qu'il avait atteint l'extrême limite, celle
que son corps au bord de l'éclatement ne pourrait plus
repousser, celui-ci paraissait capable de se dilater à
l'infini. Sa peau avait bleui. Ses vaisseaux gonflaient
sous la surface. Il avait des escarres. Il s'affaiblissait
encore et encore, il se délabrait, son cœur battait la
chamade et ses membres plombés se refusaient à tout
mouvement mais cela n'avait plus d'importance car
l'écran lui avait tout restitué. Dans la pièce obscure,
aux volets fermés, dans son abandon, sa solitude noire,
l'écran lui avait rendu la lumière. Et il courait à perdre
haleine au bord des océans qu'on avait interdits, enfon-
çant jusqu'à mi-mollet dans la chaleur du sable, ses

jambes retrouvées. Il s'envolait même et fendait l'air, les yeux fermés, enivré par le vent qui lui fouettait le front, jusqu'au cœur des nuages, dans un ciel rallumé. Lui qui avait souffert les vexations des autres toute une vie de misères sans oser répliquer, il leur fermait la bouche, à coups de poing, à coups de dents, faisait gicler leur sang jusqu'à ce qu'ils crient grâce. Puis il changeait de programme et retrouvait ses femmes, belles comme des souvenirs rectifiés, toutes celles qui n'avaient pas voulu et celles qu'il inventait et puis il les baisait l'une après l'autre, et jamais il n'aurait imaginé que les femmes, ça puisse hurler comme ça.

Il était justicier, héros, surhomme, avec une cote d'enfer, plus vivant que jamais sous forme de pixels en mouvement sur l'écran rédempteur, l'écran-miroir qui lui renvoyait le visage qu'il savait, rajeuni, remodelé, vierge de toute douleur, beau comme une publicité en 3 × 3 sur le mur d'en face. Et les yeux désillés du vrai Colin Parker scrutaient les profondeurs du miroir enchanté et clignaient incrédules, au spectacle piteux d'un homme énorme et laid, visible en angle mort à l'autre bout de la pièce.

Finalement, quand Colin Parker se donna la mort, le soir du Grand Black-Out, il commençait tout juste à aller mieux.

*

* *

1

Il était un peu moins de vingt heures quand Syd Paradine émergea de sa banalisée dans le coup de feu des sorties de bureau, sur Packard Boulevard. La chaleur humide de l'air l'atteignit comme une brûlure. La clim extérieure avait dû lâcher. Syd inspira profondément. L'oxygène en surchauffe charriait des odeurs de bouffe à emporter, d'essence et de sueur. Le feu tardait à passer au rouge. Syd s'engagea dans la mêlée d'employés de bureau qui mordait sur le passage clouté. Sur le trottoir opposé, une mêlée identique lui faisait face, visages étrangers, altérés par la fatigue d'une journée de travail, qu'émaillait çà et là le flou inquiétant d'un masque à gaz.

Huit heures sonnèrent à l'horloge de la tour Clair-Monde au moment même où le droit de passage fut relayé par les feux et leurs boîtiers vocaux à l'usage des aveugles. Des deux côtés du boulevard, la foule s'élança d'un bloc, comme recrachée par des vannes. Presque tous dégainèrent leur Traceur. C'était l'heure. Syd traversa Packard Boulevard de la démarche incertaine d'un type encore ivre de la veille, avec pour égayer le ressac hallucinatoire qui lui caressait les tympans, le chœur à mille voix de la Confession du soir. L'atmosphère semblait s'alourdir de seconde en seconde. Syd porta la main à son front et y essuya une mince pellicule de sueur. Sous sa veste en cuir, son tee-shirt était trempé entre les omoplates. Il hâta le pas jusqu'au Starbucks.

C'était la chaleur qui l'avait chassé de sa chambre d'hôtel. L'hôtel Nokia-Hilton : un gratte-brouillard aux allures de colombarium au pied duquel se mourait la partie noble de Texaco Boulevard. L'hôtel Nokia-Hilton. *Chez lui.* Vingt-deux mètres carrés de solitude, déclinée en une palette exhaustive de gris. Vue plongeante sur les embouteillages. Syd s'était réveillé vers dix-sept heures, d'un sommeil perverti par une trop grande quantité d'alcool. Une douche froide, le café médiocre de l'hôtel, un examen prolongé des photos prises la veille, au sommet de la tour Dionysia, et la tempête avait recommencé de faire rage sous son crâne, que son esprit embrumé n'avait pas le pouvoir d'apaiser. Il s'était étendu sur le lit et les instants s'étaient égrenés, blancs, industrieux, chacun pesant son poids de vie en moins. Au plafond, le ventilateur agitait ses pales en pure perte, dispersant l'air brûlant sans que la température baissât le moins du monde.

Le Starbucks était bondé et on y causait canicule. Un écran-titan diffusait un tract du ministère de l'Apparence. Syd visa les files d'assoiffés qui se pressaient aux cinq caisses. Le ministère de l'Apparence gaspillait son argent ; au-dessus de Texaco Boulevard, on avait déjà fort bien compris la leçon. La plupart des abonnés en vue étaient déjà passés sur le billard. Des

visages reconstruits au rayon-scalpel dans une tentative bien vaine de ressembler aux Etoiles. Comme sa
mère en son temps, comme son épouse en cours.
Comme tout le monde en fait. Syd frissonna et porta
instinctivement la main à sa joue. Il tâta sa peau
râpeuse sous une barbe de deux jours. Lui n'était
pas passé sur le billard et il était fermement décidé
à se laisser vieillir selon l'ordre naturel. Il avait l'imposture en horreur. Cette foule autour de lui la portait, sculptée sur la figure. Et cette imposture était la
digne conséquence d'une série de mensonges. Le
droit à la Jeunesse. Le droit à la Beauté… Syd se
rendit compte qu'une bonne moitié des individus
présents s'étaient déniché une parcelle de vitre où
s'observer. Pas un seul d'entre eux ne paraissait plus
de vingt-deux ans. Tous avaient les yeux bien fendus
et les sourcils si arqués que le reste du visage semblait
y être suspendu. Le nez inexistant et les pommettes
assignées au renfort des sourcils. Les lèvres hyper-
trophiées, comparables à des organes. Le joli visage
de l'hyperdémocratie.

Syd commanda deux maxis de café glacé. Il paya
avec son implant bancaire. Il lui sembla que le regard
de la fille à la caisse obliquait vers son alliance. Il prit
ses deux cafés et s'installa à une table avec vue sur
la rue où traînait un exemplaire chiffonné du *Courrier de l'Urbs*. Il sucra sa boisson et déploya le journal. Les gros titres mentionnaient le nouveau veto de
l'Exécutant Watanabe aux Trois-Huit. Syd commença à lire quand la porte d'entrée claqua sur une
marche martiale et précipitée. Il leva les yeux : aux
caisses, les visages des employés étaient convulsés de

trouille. Syd sut de quoi il s'agissait avant même de se retourner. Les descentes du S.P.I. étaient de plus en plus fréquentes, même au-dessus de Texaco Boulevard. De plus en plus d'abonnés se rendaient coupables d'Activités Anticitadines. Syd regarda. Deux agents en noir appréhendaient un rouquin à peine majeur. Avec son Traceur, l'un d'eux scanna le poignet du môme. Celui-ci protesta et l'autre agent le fit taire d'une baffe. De là où il se tenait, Syd ne pouvait distinguer le visage des agents, dissimulés par de larges visières. Personne ne le pouvait. Personne que le môme. Et le môme se pissait dessus en chialant.

Les deux agents le menottèrent et l'embarquèrent. Syd regarda le fourgon démarrer et filer à toute blinde sur le boulevard. Il tourna le coin de la Vingtième Rue puis disparut et Syd eut la vision prémonitoire d'un corps blême d'adolescent abandonné sur des terres de bannissement.

Son regard s'égara vers le carrefour. Fortune Square et son manège de bolides kamikazes. Derrière, le Bloc du S.P.S. se dressait : archaïque, fuselé, morne comme seuls savaient l'être les locaux administratifs des services publics, avec tout de même cette aura sulfureuse dont étaient revêtus, aux yeux de l'abonné modèle, les commissariats et les prisons.

La Préventive-Suicide occupait les derniers étages. Syd contempla les lumières s'allumer une à une, jetant à travers les strates de brouillard les signaux d'une mécanique en branle à cette heure vespérale où le quidam se hâtait par la Ville, vers son canapé et sa télécommande. Bien que le jour et la nuit ne fussent plus départagés que par les tranches horaires mises en place par l'Exécutif, les abonnés avaient gardé en eux l'ordonnance séculaire des humeurs, et les comportements clandestins étaient restés fidèles à la nuit. Syd se dit que c'était typiquement le genre de réflexion qu'il lui faudrait taire au cours de l'interview. La télévision venait à neuf heures et il avait écopé du traquenard. Caméra fouille-merde et entretien d'une heure sur ce ton de la confidence que prisait tant l'imbécile de téléspectateur de Clair-News. Manière que Syd comptait bien exploiter pour l'intox : détourner l'attention du fond, en faisant converger tout l'interrogatoire vers le petit bout de lorgnette de sa propre routine.

Une routine qui, sans doute, ne passerait pas le cap des prochaines vingt-quatre heures. Syd finit son café en se demandant s'il pointerait tout à l'heure au Bloc pour être aussitôt cueilli par la conclusion d'enquête des Affaires Internes. Il allait être suspendu, et peut-être même révoqué. Les sanctions des Affaires Internes étaient effectives immédiatement, et dans ce cas, ce serait tant pis pour Sylvia Fairbanks de Clair-News et son maudit cinquante-deux minutes. Syd se demanda à quoi il occuperait son temps quand il ne serait plus flic. Il fit appel à sa raison pour étouffer en lui un nouvel assaut de remords. Il songea à la découverte qui avait découlé de son acte de miséricorde en tentant de lui attribuer les vertus d'une justification.

Il enfouit le poing dans la poche de sa veste et crispa les doigts sur son appareil photo. Son Traceur marquait 20:25 et le dossier n'arriverait pas avant neuf heures moins le quart à son bureau d'altitude,

par voie Delivery. Il avait encore un peu de temps
devant lui et s'autorisa quelques minutes supplémentaires de larmoiements.

Sa carrière avortée.

Et un tout autre genre de contrat sur le point
d'expirer.

Machinalement, il déploya la main où son alliance
brillait de l'éclat morne d'une promesse prête à se
rompre. Une sorte de loyauté imbécile, non pas
envers *elle*, mais envers sa propre parole, l'avait
empêché de l'ôter et de la remiser au fond d'un tiroir
jusqu'à la cérémonie d'expiration. Il soupira. Dans
quarante-huit heures, il serait libre à nouveau. Ce qui
signifiait seul, à nouveau. Un sursaut d'angoisse le
traversa, semblable à ceux qui martelaient ses aubes
quand il buvait trop, lancinant, incolore et vaguement extralucide. Il entrevit son propre avenir, un
chapelet de tranches horaires rigoureusement semblables, prêtes à être dévidées en rond. Il pensa à la
nuit dernière.

Il avait quitté la tour Dionysia vers minuit, butin
en poche. Dionysia se trouvait en plein cœur des
quartiers-écrans et, alors qu'il cherchait un taxi sur
Ford Avenue, ses pas l'avaient ramené à son ancienne
adresse. Là, le besoin d'un verre s'était fait cruellement sentir. Syd avait laissé passer deux taxis coup
sur coup et avait regagné les petites rues insalubres
où la mitraille de spots publicitaires allait decrescendo. Il n'avait pas envie de rentrer chez lui. Pendant quelques minutes, il avait erré sur les terres de
sa jeunesse, remarquant au passage quelques enseignes déboulonnées, le fantôme d'un chien de combat

hurlant derrière la grille du parking des tours, la bonne vieille odeur de pierre humide et de phosphore surchauffé et pas âme qui vive. Du grabuge sur les voies qui longeaient la rivière de Ferraille. Deux paniers à salade et une voiture de patrouille. Stups et Clandestine à se partager la besogne attrayante des premières affectations : rafler junkies et morts bancaires tout confits dans leur crasse. Syd avait passé son chemin. Alors qu'il remontait Florence Avenue vers Sub-Tex, il s'était fait accoster par un gosse de huit ans qui tapinait en solitaire, à des blocs et des blocs du secteur de tolérance. En matière de dissuasion, Syd avait sorti sa plaque. Le gosse avait ouvert de grands yeux et précisé que pour les flics, c'était demi-tarif. Il voulait se payer quelques armes en plus pour aborder le quatrième niveau du Jeu. Syd lui avait filé ses dix balles et l'avait traîné par l'oreille jusqu'à un rade du coin où la mère du chérubin s'envoyait des vodkas modifiées au fond d'un box. Une vague réprimande et Syd ne s'était pas attardé. Derrière le bar, une pâle copie de Lila Schuller lui avait jeté une œillade triste entre deux paupières en plastique. Son Traceur avait sonné pour lui signaler sa conquête. La voix sucrée du Grand Central avait bourdonné le message idoine :

« A quelques mètres de vous, quelqu'un vous désire en secret. Pour consulter sa fiche signalétique, tapez S et laissez vous guider. Avec Clair-Monde, l'amour est à quelques mètres. Avec Clair-Monde, le bonheur n'est plus une utopie. »

Par curiosité, Syd avait jeté un œil à la fiche de sa Lila Schuller en solde. Les niaiseries habituelles.

Autodéfinition d'une conne, en bonne et due forme. Etat de santé, clair, derniers examens en date de la semaine dernière. Naissance, 12 juin 81 en Huitième Zone Est. Cinquante ans. Cinq décennies. Un demi-siècle.

Il jeta un dernier regard à la petite famille qu'il venait de recomposer, le temps de voir son biffeton passer des mains du gosse à celle de la maman qui rendit la monnaie et se commanda un verre. Puis il était rentré se saouler seul, chez lui, au trente-neuvième étage de l'hôtel Nokia-Hilton.

Il était 20:45 précises quand Syd franchit le portique de sécurité du Bloc, pour constater que le bâtiment n'avait pas été épargné par la panne. Il ôta sa veste, la roula en boule et la garda à la main tandis qu'il franchissait le hall dallé de marbre dont émanait un semblant de fraîcheur. La nouvelle fille à l'accueil l'appela par son nom : un coursier l'attendait là-haut et sa femme avait téléphoné une bonne quarantaine de fois. Syd demanda à la fille si par malheur, elle avait communiqué à sa femme, son nouveau numéro de Traceur. La fille répondit que non. Tous les postes de l'accueil sonnèrent en même temps et Syd s'enfuit vers les ascenseurs. Il y croisa deux gros bras de la Préventive-Homicide qui remontaient des sous-sols. Il n'était pas au mieux avec les Homicides depuis l'affaire Legrand et les collègues le saluèrent avec froideur et s'écartèrent de lui comme si les emmerdes étaient contagieuses.

Syd traversa l'open space dans le brouhaha d'usage : cliquetis de claviers, ronflement des imprimantes et des ventilos, avec le bruit blanc de la radio au repos. Il consulta le tableau de service et n'y vit ni convocation à son adresse chez les sommités du premier étage, ni note extraordinaire de la hiérarchie pour le relever de ses fonctions d'officier-commandant. Une brève mention de la visite de Clair-News pour neuf heures et devant son bureau, le coursier Delivery l'attendait, suant et soufflant dans son uniforme en toile de parachute jaune vif, à promener des regards de haine rentrée sur ces connards de flics tout à leur indigne besogne : passage à tabac de clavier d'ordinateur, maltraitance d'imprimante récalcitrante, violences sur machine à expresso.

Syd se présenta, fournit son numéro à dix chiffres d'abonné Delivery et reçut des mains du coursier une grande enveloppe en papier kraft où se devinaient les contours d'un objet rectangulaire, épais d'une quinzaine de centimètres. Dans le mouvement que l'employé Delivery eut pour lui tendre le pli, Syd aperçut des scarifications sur toute la longueur de son avant-bras. Il conserva un visage impassible et pria l'homme de patienter quelques minutes. Il entra dans son bureau et referma la porte. Il lança l'impression des photos qu'il avait prises la veille, au sommet de Dionysia. La machine ronronna. Il s'empara de son second café, s'installa dans le fauteuil et l'orienta vers les baies vitrées. Le fauteuil grinça sous son poids et, dans ce qui était supposé être un thermos, les glaçons avaient fondu. Syd avala deux cachets d'aspirine aux corticoïdes à l'aide d'une rasade de café tiède, s'essuya le front et baissa la radio. Ensuite, seulement, il rompit le sceau Delivery qui cachetait l'enveloppe et en extirpa le dossier.

C'était un classeur en fin cuir noir que les années avaient molli jusqu'à le rendre presque aussi souple que les documents qu'il contenait. Texte et images, provenances et qualités variées. Coupures de journaux, rapports incomplets à en-tête de la Criminelle de Deuxième Division, feuilles de service d'un simple soldat au bataillon des Engagés Volontaires dont le nom disparaissait sous d'épaisses ratures au feutre noir, pages manuscrites recouvertes d'une prose fébrile à l'orthographe incertaine, photos d'inspirations diverses : les stades successifs de l'obscurcissement du ciel, avec la date et l'heure en bas à droite, et quelques clichés de son propre visage tuméfié, méconnaissable, figé par le coma, datés du 21 mars 20.

Ni chapitrage, ni chronologie, rien pour endiguer le désordre. A première vue, une compilation de témoignages officiels ou personnels des pages noires de l'histoire hyperdémocratique. Hasardeuse. Invertébrée. C'était l'idée. Ce n'était rien de plus qu'une sauvegarde, une extension de mémoire. Tout y était, tout ce dont Syd voulait se souvenir avec l'acuité des impressions à chaud : l'incendie de l'Innocence et sa classification douteuse d'accident, la nature particulière de son service à la Guerre Narcotique, ses démêlés personnels avec le S.P.I., quelques considérations sur les Labos, une vague chronique de l'agonie de l'ère solaire.

C'était cette dernière affaire qu'il lui fallait mettre à jour.

Syd allongea le bras vers l'imprimante et en retira les photos. Il s'assura que le détail en était bien visible et les glissa dans une pochette plastique qu'il inséra en bonne place parmi les documents d'ouverture. Il prit une enveloppe neuve dans le tiroir de son bureau mais se ravisa au moment où il allait y enfouir le classeur. Il le rouvrit à la première page, se ménagea un temps de réflexion qui avait tout d'un recueillement, poussa un bref soupir puis s'attela à relire cette sentence vieille de trente années, en se demandant jusqu'à quel point sa découverte de la veille autorisait le doute, voire la réfutation.

CLAIR-NEWS
Mercredi 20 avril 02 – Première édition

SOUS PRESSION DU GOUVERNEMENT VENCE, LE C.M.R.M. PUBLIE SES TRAVAUX TENUS JUSQUE-LÀ AU SECRET LE PLUS STRICT

PRONOSTICS D'UNE APOCALYPSE EN MARCHE

C'est avec une verdeur de langage rarement observée chez ses pairs que le Pr Richard Kaplan, directeur du prestigieux Centre Municipal de Recherches Météorologiques, a démenti hier, dans les pages du *Courrier de l'Urbs*, nos révélations concernant l'imminence d'une mutation climatique.

Raison de Cité fut invoquée ce matin, lors de la conférence de presse donnée par le prof, quant à la gigantesque intox que constituait ce démenti qui faillit bien coûter à notre journal sa réputation jusque-là sans tache. En effet, les travaux du pool de scientifiques conduit par notre ami au lexique fleuri auraient été classés confidentiels depuis leur attribution début 01. « Le secret était nécessaire pour préserver nos concitoyens, a déclaré le mal embouché, nous avions le S.P.I. au cul. » Fin de citation. « Et cela se justifie, car nos résultats sont d'une telle nature, que je ne donne pas cher de l'ordre public, quand ils seront connus du vulgaire. Je vous les communique aujourd'hui, car la donne a changé. Le cyclone récent confirme que le processus s'est accéléré. A l'heure actuelle, je pense que c'est la moindre des choses que de vous prévenir que nous sommes foutus. »

Tout commence le 22 décembre 99, six mois jour pour jour après le grand krach. Un observatoire sibérien signale au C.M.R.M. la présence inquiétante de zones d'ombre entachant le rayonnement solaire. Depuis quelque temps déjà, la population s'insurge contre la dégradation gênante du cycle des saisons qui semble s'être réduit à un long hiver violé par intermittence d'éclaircies caniculaires.

Le secteur agricole est en crise. La Ville s'endette auprès de Clair-Monde pour lancer l'opération Jardin d'Hiver. Deux cent cinquante-huit chantiers démarrent courant 00, les serres périphériques sont opérationnelles l'année suivante, avec les excellents résultats que nous savons. Cependant, la disparité du rayonnement solaire ne laisse pas de préoccuper l'Exécutant Vence, sensible depuis toujours à la question de l'environnement. Kaplan est débauché de sa sieste à l'université et assigné à résidence au C.M.R.M. avec budgets illimités et casting de première classe. L'équipe s'empoigne début 01. Première étape : élucider les rapports des satellites

Martyre VII et Antinea qui signalent un obscurcissement alarmant de la terre vue du ciel. Les brumes s'amassent au-dessus de nos têtes. Nous nous plaignons des intempéries. Le pire, comme à son habitude, est encore à venir.

Le C.M.R.M. prélève un échantillon de gaz. Six mois d'analyse à temps plein pour ce résultat : une combinaison constituée de dioxyde de carbone, de suies et d'un élément inédit, synthétisé par des micro-organismes aérobies qui conféreraient à l'ensemble la propriété de se régénérer et de proliférer. « Un scénariste de série B ferait le topo ainsi, a déclaré Kaplan, ce gaz est vivant, conquérant et increvable. »

En septembre dernier, Kaplan fait part de sa découverte à son vieux camarade Vence. Il lui fait part également des conséquences probables du phénomène. Vence l'exhorte à agir. Kaplan, sans grand espoir, repart pour une longue croisade à l'antidote, un combat perdu d'avance contre l'inéluctable. Il tente la mise en place de dispositifs aériens conçus pour absorber et résorber les brumes en cours de formation : les Capteurs. L'opération Déluge se solde par un échec intégral pour une perte sèche de deux milliards d'unités. Les Capteurs sont déboulonnés et détruits.

« Les propriétés organiques du gaz le vouent non seulement à rééquilibrer sa masse en se régénérant, mais en plus à s'étendre. Constitué comme un corps pur, il est impossible d'en séparer les éléments. Il est impossible de le recréer artificiellement. Il est impossible de le neutraliser. » Kaplan dissipe néanmoins nos angoisses quant à l'éventuelle nocivité du gaz : inodore et dénué de toute propriété délétère, il est peu probable qu'il corrompe ou raréfie l'air que nous respirons.

« Ce que nous avons à redouter est d'une autre nature. Sa forte teneur en suies lui confère une densité et une opacité qui obstruent le rayonnement solaire. Nous ignorons encore à quel point cela est lié à l'activité cyclonique exceptionnelle qui persiste sur le littoral ouest. Nous savons simplement que cette activité est durable. Nous savons simplement que cette obstruction au rayonnement du soleil perturbe notre climat. Nous savons simplement que le gaz prolifère à grande vitesse et que, d'ici quatre à cinq ans, cette obstruction sera totale. »

Deux années y avaient amplement suffi. Un crépuscule long de sept cents jours et puis la nuit était tombée comme une condamnation. Syd referma le classeur et le jeta sur ses genoux. Il se traita d'imbécile. Sa découverte au sommet de Dionysia : une preuve tangible qu'un vice entachait la version officielle. Et après ? C'était là un mal courant, dont souffrait plus d'une version officielle. Syd se dit qu'il avait tort de tenir ce dossier. Il avait tort d'alimenter ainsi son scepticisme. Parce qu'il avait ramassé quelques cadavres dans le placard de l'hyperdémocratie, il prétendait douter de l'hyperdémocratie elle-même. Des fantasmes. Il ne valait pas mieux que ces illuminés qu'on entendait vociférer à travers le mur du parking collé aux arrivées de la Préventive-Psychiatrique. L'uniforme en plus, et l'intelligence de fermer sa gueule en Confession. Syd leva les yeux vers les baies vitrées et contempla pendant quelques minutes Microsoft District scintiller dans le lointain : la masse des tours titanesques dont les cimes se perdaient dans les premières strates de brouillard, la voie aérienne du transdivisionnaire qui serpentait entre les buildings, quelques hélicos en maraude. Des hauteurs du Bloc, l'îlot d'immeubles offrait l'aspect d'un arc métallique qui aurait eu pour fonction de supporter le couvercle opaque du ciel. Haute entre toutes, la tour Clair-Monde promenait son faisceau sur toute la surface du centre-ville. La lumière était si puissante que le soir tout entier semblait rayonner aux couleurs de Clair-Monde.

« Voilà la réalité », se dit Syd et il fut pris d'une soudaine envie de vomir. Il exhuma quelques comprimés de Nauzépam du tiroir de son bureau et les avala avec le restant du café. L'interphone sonna pour lui signaler que l'équipe télé était arrivée. Laissez-passer en règle, contresigné par le chef Dunbar et le ministère. Syd dit à la fille qu'il était prêt à recevoir les visiteurs, fourra le classeur dans l'enveloppe et se hâta d'aller ouvrir au coursier. Le gosse se brûla en scellant l'enveloppe et Syd aurait juré qu'il l'avait fait exprès.

Il signa tout ce qu'on voulut et regarda partir l'uniforme jaune en pensant à l'époque pas si lointaine où lui-même le portait. Avant la guerre, comme tous les gars fauchés de sa génération. Onze ou douze ans plus tôt. A sillonner la Ville, à distribuer des paquets aveugles : une place aux premières loges pour s'assurer que Delivery ne rigolait pas avec la confidentialité. On accédait à la salle des coffres par quatre portiques détecteurs de matière, dans le chœur d'aboiements d'une horde de chiens renifleurs. Les paquets rescapés du contrôle gagnaient leur candidature au secret. Les clients n'avaient ni nom, ni visage et choisissaient eux-mêmes leurs numéros d'attribution. Le S.P.I., malgré ses innombrables passe-droit, n'y pouvait fouiner que sur mandat de perquisition à tampons mutiples.

La moindre des choses pour l'usage que Syd en avait.

Son dossier : de l'activité anticitadine pure et dure. Chaque fois qu'il le récupérait pour une vaine mise à jour, il hésitait à le détruire. Une superstition l'en empêchait. Ces quelques pages : le symbole d'une insoumission sur laquelle il avait bâti son identité. Dans leur destruction, il voyait un acte de reddition. Un consentement. Un jour, le S.P.I. tomberait dessus. Il fallait vivre avec ce risque ou bien se perdre.

Syd marcha à la rencontre de la télé en tournant et retournant dans sa tête le concept audacieux de mort accidentelle par balle.

*
* *

« ... Car le rôle essentiel joué par le Traceur dans nos sociétés ne se borne évidemment pas à relier les individus entre eux via des ondes visiophoniques. Cette fonction, déjà exploitée des siècles auparavant dans des sociétés archaïques, ne représente qu'un pourcentage infime de l'éventail de possibles impliqués par l'usage pandémique d'un émetteur-récepteur intelligent. Dans les années 70, Louis Clair occupe un poste d'ingénieur informatique au sein d'un groupe important de téléphonie mobile. La circulation de l'information et la connexion entre les individus le passionnent et le frustrent : pour lui, la richesse des nouvelles technologies n'est exploitée qu'à trente pour cent de sa valeur. Le rapport d'optimisation est le même que celui qui consisterait à fabriquer un avion pour l'assujettir à une voie ferrée. Et l'innovation tiendrait pourtant à peu de chose. Si la téléphonie du moment sert à connecter un individu A à un individu B, la téléphonie du futur reposera tout entière sur la création d'une entité C : une entité omnisciente, intelligente, voire extralucide. Clair mettra trois ans à concevoir son programme et sept ans à le mettre en place. L'idée de Clair est simple : tablant sur l'addiction des individus à leur téléphone portable, il prend tout d'abord l'initiative d'en centraliser les ondes, rendant possible en tout premier lieu un pistage presque infaillible des déplacements dans l'espace de ces mêmes individus. Nous sommes en 79 et le Grand Central vient tout juste d'être activé. Il est doué d'une intelligence artificielle de pointe, capable, en recoupant les informations tracées, d'anticiper des événements aussi cruciaux qu'un coup de foudre ou un accident de voiture. C'est d'ailleurs dans le cadre de la Préventive-Routière que le système connaît son lancement officiel, l'été 82. La touche A pour Alerte Accident vaut aux automobilistes une immunité presque totale et à Louis Clair, le succès qui lui permet de s'émanciper et de créer sa propre compagnie : Clair-Monde. Il

franchit alors l'étape suivante et active la touche S
pour Sentimental. On donne aux abonnés la possibilité de programmer leur Traceur pour qu'il traque
à leur place les profils correspondant à leurs préférences. Ainsi, quand un Traceur est localisé dans un
rayon de cinquante mètres autour de la cible profilée,
celle-ci reçoit-elle un bulletin l'en informant. Les
résultats sont immédiatement probants. Sur cent bul-
letins envoyés, soixante donnent lieu à un rapport
sexuel effectif. Le taux de satisfaction grimpe à qua-
tre-vingt-dix-huit pour cent. On ne meurt plus guère
sur les routes et on baise un maximum. Quand Louis
Clair est emporté en 92 par un cancer généralisé, il
laisse derrière lui une fortune personnelle de cent
trois milliards d'unités, un trust tentaculaire et un
monde meilleur. Par la suite, les fonctions inhérentes
au système vont se multiplier. La touche R pour Rela-
tionnel, la touche C pour Confessionnal, la touche P
pour Pistage, la touche E pour Esquive, et caetera.
Près de quarante ans plus tard, le système de Clair
n'a cessé de prospérer et de se diversifier. La confession obligatoire a donné lieu à de véritables révolu-
tions dans le secteur commercial entre autres. Les
désirs exprimés à chaque instant par des millions
d'abonnés sont ainsi redirigés vers les agence de Pertinence qui elles-mêmes les redirigent vers les entreprises concernées, leur permettant de chiffrer leur
production à hauteur de demande et surtout de
répondre de plus en plus exactement aux besoins de
chacun. Mais la plus belle innovation, c'est entre ces
murs qu'elle a eu lieu. Je me trouve en ce moment
au Bloc du S.P.S. : le Service de Protection contre

Soi-Même. Un gratte-brouillard de soixante-dix étages, en plein centre de la Deuxième Division. Mille
cinq cents bureaux, quatre mille salariés, répartis sur
cinq départements dont la renommée n'est plus à
faire. Préventive-Médicale, Préventive-Psychiatrique, Préventive-Agression, Préventive-Suicide, Préventive-Homicide. Cinq départements dont le rôle
est tout simplement de sauver des vies. Comment
fonctionne le S.P.S. ? Quel rôle le Grand Central
joue-t-il ? Qui sont les sauveteurs de l'ombre ? Dans
quelques instants sur Clair-News, nous pénétrerons
ensemble dans les coulisses du Bloc et rencontrerons
le lieutenant Syd Paradine, numéro 2 de la Préventive-Suicide, qui témoignera pour vous de son expérience exceptionnelle de fonctionnaire héros. »

Sylvia Fairbanks, de Clair-News, continua d'adresser un sourire caressant à l'intention du mur du fond,
quelques longues secondes après avoir mis le point
final à son introduction. Elle avait tenu à déballer le
baratin à l'arrivée des urgences, avec à l'arrière-plan,
les irruptions frénétiques des fourgons et des ambulances, et la procession de prévenus entravés qu'on
convoyait vers les ascenseurs en les tenant par la
main, ou à coups de pied au cul, selon le chef d'intervention. En plus de cette chaleur à vous rendre
fou, le Bloc tout entier bruissait d'une rumeur
d'alarme : des raids de morts bancaires à l'intérieur
des murs de la Ville. Rumeur que le flash info de
vingt heures n'avait pas jugé utile de rendre publique.
Le tableau au-dessus de la pompe à essence affichait
des chiffres supérieurs à la moyenne ; les Agressions

menaient par sept missions effectuées contre quatre Suicides et deux Homicides, et il n'était pas neuf heures et demie.

Syd sentit s'estomper les bienfaits du Nauzépam. Il avait des sueurs froides et l'impression que son corps était tout entier contenu dans ses nerfs. Des conditions idéales pour s'acquitter d'un interrogatoire filmé. Syd avait eu le temps de se faire une idée du cas Sylvia Fairbanks. Tailleur-pantalon agressif, reconstruction plastique moyenne gamme, et beaucoup trop de dents. Sans parler de ses opinions pro-Clair. On aurait dit une amie de sa femme. Syd n'avait pu s'empêcher de lever les yeux au ciel quand elle avait mentionné le « monde meilleur » que Clair avait laissé derrière lui. Réaction à bannir pour l'interview. Si par miracle, il passait à l'as sur l'affaire Legrand, il ne tenait pas à gagner sa révocation pour attitude nuisible à l'image de l'institution. Son reniement du S.P.S. remontait à loin : le cas Legrand n'en avait été que la première manifestation, comme un majeur bien tendu à l'adresse de l'institution dans son ensemble. Seulement, s'il haïssait son propre boulot et commettait des actes stupides en conséquence, il y tenait comme à ses deux jambes valides.

Sylvia Fairbanks l'interpella : « Lieutenant, nous sommes prêts pour la visite. »

Il marmonna que les civils n'étaient pas censés employer les grades et se dit que s'il arrivait à raconter exactement le contraire de ce qu'il pensait, il se tirerait de ce traquenard avec les honneurs.

Il conduisit le duo aux Dépouillements, au dernier étage du Bloc. Sous le plafond de verre, la chaleur était proprement insoutenable et les gars des Dépouillements protestèrent en sourdine quand Syd leur demanda de remettre leur chemise pour la caméra. Il fallut faire trois prises parce que Sylvia Fairbanks voulait du naturel. Trois fois consécutives, Syd dut expliquer face caméra que personne au Bloc n'avait accès aux informations confidentielles révélées par les abonnés en Confession. C'était le Grand Central qui décrétait l'état d'urgence. Syd n'avait pas les chiffres en tête mais un bon pourcentage des abonnés était classé rouge. Les « velléités suicidaires dormantes » étaient identifiées dès l'enfance et surveillées tout le long de la vie du sujet, grâce aux mêmes logiciels psy qui établissaient, par exemple, le cahier des charges des préférences sexuelles, les dispositions violentes et les déviances.

L'état d'urgence déclaré, un pli partait alors pour le Bloc. Sur le pli, ne figurait rien de plus que l'identité et la localisation de l'abonné en détresse, un bref descriptif de son mal, le taux d'alerte et une estimation du délai d'intervention. Les Dépouillements aiguillaient le pli vers le service concerné et en archivaient une copie. C'était la régie du Bloc qui lançait la mission proprement dite, selon la position des effectifs. Ensuite, la patrouille la plus proche branchait sa sirène et son gyrophare et fonçait le long des couloirs payants, histoire d'aller sauver quelqu'un de lui-même.

Syd jeta un œil vers la salle des Archives dont l'expansion lente menaçait de bouffer tout l'étage. Il avait fallu casser des cloisons et déménager la maintenance informatique au soixantième. Pulsions de

mort, fixettes dégueulasses, des mômes qui se scari-
fiaient, des types qui guettaient des femmes seules,
des femmes et des hommes seuls qui se laissaient
mourir.

Ils montèrent dans l'ascenseur. Ils descendirent au
trente-neuvième étage. Ils franchirent trois portiques
de sécurité. Ils ne franchirent pas le quatrième. Les
civils n'étaient pas autorisés à pénétrer dans le magasin. A travers la vitre, le cameraman filma les rangées
de flingues à fléchette de tranquillisant qui côtoyaient
les vrais flingues. Les gradés et le département des
Homicides avaient un port d'arme. On leur recom-
mandait l'utilisation minimale mais il n'était pas rare
qu'un suspect se fasse allumer. Syd avait quinze ans
de violence au compteur : Guerre Narcotique, Criminelle, Préventive, sans parler de sa crise d'adoles-
cence. Il avait flingué des inconnus au nom de
l'hyperdémocratie et en avait ressenti une impression
gênante de toute-puissance. Il savait que des hommes
violaient des femmes, que des femmes battaient leurs
mômes à mort, que des mômes descendaient d'autres
mômes. C'était l'ordre des choses tel qu'il l'avait
appris. Il ne s'en étonnait plus. En revanche, il était
toujours aussi perplexe devant l'obligeance de certains criminels à informer leur Traceur et avec lui le
Grand Central et avec lui l'essentiel des forces préventives qu'ils se rendaient en ce moment même chez
leur épouse non renouvelée à seule fin de lui coller
une balle dans la tête.

Ceux-là se faisaient descendre une fois sur deux.

Crime d'intention, ça s'appelait.

Syd conduisit Sylvia Fairbanks et son sbire au sous-sol où les criminels d'intention, qui avaient échappé aux as de la gâchette des Homicides, hurlaient leur innocence en chœur. Il les conduisit aux Transits où les suicidaires et para-suicidaires récidivistes étaient plongés dans un profond sommeil chimique en attendant leur orientation. En régie où l'on contrôlait la position des patrouilles sur plan satellite. A la salle de brigade, quasi déserte, au beau milieu du premier quart. Puis, il les conduisit à son propre bureau, son cagibi fenêtre au quarante-huitième étage. Quand il était passé numéro 2, on lui avait proposé de déménager dans un bureau plus vaste, avec écran-titan, canapé cuir, et même un minibar. Ce dernier point l'avait fait pas mal gamberger. Un vrai bureau de numéro 2. Un bureau aux étages inférieurs. Il avait refusé. Il voulait garder la Ville sous les yeux. Il voulait bosser en gardant sous les yeux l'origine du mal.

Sylvia Fairbanks l'interviewa et il se montra souriant comme s'il avait espéré lui vendre quelque chose.

Il défendit son camp. Il affirma que le S.P.S. reposait sur une idéologie valable, que la vie humaine était au-dessus des libertés individuelles. Que protéger les abonnés d'eux-mêmes légitimait la coercition. C'était le fondement de la Ville-Providence. Il n'aurait pas voulu vivre sous un autre système.

Puis, il invoqua la mémoire de Louis Clair. Il dit que, de sa tombe, l'homme bénissait sûrement leur action. Il dit que les abus étaient rares. Qu'il n'y avait que peu ou pas de rivalités interservices. Qu'il était heureux de se lever chaque jour pour la meilleure des causes.

Il ne dit pas ce que fabriquaient les gars des Homicides au sous-sol aux heures creuses de la nuit. Il ne dit pas que les gars des Dépouillements faisaient du trafic d'infos parce que la mine d'or des agences de Pertinence, c'était le désespoir et la merde auxquels seul le Bloc avait accès. Il ne dit pas ce qu'on faisait des récidivistes.

Il ne dit pas que servir au S.P.S. finissait par vous rendre fou.

Il ne dit pas que parfois, il laissait les abonnés mourir.

La connasse Fairbanks voulut qu'il lui raconte une de ses interventions.

Il répondit qu'il ne restait plus assez de temps.

Elle demanda s'il y avait des missions qui échouaient.

Le visage blême de Liza Legrand lui apparut, comme une tache de lumière à travers le brouillard.

Il répondit que les agents qui faillissaient à leur mission étaient sanctionnés en conséquence.

Elle demanda si lui-même avait déjà pensé à se suicider.

Il déclara que l'interview était terminée.

*
* *

« Tu m'as quittée pour ça ? » avait hurlé Myra sans un allô, sans un bonjour, sans même un "ouais"

chargé de fureur contenue quand il l'avait rappelée
de l'unique téléphone public du Bloc, devant les
chiottes visiteurs du premier, après le départ de Fairbanks et son sbire.

« Pour empiler des bouteilles vides dans un tau-
dis ? Pour t'hologrammer dans des pornos sur un
écran d'avant-krach ? C'est pour ça que tu m'as quittée ? »

Myra se tut et ses cris laissèrent place à tout sauf
au silence. Des impacts et des explosions. Des injures
et des onomatopées. Du verre brisé plein le téléphone. Syd eut la bougeotte. Il désentortilla le fil et
le caisson du téléphone lui resta dans les mains. Il
s'empara du câble, marcha jusqu'aux lavabos, posa
le téléphone en équilibre sur le rebord et mit à profit
le temps que son épouse consacrait à saccager sa
chambre d'hôtel pour se laver les mains. Ensuite, il
se considéra longuement dans le miroir des chiottes
et ne se trouva pas si bien que ça. Certainement pas
assez pour justifier qu'on brisât du matériel, en tout
cas, avec ses trente-six ans bien tapés et sa cicatrice
à la tempe droite, souvenir d'une balle perdue au
front Narcotique.

« J'ai tout cassé, murmura-t-elle. Maintenant que
j'ai tout cassé, tu vas revenir à la maison ? »

Au silence qui suivit, Syd se dit qu'il préférait
encore le boucan d'une bouteille vide fracassée sur
un écran d'avant-krach. De loin en loin, un soupir
saturait l'écouteur. Syd attrapa une serviette et épon-
gea son visage ruisselant de sueur. La chaleur faisait remonter toutes sortes d'odeurs plaisantes. Il

s'apprêta à expliquer pour la dixième fois à son épouse sous cocaïne, qu'il ne comptait pas revenir.

Elle pleurait.

Syd se représenta Myra Vence, son Traceur vissé à l'oreille, endiamantée de pied en cap, dans les ruines de sa piaule deux étoiles. Il se représenta Myra Vence quatre ans plus tôt, le visage diaphane et encore inviolé, sa démarche hautaine quand elle était entrée dans son bureau, l'envie immédiate qu'il avait eue de la baiser. Il pensa à leur appartement du 55 boulevard Shell, si vaste qu'on pouvait s'y perdre, bourré de bibelots humains qui écoutaient aux portes, les vapeurs de tubéreuses qui montaient des brûleurs et cette impression, qu'il avait toujours eue, d'être de passage. Il bénit le type qui avait restreint le mariage à trois ans. Il se demanda sur quoi ce type-là bossait en ce moment.

Il dit à Myra qu'il la verrait à la cérémonie d'expiration.

« Je ne veux pas que ce contrat expire, je veux qu'on renouvelle ce contrat.

— Myra, on a pris une décision…

— Tu as pris une décision. »

Il soupira.

« Syd, il faut que je te demande quelque chose. »

Son Traceur sonna. Convoqué à la Permanence où son tour était venu. Il dit à Myra qu'il devait raccrocher. Il lui dit qu'il la verrait à la cérémonie.

« Il faut que je te demande quelque chose, répéta-t-elle, un ton plus haut.

— Je dois raccrocher. »

La panne raccrocha pour lui. La voix de Myra se perdit. Il appuya sur quelques touches et se rendit compte que la ligne était morte. Il allait mettre ça sur le compte de la vétusté de l'appareil, quand l'obscurité s'abattit. Chiottes et couloir plongés dans le noir et pas le moindre rai de lumière pour filtrer des coursives habituellement constellées de veilleuses monotones. Une seconde plus tard, il y eut un choc comparable à une déflagration mais sans souffle ni flammes. Puis son Traceur sonna pour un ordre de mission. Ensuite seulement, la Ville fit entendre son hurlement.

Les brumes qui étaient à l'origine du mal semblaient s'être épaissies ce soir-là et leurs strates blanchâtres descendaient à hauteur d'homme comme pour manifester leur sympathie envers le chaos. Malgré sa situation, au cœur de l'ancien centre, épargné par l'urbanisation maladive qui avait frappé partout ailleurs, la Vingtième Rue n'en croulait pas moins, d'ordinaire, sous les ornements vains, sous les mille feux bidon dont la Ville s'était attifée pour planquer sa misère. Toute en ombres dansantes, sa version noir et blanc donnait la chair de poule. L'immeuble d'en face, soulagé des lueurs qui révélaient la vie au creux des meurtrières, avait tout à fait l'aspect d'un bunker ou d'un colombarium. Syd leva les yeux au ciel pour y trouver l'orage. Les réverbères halogènes avaient rendu l'âme et des écrans-titans qui poinçonnaient les façades, provenait l'unique éclairage, l'image par défaut des appareils en veille ou en dysfonctionnement. Comme des bouts de ciel disséminés çà et là pour narguer le désordre, pour narguer le présent. Le logo sempiternel. Le logo de Clair-Monde. Au-dessous les hommes couraient le long d'une route qui ne menait nulle part. Au-dessous, de la tôle froissée répandue sur des kilomètres avec le crépitement du feu qui gagnait les moteurs, promettant aux accidentés, coincés dans les habitacles, un brasier funéraire en bonne et due forme.

Au-dessous, à la faveur des pleins phares survivants, des photographes amateurs shootaient des macchabées en variant les angles.

Sa voiture ne passerait jamais dans les décombres.

Sa moto était au garage, chez les Vence en banlieue, à s'étioler en compagnie des berlines et des 4 × 4.

Il avait neuf minutes.

Il prit sa course au cœur de la bousculade.

Tandis qu'il dégringolait l'escalier à l'aveugle, il avait rappelé Myra de son Traceur. Les apocalypses rapprochaient les âmes. Myra était terrée sous le bureau, dans la chambre d'hôtel. Elle avait peur du noir, elle voulait un enfant. Elle voulait qu'il vienne la chercher. Deux mois plus tôt, ils avaient rendez-vous au cinépub et elle était arrivée en retard. La salle était plongée dans le noir et la pub avait commencé. Une série B retraçant l'ascension fulgurante d'un ultimate fighter qui puisait sa force dans sa paire d'Asics. Scènes de combat époustouflantes, malgré un trop grand nombre d'inserts sur les pompes du héros. Au bout de deux heures, l'outsider qui se chaussait chez Asics avait envoyé au tapis le champion en titre, récupéré sa femme, regagné l'estime de sa progéniture et les lumières s'étaient rallumées. Syd s'était retourné vers sa femme à lui. Il ne l'avait pas reconnue.

Et pour cause. Myra avait changé de visage. Même son regard avait changé à travers ses paupières redécoupées. Ses lèvres avaient triplé de volume et elle s'était fait ajouter des dents. Elle avait des cocards sous les yeux et des sutures autour du nez.

« Appelle ton père, il avait répondu. Appelle ton père pour qu'il vienne te chercher. »

Il avait raccroché. Il tourna le coin de l'avenue Heinz vers le nord et tenta de ne pas ralentir l'allure. Dans la perspective, l'immense dôme de verre éteint qui abritait les jardins de la place Marlboro pesait, comme une montagne menaçante. Il sentit une douleur lancinante au côté droit et se dit qu'il avait passé l'âge du terrain.

Colin Parker résidait tour Alegria, tout en haut de Texaco Boulevard, à dix blocs du Nokia-Hilton. A trente blocs de lui.

Syd courait et le chaos tout autour défilait en accéléré. Panneaux de pubs piteux, enseignes réduites au silence de quelques néons morts. Les hélioprojecteurs, immenses et inutiles, lui évoquèrent une rangée d'éoliennes en plein vide cosmique. La vitrine du Starbucks empalée par un escadron de scooters. Le Centre des Impôts en flammes. Syd nota la bonne nouvelle. Et puis, voitures crashées et blessés graves attendant éperdument une ambulance hypothétique qui ne parviendrait jamais à passer dans la grande

casse. Des chiens perdus. Des mômes livrés à eux-
mêmes. Et tout ce petit monde-là à regarder le ciel.

Des coups de feu éclatèrent alors qu'il atteignait
les premiers numéros de Texaco Boulevard. Sur le
trottoir d'en face, une trentaine de morts bancaires
agglutinés devant la pharmacie qui faisait l'angle avec
la Quinzième Rue. Syd vit la porte vitrée éclater en
miettes. Il vit les braqueurs s'engouffrer à l'intérieur.
Il poursuivit sa course. Il vit une roue voler et fra-
casser la vitrine d'un magasin de spiritueux. Un
archaïque distributeur de cash cracher ses biffetons
à la volée sous l'assaut des marginaux. Le cash avait
encore cours dans les non-zones. La racaille était
partout. La racaille avait été expulsée à perpétuité
hors des murs de la Ville. Les morts bancaires
n'avaient rien. A la faveur de la panne, ils pouvaient
enfin prendre. Ils n'allaient pas se gêner. Une balle
troua la vitrine blindée d'une bijouterie.

Vingt blocs.

Une explosion derrière lui.

Ce qu'il avait sous les yeux, c'était bel et bien
l'apocalypse. Une apocalypse modernisée. Remise au
goût du jour. Feux de signalisation qui flanchent,
clim externe H.S., écrans en veille, accidents de
bagnole, redistribution des biens à main armée, sys-
tèmes de sécurité en rade, lignes mortes.

Décidément le monde n'était plus habitable.

Syd se dit soudain que les trente années écoulées
depuis la fin de l'ère solaire n'avaient été qu'un
compte à rebours.

Dix blocs. Il commençait à pleuvoir. Syd était à
bout de souffle. Il continua tout de même à courir,

ragaillardi par la fraîcheur de l'averse. Un vrombis-
sement enfla en cadence avec l'éclair d'un phare. Syd
leva les yeux, sans toutefois ralentir. Un hélicoptère
décrivit une courbe lente entre deux immeubles,
remonta Texaco en rasant les façades puis se posa
sur le toit du Nokia-Hilton. Un passage fulgurant du
faisceau Clair-Monde en cisela le détail. Un grand V
flamboyait sur la cellule zébrée de pluie. Igor Vence
au secours de sa fille.

Son Traceur sonna au moment où Syd commençait à discerner la masse du building Alegria dans
l'axe de la tour Clair-Monde. Son Traceur sonna en
rafales. En fait il ne cessa plus de sonner tandis que
Syd accélérait sa course sur les dix derniers blocs qui
le séparaient de Colin Parker et l'instant limite. Plus
que deux minutes et sur sa route, la foule s'épaissis-
sait. Il percuta deux hommes, une farandole de
gamins et une femme en peignoir qu'il envoya rouler
sur le sol trempé. Il entendit la femme l'injurier
quand il atteignit le parvis de la tour.

Il restait une minute.

Il sut qu'il était trop tard.

*
* *

*Cette nuit pluvieuse du 17 novembre 31, quand
Colin Parker, usant de son propre corps comme d'un
lourd projectile, creva avec fracas les doubles vitrages
de son logement d'une pièce de la tour Alegria, il
ne parvint pas pour autant à échapper au silence. Pendant sa longue chute, longue comme la succession de*

vingt-cinq étages, longue comme le bilan d'une exis-
tence minable, malgré l'ampleur du cri qui montait de
sa gorge, le silence continua de le torturer. Il n'entendit
ni les clameurs des passants dispersés, ni la cacophonie
du grand boulevard qui approchait, ni le craquement
de sa propre dislocation.

Le trottoir s'encastra dans sa mâchoire ouverte,
embrassa son thorax, brisa ses deux genoux. Le silence
était encore. Il cracha du sang par le nez, par la bouche.
Le silence était toujours. Enfin, l'intolérable souffrance
qui courait dans ses membres se substitua à l'autre et
ce qu'il lui restait de conscience lui restitua enfin le
piano doux-amer d'un standard du passé, juste avant
qu'il ne glisse vers un autre silence.

*
* *

Il y eut une collision à trouer l'asphalte. Le sol
trembla. Syd vacilla. Il reprit son souffle. Il ouvrit les
yeux. Il s'écarta avec horreur du corps en bouillie de
l'obèse.

L'hélico s'éloigna dans un fracas de rotors.

Syd scanna le poignet du macchab pour s'assurer
que c'était bien son prévenu. C'était bien son prévenu. L'obèse s'appelait Colin Parker, il n'avait pas
de deuxième prénom. Il vivait là-haut, tour Alegria,
au vingt-cinquième étage. Il venait de se foutre par
la fenêtre. Il pissait le sang par tous les orifices. Il n'y
avait plus rien à faire pour lui.

Il était passé de l'autre côté avec un sourire imbécile.

Le sourire de Liza quand elle avait sauté.

La foule se referma sur le macchab. Syd recula et fit quelques pas au hasard.

Son Traceur sonna de nouveau. Son Traceur n'avait pas cessé de sonner tandis qu'il courait vers un condamné. Des coups de feu tout autour et son Traceur qui sonnait.

Des flics de la Clandestine qui coursaient des braqueurs.

La foule se dispersa en criant.

Syd consulta l'écran de son Traceur.

Des noms qui défilaient. Des séries de noms. Des séries d'ordres de mission. Des séries de « velléités suicidaires dormantes risquant de se manifester dans une minute, une minutes trente, trois minutes, deux minutes, une minute, dans la minute qui suivait, maintenant, déjà, trop tard ».

Syd avait lâché son Traceur. Des balles sifflaient à ses oreilles. Il n'y avait plus que lui sur le parvis de la tour. Plus que lui et feu Colin Parker. Il avait regardé en l'air, un vieux réflexe. Sur dix écrans-titans, le soleil en dix exemplaires se dissolvait lentement dans la mer sous forme d'arabesques orange qui formèrent bientôt les lettres familières.

Clair-Monde.

Syd avait sorti son arme de service. Il avait tiré sur l'écran le plus proche sans trop savoir pourquoi. Il avait tiré deux fois. Et juste avant de s'effondrer sous une balle qui ne lui était pas destinée, il avait eu la satisfaction de voir apparaître un canevas de cristaux endommagés sous le crépuscule menteur. Le court-circuit gagna toute la surface. L'écran se désagrégea.

Le bleu vira au noir et des gerbes de particules étincelantes en jaillirent et tournoyèrent à hauteur d'homme, un bref instant sur le trottoir d'en face puis s'éteignirent et il n'y eut plus moyen de les distinguer de la poussière qui tourbillonnait dans la rue.

2

« Donc, vous reconnaissez votre échec.

— Je reconnais que la mission a échoué.

— Ce n'est pas tout à fait la même chose.

— Je ne vous le fais pas dire.

— Colin Parker est mort, nous sommes bien d'accord.

— Colin Parker, c'est de la viande froide. Et s'il en va de ma responsabilité, dites-vous bien que j'aurais été en mesure de conjurer cette tragédie si une certaine panne d'électricité n'avait pas transformé la division en aire d'autos-tamponneuses.

— Vous voulez dire que Colin Parker est mort à cause des embouteillages ?

— Je voudrais savoir une chose. Qu'est-ce que ça peut vous foutre la mort de Colin Parker ? C'était un parent à vous ?

— Je me contrefous de Colin Parker, lieutenant, c'est de vous qu'il s'agit. »

Syd se roidit contre la douleur redoublée qui lui vrilla la tempe droite. Il se mordit les lèvres pour ne pas gémir. On lui avait braqué une lampe à ressouder sur le crâne et ça lui faisait tout drôle quand le faisceau s'égarait sur les tissus intacts. Il était neuf heures du matin et il sortait tout juste d'un sommeil qui relevait plutôt du grand trou noir. A son réveil, bouche pâteuse, boîte crânienne en bouillie et gueule de bois médicamenteuse, il avait trouvé une chambre d'hôpital en guise de purgatoire, l'activité rétablie d'un monde miraculé et le S.P.I. à son chevet. *On commençait par le corps, l'esprit suivait. Une reconstruction plastique très particulière. Leurs signes distinctifs réduits à néant. Le faciès raboté jusqu'au rien. Ce procédé avait un nom. Ce procédé s'appelait l'effacement.*

De la brume à la place du visage.

Des numéros de série en guise d'identité.

Des rumeurs de torture qui parcouraient la Ville.

Sous perfusion de café, Syd était parvenu à reconstituer les événements de la veille, dont il avait servi une version expurgée à l'agent en noir. Sous perfusion d'amphètes légales, il reprenait des forces qui, pour artificielles, n'en seraient pas moins utiles pour parer au champ de mines de l'interrogatoire. Il n'avait pas la moindre idée de ce que le S.P.I. pouvait bien lui vouloir. Les missions qui échouaient relevaient des Affaires Internes, il en savait quelque chose, et non pas du sacro-saint Service de Protection de l'Information.

Il devait y avoir autre chose... Il se rappela ses derniers démêlés avec le S.P.I. et grimaça. Ça remontait à plusieurs années, la trentaine pleine d'illusions stupides. Il avait cru qu'il pouvait s'opposer à eux. Il avait cru à l'immunité de son action parce que son action était juste. Il avait failli y laisser un œil. Il avait morflé comme jamais et obtenu un démenti catégorique à sa croyance imbécile que les pires souffrances étaient celles de l'esprit. Les pressions avaient commencé pianissimo. Un agent en noir était passé le voir à son bureau. Il l'avait aimablement sollicité de classer l'incendie de l'Innocence comme accidentel. Et d'en rester là. Syd avait refusé. L'agent avait insisté. Syd avait maintenu son refus. L'agent s'était tiré. Ils étaient revenus de nuit. Ils avaient forcé la porte de sa piaule des quartiers-écrans. A l'époque, Syd avait des insomnies terribles qu'il soignait à l'alcool. La vodka le plongeait dans un premier sommeil lourd et dénué de rêve, avant des sursauts d'angoisse qui s'échelonnaient jusqu'à l'aube. Il les avait entendus arriver. Ils étaient cinq. Ils l'avaient bouclé dans le coffre du 4 × 4. Une longue route nauséeuse vers un sort incertain.

Il avait revu l'air libre vers quatre heures du matin. Une terre morne aux confins de la division, uniquement éclairée par la phosphorescence des serres périphériques et le rougeoiement des clôtures électriques qui délimitaient les non-zones. Ils avaient tiré au sort leur ordre de passage. Ils s'étaient relayés pour le maintenir à genoux et ils l'avaient frappé tour à tour à coups de crosse de .45 et de tube de fourche. Ils l'avaient traîné jusqu'au capot du 4 × 4 et lui avaient collé la tête à un millimètre du refroidisseur. Ils l'avaient retiré à la dernière seconde. Ils l'avaient épargné pour que le moment dure. Ils préféraient frapper. Syd avait senti ses os éclater. Il avait avalé puis vomi son propre sang. De loin en loin, une bagnole passait sur l'autoroute à portée de voix. Il hurlait et les bagnoles accéléraient.

Il s'était évanoui aux premières lueurs de l'aube.

Réveil à l'hosto, quatre mois plus tard.

L'affaire de l'Innocence : classée. La gueule démolie. Il avait refusé de passer sur le billard. A présent, il jouait les durs pour dissimuler ce qu'il ressentait au plus profond.

La peur.

Le type du S.P.I. lui demanda si Elizabeth Legrand devait aussi son suicide à des embouteillages. Syd répondit que non. Qu'Elizabeth Legrand devait son repos à sa miséricorde. Deux décès en trois mois pour le numéro 2 de la Préventive, c'étaient deux décès de trop. Le type du S.P.I. était là pour l'aider.

Il tenait son baratin fin prêt. Il le lui déballa.

Le S.P.I. protégeait l'information en hyperdémocratie. La Préventive en était l'une des institutions les plus populaires. Syd était numéro 2. Syd était marié à la fille d'Igor Vence. Syd partait en vrille, ces temps-ci. C'était de notoriété publique. Il avait quitté Myra Vence. Il poussait le vice jusqu'à frayer avec la Brigade des Non-Zones et les harcelait de questions. Il avait recommencé à boire. Ses dérapages avaient pour cadre sa vie privée. Ça le regardait. Il avait laissé crever Liza Legrand pour qu'elle échappe à la chaise. Il avait failli consciemment à sa mission au nom d'un état d'âme. Il avait dérapé dans les grandes largeurs. Dans le cadre du service. Cela concernait les devoirs

et la réputation d'une des institutions les plus populaires de la Cité.

Syd était en sursis pour le cas Legrand. Les A.I.
avaient décidé de faire traîner jusqu'à l'expiration de
son illustre mariage. Il avait continué de déraper dans
le privé. Il s'était installé à l'hôtel. Il buvait comme
un trou. Ses états d'âme le rattrapaient. Est-ce qu'il
n'était pas retourné à sept reprises au cours des deux
derniers mois se saouler sur le toit du building Dionysia d'où Liza Legrand s'était jetée avec sa bénédiction ? Est-ce qu'il n'avait pas tenu, pas plus tard que
la semaine dernière, des propos violemment antihy-
perdémocratiques en Confession ? Tout semblait
désigner un esprit en voie de s'égarer. Il s'obstinait
à refuser toute assistance psychiatrique. Des agents
avaient été radiés pour moins que ça.

Et voilà que Colin Parker avait réussi son saut de
l'ange.

Syd était dans la merde.

Il était dans la merde mais sa position était telle
que s'il plongeait, la Préventive s'en retrouverait salement éclaboussée et il fallait empêcher cela. Il fallait
étouffer l'affaire Colin Parker. L'agent en noir lui fit
un topo rapide. Le S.P.I. se chargeait d'une partie
du boulot. Colin Parker disparaîtrait des Registres.
Il disparaîtrait du Grand Central. Du Traceur de
Syd, si Syd voulait bien le leur remettre. On falsifie-
rait sa fiche à la banque de la Cité en le déclarant
mort bancaire dans les années 20. Ses abonne-
ments et ses comptes apparaîtraient alors comme des
dysfonctionnements. Ils seraient automatiquement

trashés. On ferait en sorte que Colin Parker n'ait jamais existé.

Il n'y avait qu'un seul hic.

Au Bloc, la transparence était un principe. Les résultats étaient collectés toutes les trente-six heures et aussitôt diffusés sur le Réseau à la libre consultation de tous. Dès que Colin Parker disparaîtrait du Grand Central, il disparaîtrait de l'ordinateur du Bloc mais ce n'était pas suffisant. Les Dépouillements étaient chargés de livrer le bilan. Ils opéraient une double vérification. Il fallait que le bilan de l'ordinateur colle avec les Archives et vice versa. Il fallait faire disparaître Colin Parker des Archives Préventives. Avant minuit.

« Pour résumer, dit Syd, vous me mandatez pour voler un document officiel ?

— Non, répondit l'agent en noir, tout ce que vous aurez à faire, c'est composer vos codes et me tenir la porte.

— Et tout ça, reprit Syd, vous le faites pour m'aider, bien évidemment ?

— Nous protégeons la quiétude des abonnés de certaines informations à potentiel anxiogène. Vous êtes, lieutenant Paradine, une information anxiogène à vous tout seul. »

Syd le remercia du compliment, lui remit son Traceur et lui donna rendez-vous le soir même à vingt-trois heures au coin du boulevard Heinz et de la Vingtième Rue. L'agent empocha l'appareil et quitta la chambre à pas rapides. Syd entendit résonner les semelles contre le sol longtemps après qu'elles eurent déserté le couloir.

Elles continuèrent de lui marteler le crâne tandis qu'il se mettait prudemment à cogiter. Une visite du S.P.I. ne pouvait signaler qu'une seule chose : une situation brûlante à vous ébouillanter et qu'il le veuille ou non, il s'y trouvait mêlé. Il avait joué au con. Il avait fait mine d'avaler ou plutôt d'accepter qu'on le baratinât et s'était abstenu de mentionner *les autres*. Des dizaines d'abonnés s'étaient foutus en l'air la veille, une vraie bombe à retardement pour l'opinion.

Il savait. Le S.P.I. savait. Dans le doute, le S.P.I. s'épargnerait de dessouder le gendre d'Igor Vence tant qu'il jouerait le jeu. Simuler l'ignorance. Pactiser à mort. Fermer sa gueule.

A la moindre incartade, il aurait droit à un petit tour de terrain vague.

Syd rafla tout ce qu'il y avait sur la table de chevet. Il inventoria la prise. Médocs en pagaille, des familles au grand complet de somnifères et d'antidouleurs. Il avala trois comprimés de Zolpin. Les hypnotiques le collaient dans des vapes dignes d'une came de contrebande, mais ensuite il s'endormait d'un vrai sommeil, qui réparait ses forces et le laissait lucide au réveil. Un minimum, vu l'incartade qu'il s'apprêtait à commettre.

Puis il alluma la télé.

*
* *

« ... *que le Grand Black-Out a été la conséquence non pas de l'épuisement redouté des ressources énergétiques ou d'un sabotage manigancé par les marginaux des non-zones, mais bien d'un réflexe défensif du système d'alimentation qui, confronté à un pic exceptionnel de consommation, a tout simplement dû redémarrer. Au Parlement, les partisans des Trois-Huit triomphent. En effet, un tel événement n'aurait pu se produire sous le régime des Trois-Huit. Le Grand Black-Out pèsera à l'avenir dans la polémique. Si la répartition de l'activité des abonnés en trois tranches de huit heures a bel et bien des relents de totalitarisme, on ne peut se permettre de faire fi de réalités telles que la surpopulation et la surconsommation... »*

« ... Y a-t-il de l'électricité pour tous en Clair-Monde ? Hier soir, suite à un pic de consommation, le Grand Central n'aurait eu d'autre recours que d'ordonner le redémarrage pour éviter le court-circuit. A la faveur du chaos, des armées de morts bancaires ont pu s'introduire dans nos murs et se livrer en toute impunité à leur œuvre de pillage et de violence. La Brigade Clandestine est actuellement mobilisée à l'expulsion des morts bancaires hors des limites de la Cité et l'on parle d'une Ville nettoyée pour midi. Cependant, l'Exécutif recommande à tous les abonnés de ne sortir de chez eux qu'en cas de force majeure. La malfaisance des marginaux... »

« ... Y a-t-il des chances pour que le sinistre se reproduise ? Interrogé, Igor Vence, ancien Exécutant, leader tacite des Douze et P.D.G. de Vence Energies, a refusé de s'exprimer personnellement... »

« ... le courant rétabli cette nuit à 3:11, grâce à l'intervention de Charles Smith, ancien hacker reconverti au service de l'Exécutif. Le Grand Black-Out

n'aura duré en tout et pour tout que sept heures et demie. Sept heures et demie pendant lesquelles la Ville entière a été le théâtre d'un authentique chaos. »

« … Igor Vence baisse la tête et se hâte vers les ascenseurs. Il ne faudra pas moins de huit vigiles pour le préserver de l'hostilité de la foule rassemblée sur les marches du siège de Vence Energies. L'actionnaire majoritaire de Clair-Monde devra disculper Vence Energies de toute responsabilité dans le Black-Out qui causa la nuit dernière plus de morts que vingt bombes à hydrogène. Rappelons que depuis la fin de l'ère solaire, c'est Vence Energies qui éclaire la Ville avec une moyenne de neuf sources sur dix toutes zones comprises. Situation de quasi-monopole qui pourrait bien se retourner contre son détenteur si l'enquête qui a débuté ce matin… »

« … rediffusion de cet événement : on regarde… Il est 5:45 du matin et depuis environ une heure et demie, le courant est enfin rétabli dans la Ville. Sur les marches de la tour Clair-Monde, nous sommes nombreux à attendre la sortie du héros du moment. Agé seulement de trente-quatre ans, cet ancien pirate informatique qui a purgé deux peines de dix-huit mois de prison en 24, puis en 27 pour espionnage industriel et fraude fiscale, a été récupéré l'an dernier par les chasseurs de têtes de l'Exécutif et dispense désormais ses talents à des causes que la loi autorise. C'est par voie aérienne que Charles Smith a pu atteindre cette nuit aux alentours d'une heure du matin, le dernier étage de la tour Clair-Monde, siège du Grand Central. Pour pénétrer à l'endroit le mieux gardé de l'hyperdémorcratie, Charles Smith a eu entre les mains la clef

de l'Exécutant Watanabe et a dû jurer sur l'honneur qu'il ne publierait aucun récit de son intervention. C'est d'ailleurs en solitaire que Charles Smith a passé les portes de l'ascenseur légendaire, le détachement du S.P.I. qui l'accompagnait a été contraint de patienter aux étages inférieurs, pendant les deux heures et quelques minutes que l'ancien pirate a passé à déterminer les causes du bug et à le neutraliser. Mais voilà que les portes s'ouvrent... Le S.P.I. vient en premier... Ils ont l'air nombreux... Deux, trois, quatre rangs... Très nombreux... Cinq... Six... Eh oui, c'est bien Charles Smith qui marche au milieu des rangs... Il a l'air sonné... C'est vrai que la nuit a été dure pour tout le monde... Charles Smith, pouvez-vous nous expliquer, en quelques mots, la cause du Black-Out ?

— Il y a eu surconsommation. Le système a estimé qu'il fallait redémarrer pour éviter le court-circuit.

— Charles Smith, comment avez-vous réussi à rétablir le courant ?

— Le courant s'est rétabli tout seul.

— Je vous demande pardon ?... Pourriez-vous... nous en dire un peu plus ?

— Le système n'a pas arrêté d'essayer de se relancer mais chaque fois la sécurité faisait avorter le mouvement. Il fallait mettre H.S. manuellement quelques postes très consommateurs comme les projos de pubs célestes et les lotissements de bulles-soleil pour désamorcer la sécurité et ensuite le système a pu redémarrer pour de bon.

— Quelle est la probabilité pour que ça se reproduise ?

— *Je ne sais pas. Cessez de faire tourner votre machine à laver en même temps que votre lave-vaisselle et peut-être que le monde s'en sortira.*

— *Non, un peu sérieusement, Charles Smith, avez-vous une estimation ?*

— *Je n'en ai pas, je vous dis. Il faudrait éliminer des gens, on consommerait moins d'électricité, forcément. Mais ne me demandez pas lesquels.*

— *Hum... Charles Smith, une dernière question... Vous venez plus ou moins de sauver le monde... Vous vous sentez comment ?*

— *Supérieur aux autres. C'est assez plaisant.*

— *Charles Smith nous tourne le dos et grâce aux agents de sécurité qui l'entourent, il parvient à fendre la foule amassée sur les marches de la tour. Une voiture officielle l'attend au bas de l'escalier pour l'emmener au Palais Exécutif où il restituera officiellement... »*

Syd baissa le son de la télé.

Charles Smith en personne.

Charles « Shadow » Smith, visez un peu le costard. Visez-moi cette montre et ces pompes vernies. Le quart des effectifs divisionnaires du S.P.I., rien que pour lui. Visez-moi cette démarche en zigzag et ces jambes qui flageolent.

Un agent en noir fit entrer Charles « Shadow » Smith à l'arrière d'une berline au long capot étoilé. L'agent en noir s'y engouffra à sa suite. Deux autres prirent place à l'avant. Deux autres contournèrent le capot et vinrent compléter le chargement arrière. Un dernier zoom sur le visage du sauveur de l'humanité. Visez-moi ces yeux d'acier terni et ce pli à la bouche.

La portière claqua et la berline s'ébranla malgré la foule.

Les reflets de dizaines d'objectifs sur la vitre fumée.

Syd éteignit la télé. Il en avait vu assez. Il connaissait l'homme mieux que n'importe qui. L'expression sur son visage, il la connaissait aussi. Il l'avait déjà vue. Shadow venait de voir quelque chose comme la Mort en face.

Les hypnotiques commencèrent à faire effet et Syd sombra lentement vers douze heures de sommeil forcé. Il sombra en tentant d'étouffer en lui l'écho vieux de onze ans d'une fusillade silencieuse.

*
* *

Il rêvait de la Guerre Narcotique.

Chaque soir, il pointait au poste-frontière 23 sans savoir si oui ou non, il allait être appelé. L'attente pouvait durer jusqu'à l'aube et il tournait en rond pendant des heures entre la salle de brigade et le bout de désert qui entourait le Q.G. à guetter le crachotement de la radio qui entrecoupait sa nuit de brusques montées de fièvre presque toujours frustrées.

Dans la salle de brigade, une partie des autres gars restaient à battre des records à Killing A.I. tout en se pintant en douce jusqu'au final habituel : bagarre d'ivrognes au petit matin parce que Spong, l'as de la gâchette plastique, butait toujours plus de robots malfaisants que le reste des effectifs réunis. D'autres restaient à discutailler, à battre des records en matière de branlette oratoire. Des histoires de femmes qui la voulaient salement, des bagarres d'arrière-salle dont on se sortait sans même une égratignure, des trips de cristal meth qui duraient des semaines, des zonardes violées parce que ce n'étaient pas des femmes.

Syd s'isolait par choix. La solitude et le désœuvrement emmenaient son esprit vagabonder en eaux troubles. Quelquefois, il pensait devenir cinglé. Il se rendait sur le parking avec son fusil, montait sur le capot d'un véhicule et vidait un magasin entier sur une grue abandonnée, en retrait des limites de la Ville.

Son rêve fit un saut en arrière et se mit à décliner des manchettes de journaux.

C'étaient les années 20 ou presque et la psychose du moment, c'était la came. Les médias dégoisaient des statistiques qui faisaient frissonner la ménagère. La banalisation des drogues dures chez les mômes. Quatre-vingts pour cent des douze-quinze ans à la coke et aux acides dès l'entrée au collège. Le fléau menaçant de s'étendre aux plus jeunes encore. Un événement avait mis le feu aux poudres. Le triste sort de la petite Bitume (ainsi prénommée parce qu'elle avait été conçue sur un trottoir), accoutumée aux opiacés à l'état fœtal (la jouisseuse de trottoir : une junkie hardcore), décédée à l'âge de sept ans d'un fix de trop dans les chiottes de l'école maternelle (Bitume, un peu au ralenti, avait triplé sa dernière année).

Les photos du petit visage convulsé avaient fait le tour de la Ville.

Pour parer au tollé, un ministre de l'Intérieur particulièrement pugnace avait décrété qu'aux problèmes excessifs, il fallait des solutions excessives. Dans le même temps, le bruit avait couru que certains gros trafiquants avaient été pris de la folie des grandeurs et voulaient monter en grade. Du troc de ruelle à l'assaut du pouvoir, il y avait plus d'un pas, mais le scoop de *Clair-News* fut bientôt relayé par les autres médias. Ce n'étaient plus des porte-flingues que le grand banditisme recrutait dans les non-zones mais des soldats et des foyers de manœuvres militaires y furent signalés par des hélicos de surveillance. Les images diffusées en boucle sur toutes les chaînes d'information avaient plongé la Ville dans la terreur.

« S'ils veulent la guerre… » avait braillé le rhétoricien de ministre à la presse.

On était le 15 septembre 19.

La Guerre Narcotique était déclarée.

Syd venait d'abandonner son droit. Il vivait dans un deux-pièces plein d'insectes dans les quartiers-écrans. Il piquait des bagnoles et prenait part à des courses aux règles particulières. Il fallait être ivre et envapé jusqu'aux portes du coma et courir sans phare et sans Traceur, à contresens sur la voie des poids lourds. C'était là qu'on l'avait rencardé sur la boxe-rodéo. Les salles de boxe rouvraient de nuit pour un jeu rénové qui attirait une foule de parieurs. Il fallait défier quelques gars et monter sur le ring. Les gars vous explosaient la gueule et il ne fallait surtout pas riposter. C'était une question de maîtrise. Il fallait tenir debout le plus longtemps possible.

Syd avait tenu une demi-saison.

Il savait qu'un beau soir, il ne se relèverait pas.

Il fut un des premiers à s'engager.

Au terme de dix-huit jours de désœuvrement au poste-frontière 23, le Bataillon des Engagés Volontaires avait fait sauter son premier entrepôt. Des quintaux d'héroïne pure y étaient entreposés dans des sacs tamponnés « SUCRE BRUN ». Les gars des explosifs avaient fait main basse sur trois sacs d'héro et le poste-frontière 23 avait pué la gerbe pendant une semaine. Un matin, on avait retrouvé un gars pendu à la grue et plus trace d'héro dans les caisses de munitions où on l'avait planquée. On avait préféré se dire que c'était un coup de l'autre camp.

Ils furent appelés au front le lendemain. Le front : un plateau rocheux à deux heures des frontières, en Zone Extérieure Nord. On mitrailla de minuit à quatre heures du matin et quand on leva le camp, le sol était tout recouvert de douilles.

Dans l'ensemble, ça fit du bien à tout le monde. On n'avait même pas vu le visage de l'ennemi. De loin en loin, une balle arrivait et blessait un des gars. Syd fut touché à la tempe. Le lendemain, la une de *Clair-News* célébrait la victoire du Bataillon des Engagés Volontaires.

On fêta ça. Un ring de fortune fut dressé au sous-sol. Quelques gars suivaient la nouvelle boxe sur le Réseau. Ils connaissaient Syd et sa mini-légende. Syd dut monter sur le ring et donner aux hommes un

aperçu de ses talents. Il fut sacré homme du jour et
les gars le portèrent en triomphe jusqu'à un bar-
frontière où des zonardes de treize ans faisaient à
peu près tout ce qu'on leur demandait pour quelques
dollars fantômes. Vers trois heures du matin, la sau-
terie avait dégénéré en orgie et Syd s'était tiré. Il
s'était arrêté pour pisser au pied des barbelés qui
délimitaient la Deuxième Division. La plupart des
gars avaient insisté pour lui payer à boire et l'affaire
promettait de prendre un bon quart d'heure.

« Bizarre votre façon de vous faire des copains »,
avait dit une voix derrière lui.

Syd avait sursauté.

« Vous faites ça pour le blé, ou vous aimez vraiment ça ?

— Allez vous faire foutre », avait répondu Syd.

Il s'était retourné pour voir le visage de l'importun. Shadow était assis sur le capot de sa bagnole. Il
se pintait consciencieusement tout en fixant un point
au loin dans les non-zones.

« On dit que les Labos sont de ce côté, avait dit
Shadow.

— Qu'est-ce que vous en savez ? avait répondu
Syd.

— C'est sûrement faux, avait murmuré l'autre,
comme tout ce qu'on raconte.

— Comme tout ce qu'on raconte sur vous ? avait
demandé Syd parce qu'il n'avait pas le courage de
subir une de ces conversations à voix basse, peureuse
à propos des Labos et de leur mystère.

— Allez-y.

— Vous n'allez jamais avec des filles. Vous êtes une sorte de génie dès qu'on vous colle un ordinateur entre les mains. Vous êtes plus cinglé que tout le monde ici.

— Je n'aime pas les petites filles et vous non plus a priori, tant mieux pour elles. Je me débrouille avec les ordinateurs et le type désigné comme le pire des cinglés par une majorité de cinglés, c'est peut-être le seul esprit sain qui traîne. »

Shadow avait empoigné sa bouteille et bu à longs traits assoiffés comme si ç'avait été de l'eau. Ensuite, il l'avait balancée par-dessus les barbelés et son regard s'était à nouveau perdu dans les lueurs des non-zones.

« Vous avez quelqu'un dans les Labos, avait demandé Syd.

— Et vous ? »

En fait, ça faisait bien deux semaines qu'ils avaient un lien tacite. Celui de deux hommes qui gardaient le silence quand la foule hurlait autour d'eux. De tacite, ce lien était tout d'un coup devenu réel. Cette nuit-là, Syd déballa pas mal de choses. Shadow se taisait et alimentait en gnôle ses confidences. Le cas du paternel sembla l'intéresser tout particulièrement. A la fin du siècle dernier, à l'instar d'un paquet de ménages à revenus moyens, le vieux avait plus que profité de la loi sur l'endettement illimité. Après le krach de 99, les abonnés avaient vu leurs droits fondamentaux inféodés au Recouvrement. On saisissait les corps. Les insolvables avaient néanmoins la possibilité de disposer de leurs enfants. Face au dilemme, très peu de chargés de famille tranchaient par le sacrifice. Les enfants de moins de douze ans atteignaient des tarifs prohibitifs.

Le père s'était livré pour une somme médiocre. Il croupissait dans les Labos depuis plus de quinze ans.

On ignorait ce qui s'y passait. La rumeur était mince, elle ne laissait filtrer de la réalité des Labos qu'un effroi opaque. De celui-ci, on ne pouvait retirer, comme les remous à la surface de l'eau font deviner le carnage qui a lieu dans les profondeurs, que la conviction vague de l'horreur. On disait que la Sainte-Trinité des Labos, c'était expériences médicales, trafic d'organes et prostitution. On disait que ce n'était rien de plus qu'un camp de travaux forcés. Et puis on faisait des périphrases, on n'osait rien affirmer, on soufflait, on murmurait....

Extermination...

Des rumeurs.

Deux certitudes néanmoins : les corps étaient à merci, et la loi sur la destitution était passée la même semaine que le rétablissement de la peine capitale.

Quand Syd eut fini son histoire, les hélioprojecteurs faisaient se lever l'aube sur les frontières et quelques gars du bataillon vomissaient sur le parking. Il avait déguerpi plutôt que se mettre à pleurnicher sur le capot de la voiture de Shadow. Il était rentré seul, à pied, jusqu'au poste-frontière 23.

Trois jours plus tard, Shadow lui avait parlé de l'opération du 4.

Il lui avait parlé de ce qu'il y avait à la clef.

Il lui avait donné vingt-quatre heures pour prendre sa décision. Syd l'avait prise sans attendre.

La nuit du 4 octobre, il était resté allongé sur son lit, les yeux grands ouverts à fixer le plafond jusqu'à ce que son heure vienne. Au petit matin, il avait retrouvé Shadow sur le parking. Un vent d'enfer avait soufflé toute la nuit et, de l'autre côté de la barrière, la grue n'était plus là. Il y avait deux heures de route et ni lui, ni Shadow, n'avaient soufflé mot jusqu'à destination.

La résidence Clair-de-Lune était un lotissement moyenne gamme détenu par un fonds d'investissement pas trop regardant sur le cash. C'était une bulle-soleil d'une technologie ancienne. Avec du matte painting sur les parois. Une falaise en trompe-l'œil que dominait une lune jaune pâle.

C'était là que planquaient les neuf pontes du narcotrafic.

Ils avaient fixé leur silencieux. Aucun système de sécurité ne résistait à Shadow. Ils avaient forcé neuf portails. Dans le jardin, des escouades de robots-flingueurs rouillaient sous l'arrosage automatique. Des chiens s'étaient levés. Des chiens s'étaient couchés sous les balles silencieuses.

Ils avaient descendu les truands. Ils avaient descendu les épouses au passage. Au troisième arrêt, ils avaient si bien canardé le plumard que celui-ci s'était effondré sur le sol et deux cadavres tout chauds avaient glissé à leurs pieds. Au cinquième, ils s'étaient cognés contre un gosse en descendant l'escalier. Shadow avait essayé de l'assommer d'une baffe et le gosse s'était mis à hurler. Shadow lui avait collé un coup de crosse. Le gosse avait roulé au bas des escaliers. Ils s'étaient enfuis. Ils avaient expédié les quatre autres cibles. La dernière baraque avait pris feu. Une alarme s'était déclenchée, une autre lui avait répondu, dans un concerto d'aboiements de chiens chanceux.

Ils avaient quitté la résidence à sept heures du matin. Ils s'étaient arrêtés au premier motel. Le réceptionniste les avait pris pour un couple de malfaiteurs pédé. Ils avaient passé tour à tour une demi-heure sous la douche. Ensuite, Shadow avait téléphoné à son supérieur sans nom et lui avait dit que la mission avait été accomplie. On lui avait répondu qu'ils auraient ce qu'ils avaient demandé.

Le vieux n'avait jamais pris le train. Il était mort quand l'ordre de sa libération était parvenu à l'administration des Labos.

3

Deux sorties pour le parking du Bloc : l'une était parallèle à la façade, au 169 Vingtième Rue, l'autre débouchait dans l'obscurité de Fortune Square, jumelée à l'entrée du métro. Syd roula lentement hors du parking et repéra une Mahindra noire, devant l'entrée du cinépub. C'était le véhicule habituel des gradés du S.P.I. Il y avait quelqu'un au volant.

Syd fit reculer sa banalisée dans l'impasse de livraison du Roi du Hamburger où la Préventive tenait cantine. La Mahindra droit dans l'axe, moteur coupé. Le conducteur balança un gobelet en carton par-dessus la vitre baissée. Il ne l'avait pas vu. Syd passa au point mort et regarda sa montre. 23:17.

Il savait qu'il n'attendrait pas longtemps.

Il s'était éclipsé de l'hosto vers huit heures. Sa blessure mal ressoudée, dopé aux antidouleurs. Il avait débusqué un téléphone public au cul de la buanderie de l'hôpital et appelé Myra sur la ligne fixe de la crèche patriarcale, dans la Vallée-Bulle. Risque d'écoute en dessous de zéro.

Elle avait rapatrié sa moto au parking du Bloc. Ils s'étaient retrouvés à dix heures et demie. Syd avait récupéré sa Speed Infinite. Myra, maigre comme un coucou dans sa combinaison Vence Motors. La mâchoire à la dérive, les yeux écarquillés à affirmer toutes les dix secondes qu'elle n'avait rien pris, rien pris, rien pris. Elle lui avait demandé s'il avait réfléchi. Les échos montaient vite dans le parking désert. Il lui avait demandé de l'engueuler en chuchotant si c'était possible. Ils s'étaient retrouvés à baiser sur le siège passager. Elle lui avait de nouveau réclamé un enfant. Il avait préféré féconder du béton ciré.

Puis il s'était tiré, en lui rappelant ce qu'elle avait à faire. Rallumer les gaz à 23:10. Laisser la bagnole. Caler la portière. Aller l'attendre à la sortie principale.

Au coin de Heinz et Vingtième, le type du S.P.I. était déjà là. Syd avait soigné son entrée en scène. Il avait fait cracher à sa Triumph tout le boucan possible. Il l'avait garée en plein milieu du trottoir. Le type du S.P.I. s'était fendu d'un commentaire admiratif à propos du monstre. Les engins puissants rapprochaient les âmes d'homme. Ils s'étaient serré la main. Le type du S.P.I. était en civil. Une casquette et une écharpe dissimulaient son visage de grand brûlé volontaire. Il portait une mallette en cuir. Le cuir bâillait sur du vide. La mallette était large et profonde. Les intuitions de Syd semblaient se confirmer.

Elles n'avaient fait que se confirmer davantage au cours de sa virée interdite sur son propre lieu de travail. Il avait introduit l'agent en noir au Bloc. Il l'avait introduit aux Archives. Le type du S.P.I. l'avait laissé à la porte, en sentinelle.

Six minutes à attendre, avec la trouille qui montait dès qu'il cessait d'agir.

Il tentait ni plus ni moins de baiser le S.P.I. S'il se faisait prendre, il ferait connaissance avec la Chambre. Personne ne savait ce qui se trouvait dans la Chambre mais le bruit courait qu'on y pratiquait une torture d'un genre particulier. Une torture *propre*. Le bruit courait que les condamnés à la Chambre n'y passaient pas plus d'un quart d'heure. Ils en ressortaient, dingues au point de non-retour. Ou n'en ressortaient pas.

L'agent en noir l'avait rejoint. La malette : bourrée à craquer. Syd avait fait semblant de ne rien remarquer. Ils avaient refait le chemin inverse, après un stop au distributeur de boissons. Syd avait joué l'alcoolo, le pourri. Il avait demandé au gars du S.P.I. un numéro où le joindre : peut-être qu'ils pourraient se rendre d'autres coups de main interservices dans le futur. Il lui avait décrit l'agonie de Colin Parker avec des blagues de médecin légiste. Il avait dit à l'agent en noir qu'il était chargé aux médocs et que la vodka qu'il avait bue était de trop. Il lui avait réclamé son Traceur histoire de ne pas se tuer à moto. Il rentrait chez les Vence dans la vallée, rendre une dernière petite visite à sa femme avant l'expiration. Ensuite, il avait cligné de l'œil d'un air graveleux.

Le type du S.P.I. avait semblé avaler son petit numéro. Il lui avait rendu son Traceur. Ils s'étaient serré la main avant de se séparer au coin de Heinz et Vingtième. Syd lui avait proposé de le déposer. Le type du S.P.I. lui avait dit qu'il était garé tout près,

Fortune Square. Syd avait démarré la Triumph et filé.

Malgré son état, Myra avait exécuté ses instructions au poil. Elle l'attendait planquée dans le renfoncement du parking. Il était descendu de la moto en quatrième vitesse. Elle était montée à sa place. Il avait glissé son Traceur dans la poche de la combinaison de sa femme.

Sa banalisée l'attendait dans le parking. Le moteur tournait. La portière conducteur ouverte.

Il avait entendu le rugissement de la Triumph enfler puis décliner.

Il espéra que l'agent du S.P.I l'avait entendu, lui aussi.

Il reverrait Myra pas plus tard que le lendemain, pour l'expiration. Il soupira. Il y avait des traces de coke sous le pare-brise. Une odeur de tubéreuse flottait dans la bagnole. Il baissa la vitre et regarda sa montre. 23:20.

Son homme apparut. L'agent se profila dans le faisceau coloré que projetaient les néons du cinépub : silhouette rachitique, la tête engoncée entre la casquette et l'écharpe, la mallette alourdissant son bras. Syd avait visé la bonne bagnole. L'agent fit un signe. La Mahindra roula jusqu'à lui. Il ouvrit l'arrière et y balança la mallette. Puis il monta et la voiture s'ébranla vers Packard Boulevard. Syd releva la plaque et compta jusqu'à cinq avant de commencer à filer la Mahindra. Les rues n'avaient été qu'imparfaitement déblayées et ce qui restait de décombres avait été repoussé sur la voie des taxis. A cette heure tardive d'un jour de deuil municipal, il n'y avait pas grand monde dans les rues. Syd laissa augmenter la distance entre lui et le véhicule du S.P.I.

Sa filature le conduisit hors du centre. La Mahindra roulait sans hésitation vers le sud. Elle dépassa la place Clair-Monde, descendit Microsoft Avenue puis longea les berges de la Rivière de Ferraille. En traversant Sous-Tex, le véhicule S.P.I. mit les gaz pour de bon. Syd accéléra avec mesure. Il était probable que la Mahindra se dirigeait hors des limites de la Ville. Dans ce cas, il la retrouverait sur la trans-divisionnaire Sud où il y aurait plus de véhicules pour couvrir sa filature.

Il vit la Mahindra disparaître sur la voie rapide au moment où il arrivait sur l'autoroute. Il serpenta entre les bagnoles et alla se placer derrière un camion plate-forme où s'entassaient des motos désarticulées. De là, il était certain que les agents ne le remarqueraient pas. Myra devait être arrivée à destination et, s'ils le traçaient, le signal le localiserait au premier numéro de Vence Avenue. Il espéra qu'il ne croiserait aucune patrouille de la Préventive-Routière. Rouler sans Traceur était un délit mineur qui en cachait souvent un autre et des banalisées comme la sienne sillonnaient les routes de nuit et arrêtaient systématiquement les véhicules qui n'émettaient pas de signal.

Il roula ainsi pendant vingt minutes et tandis qu'une partie de lui-même s'occupait des feux arrière de la Mahindra qui le précédait à deux cents mètres tout en guettant les flics, l'autre se débattait contre les retours parasites de son rêve de la journée.

Peu après la soi-disant victoire que la Ville leur devait, à lui et à Shadow, son partenaire s'était évanoui dans la nature. La dernière fois que Syd l'avait vu, c'était à l'occasion d'un ultime match de nouvelle boxe, un mois après la reddition. Un patron de salle et son book lui avaient orchestré un juteux chant du cygne et son désir de rédemption, avivé par son expérience de guerre et la mort du père, lui avait fait accepter ce fric comme tremplin nécessaire vers un nouveau départ. La salle se trouvait sur les quais de la Rivière de Ferraille et un paquet de monde était venu assister à son dernier passage à tabac. Pas mal de vétérans étaient venus le supporter et, parmi eux, Shadow flanqué d'une gamine étrange. Pendant que Syd se faisait démolir sur le ring, Shadow et la gamine l'avaient couvé tout du long de leurs deux regards identiques. Elle, quatorze ans environ, un visage tout droit sorti d'un cartoon, dont chaque trait était hypertrophié. Un visage qui vous mettait mal à l'aise et vous obligeait à détourner le regard. Ces yeux impossibles, du pur Shadow, avec quelque chose d'encore plus métallique, et qui semblaient absorber toute la lumière alentour.

Cette nuit-là, Syd avait battu son propre record en ne s'effondrant qu'au huitième assaillant après un temps de résistance de vingt-cinq minutes et quarante-deux secondes, et quand il avait rouvert les yeux après sa perte de connaissance, il n'avait trouvé ni Shadow, ni la gamine, dans la mer de visages penchés sur lui. Les jours suivants, il avait tenté de joindre Shadow. Shadow ne répondait pas chez lui. Son numéro de Traceur avait été réattribué. Syd avait fini par laisser tomber jusqu'au jour où les motifs réels de la Guerre Narcotique lui avaient été révélés, réduisant ses meurtres à d'affreuses plaisanteries dont lui et Shadow avaient été les premières victimes.

La Guerre Narcotique n'avait été rien de plus qu'une guerre des gangs.

Six mois s'étaient écoulés depuis le 4 octobre et ses mauvais rêves s'estompaient à peine. Il s'était inscrit à l'école de police avec les espérances que lui conféraient ses trois années de droit et ses états de service. Il avait une régulière, une boursière des non-zones, encore plus fauchée que lui.

Son existence semblait s'ordonner.

L'événement n'avait pas fait la une. Syd l'avait débusqué presque par hasard en feuilletant les pages économiques de *Clair-News*.

Clair-Monde avait racheté Curare.

Clair-Monde avait racheté Pharmaco.

Clair-Monde avait racheté Drugstores.

Clair-Monde avait fait main basse sur toutes les pharmacies de la Ville, toutes zones comprises.

Quelques semaines plus tard, les vingt-quatre droits de l'homme se virent additionnés d'un vingt-cinquième article qui avait bel et bien eu les honneurs de la une : depuis 97 quand le droit à la Jeunesse, le droit à la Beauté et le droit au Confort Minimum avaient été votés, l'Exécutif n'avait pas touché au texte fondateur de l'hyperdémocratie. Des cinq divisions premières, épicentre politique et économique au plus desperado des coins agonisant au pied des murailles littorales, s'était répandue comme une traînée de poudre la réjouissante nouvelle.

Tout abonné « avait le droit de soigner ses blessures morales comme bon lui semblait ».

Dans son gigantesque complexe de serres tropicales, en Vingtième Zone, Clair-Monde cultivait son pavot, entre deux champs de café. Héro, coke et amphètes légales envahirent les rayonnages des superpharmacies. L'industrie superpharmaceutique devint plus juteuse que l'énergie ou l'armement.

Et c'était Clair-Monde qui empochait le pognon.

Et c'était Clair-Monde qui avait banqué la guerre.

Shadow semblait plombé de l'intérieur par une vérité intolérable. Il passait tout son temps à plaisanter la mort, à plaisanter la sienne, mais ajoutait que si la vie ne valait rien, elle l'indifférait trop pour qu'il lui fasse un coup bas. Shadow aimait écouter des programmes d'amélioration personnelle, c'était, disait-il, la seule chose qui le faisait encore rire. Shadow se foutait bien des autres et de toute cette bonne volonté qui galvanisait le monde vers l'échéance ultime de quatre murs bien à soi, où installer des objets cassables et des êtres vivants avec qui manger. Shadow disait qu'il y avait peu d'échéances qui valaient le coup.

Il avait demandé à Syd s'il en avait une. Syd avait répondu que non.

La nuit du 4 octobre, il avait discerné dans le regard de Shadow un éclat singulier quand il s'apprêtait à tirer. L'éclat de satisfaction dolente de celui qui voit se confirmer des soupçons qu'il aurait aimé ne devoir qu'à sa propre folie.

Shadow en savait sûrement plus que lui.

Syd avait retrouvé son adresse par le Bureau des Vétérans. Shadow vivait impasse Johnnie Walker. Une petite résidence des vieux quartiers, brique rouge et portes en fonte numérotées. Une cour où des gamins jouaient au foot entre les cordes à linge façon carte postale du siècle dernier.

Shadow n'était pas chez lui. Syd avait déverrouillé la porte avec une carte de crédit. L'appartement : nettoyé par le vide. Du sang solidifié dans les interstices du carrelage de la salle de bains. A l'intérieur de la baignoire, la faïence mal essuyée était imperceptiblement voilée de rouge. Un miroir brisé. Rien qui puisse aider Syd à retrouver sa piste.

Il ne l'avait jamais revu. Ça remontait à dix ans.

La Mahindra se rabattit sur la droite pour sortir. La manœuvre coupa court à ses réminiscences. Il ralentit pour laisser le S.P.I. le distancer. Les non-zones n'étaient qu'à quelques kilomètres et la route à prendre conduisait à des lieux peu fréquentés : l'héliport privé, des usines, des décharges et, tout autour, le désert.

Syd s'y engagea en redoublant de vigilance. Au bout de deux cents mètres, il éteignit ses phares. Des sirènes résonnèrent derrière lui. Il se rabattit sur le sable jusqu'à sortir du champ des grands halogènes. Un camion le dépassa et fila dans la direction qu'avait prise la Mahindra. C'était un fourgon au chiffre de la morgue tridivisionnaire. Les sirènes reprirent de plus belle dans son dos. Un second frigo passa à toute blinde, puis un troisième, puis un quatrième. Syd en eut des frissons. Depuis quand les fourgons à viande froide se déplaçaient toutes sirènes hurlantes comme

si leurs passagers avaient craché le double de la
course pour arriver plus vite ? Il sortit de sa bagnole
et appréhenda le terrain. Il se trouvait à deux pas de
l'héliport, sur un large plateau qui dominait une zone
industrielle. La route menait de ce côté. Virages en
lacet tout autour de la colline, en pente adoucie vers
la vallée. Le hors-piste n'avait rien d'un raccourci :
le plateau s'interrompait brusquement en descente à
pic. Impraticable en voiture. Syd marcha jusqu'à l'extrémité du promontoire.

Une trentaine de véhicules parqués au tête-
à-queue au milieu du désert. Des hommes fourmil-
lant tout autour, gueulant des ordres que Syd ne
comprenait pas. Le bâtiment : une base compacte
s'étendant sur une vingtaine de mètres avec à l'une
de ses extrémités une cheminée fuselée qui fonction-
nait à plein régime. Syd ne voulut pas croire ce qui
se déroulait sous ses yeux. Il se défia de sa propre
logique. Il voulut voir. Il sortit son appareil photo et
zooma à fond. La visée s'égara sur du sable. La visée
s'égara sur les visages détruits des agents en noir. Des
bras gesticulant et des jantes de roues en marche. Les
chromes rougeoyants des camions. A cette distance,
il ne lui était pas possible de stabiliser l'image. Son
œil recevait des détails grossis mille fois comme
autant de pièces désordonnées que son cerveau se
refusait à assembler. Les rivets de la machine. Les
strates de fumée. Le bras d'une grue. La marche
arrière d'un fourgon vers la fosse de l'incinérateur.
Ce qu'on y déchargeait.

Il rangea l'appareil dans la poche de son blouson
et inspira profondément. Il entreprit sa descente. La

pente était moins raide que prévu. Il y alla lentement ; il n'y voyait pas grand-chose et le sable n'offrait aucune prise. Il avança prudemment, à reculons, faisant peser son corps vers le haut pour éviter que le sol ne s'éboulât sous ses pas. Il s'éboula toutefois et la longue glissade qui l'amena à destination passa inaperçue grâce à l'ombre et à tout ce boucan mécanique qui faisait diversion.

Il se trouvait à cinquante mètres de l'incinérateur autour duquel la majorité des agents agglutinés lui tournaient le dos. Des rangées de fourgons en attente d'être déchargés formaient un rempart opportun entre eux et lui. C'était le grand format, celui dont on se servait après les catastrophes et les attentats. Il s'approcha. Il frotta ses paumes l'une contre l'autre pour en extraire les gravillons qui s'y étaient incrustés pendant sa chute. Il vit qu'aux commandes de la grue, il y avait un type à figure humaine. Un civil. Deux agents en noir l'encadraient. Le type était jeune, grêle, secoué de spasmes. Syd vit la grue manquer sa prise. Une fois, deux fois. Au sol, un trio d'agents en noir qui semblaient diriger l'opération se fendirent d'une bordée de jurons. Il vit la Mahindra qu'il avait filée, parquée avec les autres. Ça lui fila les jetons. Il se colla contre un fourgon.

Cette odeur…

Syd fit porter tout son poids sur les deux battants du fourgon et appuya sur le bouton d'ouverture. Les portes s'ouvrirent dans un déclic étouffé par la pression maintenue.

Son cœur cognait jusque dans ses oreilles.

Cette odeur.

Il monta à bord. Il ferma derrière lui.

Il regarda. Il détourna les yeux.

Il se força à regarder. Il regarda à nouveau, combattant la nausée.

Des obèses. Empilés comme des quartiers de viande à l'étal du boucher. Des obèses du sol au plafond, débordant les frigos mal refermés, gisant à terre avec une simple bâche en guise de dernier oreiller, gisant les uns sur les autres par manque de place. Il y en avait une quarantaine, peut-être plus. Amoncellement de chairs uniquement séparées par des suaires jetés entre les corps dans un simulacre de décence. Qui donnaient l'impression insoutenable de former un tout. Un tout ensanglanté, disloqué, livide. Chairs rosées de cadavres, masses molles crevées de plaies et d'escarres, poissées de sang et de merde. Faces révulsées par l'horreur d'une mort à brûle-pourpoint, les yeux blancs, la bouche béante d'où sortait presque encore l'écho d'un dernier cri. Ou nulles, méconnaissables, en bouillie. Ou implorantes, ou infiniment tristes, ou enfin apaisées.

Et cette puanteur mélangée au formol.

Syd s'obligea à agir en flic et remisa l'horreur au fin fond de lui-même. Il regarda sa montre. 1:32. Il se donna cinq minutes.

Il sortit son appareil et prit une douzaine de clichés. Il bascula en mode caméra. Il tenta de filmer, malgré les tremblements de ses mains. Il filma avec la sensation d'être un malade, un pervers et le flot d'images qui lui arrivaient, troubles sous la lumière ténue des veilleuses, lui donnait l'impression qu'elles ne pouvaient être réelles. La plupart des macchabs n'étaient pas étiquetés. Aucun n'avait d'identité. Quelques rares étiquettes fixées aux orteils déclinaient des X ou des Y, la date, l'heure et la cause présumée de la mort. C'étaient des morts récentes. La rigidité cadavérique déjà bien installée, les lividités en cours de formation. Vingt-cinq à trente heures, maximum. Il rangea l'appareil et céda au besoin de contempler l'horreur de plus près. S'il fut voyeur, il le fut en bon flic et malgré les émotions contraires auxquelles s'abandonnait une part de lui-même, avant tout, plus que tout, ce qui dictait son action, c'était *pourquoi*.

Il respira et son estomac se retourna. Il retint son souffle et le maigre début d'une réponse lui apparut quand il se concentra sur les causes de la mort griffonnées sur les étiquettes.

Suicide.

Il regarda sa montre. 1:38.

Il se plaqua contre le battant gauche et repoussa l'autre. La porte s'entrebâilla, laissant s'engouffrer un air chaud et pur et une rumeur d'altercation en provenance de l'incinérateur. Il s'extirpa de la remorque. Vérifia que la voie était libre. La plupart des agents étaient massés au pied de la cuve, à parler dans leurs Traceurs. D'autres surveillaient la route. La vigie de la grue avait vue sur toutes les issues. Syd se prépara à sprinter. Il s'élança, cassé en deux vers la colline, guettant les ronronnements de la grue qui lui certifiaient qu'on ne l'avait pas repéré. Aux trois quarts du chemin, ils s'interrompirent et Syd se crut perdu. Il continua à fuir, néanmoins, et arracha le double de la vitesse à ses membres fatigués. Quand il parvint à flanc de colline, son corps finit par le trahir. Il s'affaissa contre la paroi et reprit son souffle, à grandes inspirations de noyé. Il lui semblait que les relents du fourgon imprégnaient son corps entier. Il repoussa ses cheveux et ses manches et vomit de la bile. Il s'essuya les yeux. Il réalisa qu'il n'y avait eu ni cris, ni sommations, ni torches braquées vers sa fuite. Ni détonations.

Il risqua un regard en arrière.

La grue s'était interrompue parce que le gamin en descendait.

Elle était stoppée en plein élan, ses crocs bâillant au-dessus du vide. Sur l'échelle, à mi-hauteur, le gamin était cramponné aux tiges de métal et ne bougeait plus. Des éclats de voix parvenaient à Syd, dont il ne saisissait pas la teneur. Juste la supplique dans celle du gamin. La menace dans celle des agents. Il y eut un flottement de quelques instants. Puis le gamin sauta. Un bond impossible, presque gracieux qui emmena le gamin au-delà du comité d'accueil massé au bas de l'échelle, pour s'achever en mauvaise chute sur le parking improvisé. Le gamin se releva sur une seule jambe et essaya de courir. Syd le vit qui boitillait dans sa direction. Il vit le cercle des agents se refermer sur le gamin.

Il entendit les détonations. Il vit le fuyard s'effondrer.

Le gamin se figea au cœur d'un dernier sursaut.

Les agents se rapprochèrent et l'entourèrent, le dérobant au regard de Syd.

Les agents continuèrent à tirer sur le gamin mort. Ils continuèrent à tirer pendant que Syd gravissait la paroi et tandis qu'il réalisait qu'au terme de quelques étapes, son ascension ne le mènerait nulle part ailleurs qu'à la chambre n° 191 de l'hôtel Nokia-Hilton, le refrain des balles le renvoya bientôt à une autre ritournelle qui se mit à lui marteler l'esprit comme des percussions lourdes avant une exécution.

AVEC CLAIR-MONDE, VOTRE BONHEUR
N'EST PLUS UNE UTOPIE.

*
* *

DEUXIÈME PARTIE

Mort d'un pirate

4

« Nous sommes réunis ici aujourd'hui pour libérer des liens du mariage cet homme et cette femme, ici présents. Il y a trois ans, jour pour jour, le lieutenant Sydney Paradine et mademoiselle Myra Christa Théodora Vence ont souscrit en leur âme et conscience un contrat nuptial à durée déterminée. Il y a trois ans, les deux parties ont juré de s'aimer, de se chérir, l'un de protéger et l'autre d'être digne de ladite protection, jusqu'à ce que leur contrat arrive à expiration. Aujourd'hui, 19 novembre 31, c'est maintenant aux époux de choisir de perpétuer leur engagement pour une durée supplémentaire de trois années, ou d'y mettre un terme. »

Syd se donnait beaucoup de mal pour faire bonne figure devant tout ce gratin réuni pour la très chic cérémonie à l'issue de laquelle Myra Christa Théodora Vence se verrait débarrassée de son flic alcoolique issu des bas quartiers. Le maire Zorghi était aux premières loges, entre le porte-parole de l'Exécutant Watanabe et Richard Kaplan en personne, à sub-claquer dans son fauteuil roulant. Sur le banc familial, on dénombrait les Vence par ordre croissant d'importance : la poule du patriarche planquant sous une voilette noire de surprenants tics faciaux, Carrie Vence, la petite sœur, laide comme le péché dans sa robe bouffante, partageant ses regards de haine entre l'actuelle poule de son père et l'ancienne : sa propre mère, jumelle opulente et impérieuse de Myra, vacillant sous les diams, une main sur l'épaule de son fils qui piquait du nez, l'œil torve et la cravate défaite et, au côté du sale gosse, légèrement à l'écart, d'une stature étonnamment courtaude et d'une figure étonnamment marquée pour quiconque ne l'aurait aperçu qu'en portrait noir et blanc sur cinq colonnes de une, Igor Vence en personne, dissimulant sous ses habituelles lunettes fumées sa mauvaise conscience d'homme puissant et peut-être même quelque émotion pour l'infortune de sa fille préférée.

La cérémonie avait lieu dans une galerie adjacente au corps de l'imposant manoir de brique où créchaient le patriarche et ses deux mômes encore mineurs. Evidemment, la baraque était sous cloche. C'était la bulle-soleil la plus vaste et la mieux conçue de la division et un matin à s'y méprendre filtrait par les vitraux, auréolant la figure du prêcheur d'une grâce d'autrefois qui semblait perdue pour ses auditeurs tout entiers à leur déglingue. Myra Christa Théodora planait à mille pieds d'altitude, elle s'était terrassée aux médocs que lui refourguait sa mère, ceux-là mêmes qui avaient toujours permis à la première épouse non renouvelée d'Igor Vence de garder les apparences de la dignité en toute circonstance et, en la circonstance, mère et fille partageaient la même dignité d'absentes. La poule à voilette semblait s'être

administré le même traitement, Junior, les paupières
stroboscopiques, salivait sur les pans de sa cravate,
et il était de notoriété publique que Vence et Kaplan
avaient en commun un penchant prononcé pour la
chasse au dragon. Syd lui-même n'était pas à la fête.
L'épisode de l'incinérateur l'avait tenu éveillé jusqu'à
l'aube et il avait pas mal bu dans l'intervalle. A son
retour à l'hôtel, il avait trouvé sa piaule dévastée avec
le devis des réparations épinglé sur le coffre. Le sillage habituel de Myra Vence, tout en traînées de coke
et effluves lourds. Des corps livides d'obèses peu-
plaient la solitude de la chambre d'hôtel. Syd avait
téléphoné à la permanence Delivery. Son dossier était
arrivé au Nokia-Hilton alors qu'il achevait sa
deuxième vodka. Pendant trois bonnes heures, il
avait pissé de la copie en séchant verre sur verre et
l'apaisement avait fini par répondre à ses invocations
tandis que le papier blanc recueillait peu à peu la
charge de tout ce qu'il ne pouvait tolérer plus longtemps de garder en lui.

Vers quatre heures du matin, crampe de l'écrivain,
migraine d'alcool et flash-back insistants avaient
arrêté sa main. Il avait salement besoin de parler à
quelqu'un. Il avait appelé les Identités et Localisations du téléphone de la chambre, formulé une
demande extraordinaire de renseignement en tant
qu'ancien de la Criminelle et obtenu le numéro de
Traceur de Charles Smith.

Charles Smith n'avait pas répondu.

Ivre mort et persuadé que Shadow était seul à
détenir les réponses, Syd avait insisté. A la sixième

tentative, quelqu'un avait fini par décrocher. Shadow, si c'était lui, n'avait rien dit. Tout ce que Syd
avait entendu, c'étaient des salves continues, des
magasins entiers solennellement vidés comme au
temps de la Guerre Narcotique et peut-être le bruit
des vagues et il s'était demandé si ce n'était pas un
tour que lui jouait son esprit éprouvé par trop de
réminiscences et d'alcool. Il s'était endormi au son
de la mitraille. Trois heures plus tard, le téléphone
hurlait à lui briser les tympans et ce n'était que la
réception. Réveil guerrier. Sa blessure à la tempe
s'était rouverte dans la nuit, il avait le corps en bouillie, la gueule de bois et un cafard de première. Un
bien beau jour pour aller affronter les Vence au
grand complet. Visez un peu l'époux renégat, debout
près de l'autel dans son costume bleu nuit des grandes occasions, les yeux rivetés au cerveau, le crâne
lesté de plomb, tentant de maquiller en émotion
forte, une envie inlassable de dégueuler.

« Car ce qui fut autrefois un sacrement, la manifestation terrestre à la courte portée de nous autres
humains d'un amour irréalisable à l'égard des Hauteurs, ce qui eut autrefois la vocation de l'indéfectible
et de l'éternité, a dû revoir ses ambitions pour se
conformer davantage à celles de ses aspirants. Il ne
s'agit plus aujourd'hui de devoir et de renoncement.
Il s'agit de droit et de désir car il n'y a plus qu'un
seul enjeu que notre institution reconnaisse et cet
enjeu, c'est le bonheur. Ce que l'homme a fait,
l'homme peut tout aussi bien le défaire et si Sydney
et Myra ont pu s'avouer que l'amour n'était plus, ce

n'est pas notre rôle que de les retenir ici, car ce n'est plus ici que le bonheur se trouve. »

Myra vacilla et Syd n'aurait pas su dire si c'était aux mots du prêcheur ou parce qu'elle était simplement trop envapée pour garder l'équilibre. Elle dansa d'un pied sur l'autre puis se rétablit en posant, sur le bras de Syd, son poignet décharné. L'effleurement causa à Syd une sensation furtive de brûlure. Les rayons factices étaient montés d'un cran et le halo qui baignait à présent le profil de Myra évoqua à Syd quelque chose d'une désignation funeste. Plus ici que le bonheur se trouve… Il avait sous-estimé le baratin du prêcheur. Les mots l'atteignirent comme une balle explosive. Un impact bien propre à l'endroit visé puis l'éclatement d'une myriade de fragments de plomb qui s'en allèrent caresser ses points sensibles. La formule, suspendue au-dessus de leurs têtes, la sienne et celle de Myra, s'étendit aux Vence et consorts rassemblés derrière eux, s'extirpa de la galerie, s'éleva, creva le plafond de verre et s'en alla planer avec les brouillards qui enveloppaient la Ville.

Le prêcheur poursuivait sa litanie. Une larme roula sur la joue de Myra. L'instant fila à Syd comme un coup à l'estomac. Son histoire avec Myra se mit à défiler dans sa tête, à ce moment précis où il en recueillait le tout dernier soupir.

Leur rencontre : l'irruption de Myra dans le bureau de Syd, au cours de sa dernière année de Criminelle. Sa première affaire intéressante depuis l'incendie de l'Innocence : un règlement de comptes dans une école de riches. La victime : un prof de maths raide comme la justice. L'arme : un pistolet de duel à crosse de nacre, vieux de deux ou trois ères au moins, une putain de pièce de musée. Et dans le rôle de l'excité de la gâchette, Igor Vence Junior en personne, alias le petit frère de Myra. Douze ans à l'époque des faits. Alias le dernier de la classe. Typique.

Syd en avait fait une affaire personnelle. Pour l'incendie de l'Innocence et son ego de flic égratigné, pour la propreté humble de l'appartement du prof qui laissait derrière lui une mémoire sans éclat et une femme sans beauté.

Myra : cette après-midi orageuse du 12 février 25, élégante jusque dans la supplication, puis détestable et impérieuse en enfant gâtée à qui l'on ne saurait rien refuser, pas même la grâce de son frère apprenti assassin, puis étonnante en juriste douée, jouant habilement de ses connaissances formalistes et procédurières, puis la froideur d'une lame à l'ultime recours : la menace des foudres familiales.

Syd s'apprêtait à la foutre dehors quand il avait reçu sur son Traceur l'enveloppe rose des bonnes fortunes. La fiche était apparue sur l'écran avec le détail des critères requis auxquels Syd accédait à quatre-vingt-quatorze pour cent. Le serveur S pour Sentimental prenait d'ailleurs la liberté de le féliciter de ce score exceptionnel. Le serveur se permettait de rappeler à son abonné qu'« avec Clair-Monde, l'amour était à quelques mètres ». Assis dans son bureau, en l'occurrence : la fiche était au nom de Myra Vence.

Son imperceptible ricanement avait cloué le bec de Myra en pleine tirade d'intimidation. Elle avait rabattu un peu de sa superbe, sans comprendre, puis son Traceur à elle avait sonné. Elle avait regardé. Elle avait trafiqué quelques touches. Elle avait ricané à son tour.

« Il paraît que moi aussi, je suis votre genre, inspecteur. »

Malgré la réplique, il ne l'avait pas foutue dehors.

Syd n'avait jamais su si la décision du juge avait été arrêtée avant même le procès, sous la pression, directe ou non, d'Igor Vence, ou si le magistrat s'était tout bonnement laissé avoir par ce carnaval de faux témoignages couronnés par une plaidoirie virtuose à mille dollars-minute. La prestation de Junior sur le banc avait été le clou du spectacle. Grande scène du deux, larmes, bégaiements, ambiguïté maintenue à propos d'éventuelles violences sexuelles. En n'affirmant rien, il avait suggéré le pire. Junior avait pris cinq ans avec sursis. Il fut envoyé en maison de redressement privée. Syd n'était plus concerné. On lui avait retiré l'affaire car il couchait avec Myra. Il avait tenu à assister à la crémation du professeur Rhys-Smith. Il y avait assisté seul avec la veuve, les deux gamines et quelque chose qui ressemblait à une grand-mère. Personne n'était venu honorer la mémoire du pédophile. Junior était sorti au bout d'un an et demi.

Syd avait continué de coucher avec Myra. Il l'avait épousée. Et il y avait eu des nuits, des bribes qu'aujourd'hui même, il ne parvenait pas à renier tout à fait, alors que la vue d'ensemble lui donnait envie de se sauver en courant. Des nuits où le visage de sa femme s'était dissous dans son décor pour le rendre meilleur, s'était érigé en proue lumineuse qui repoussait dans les coins sa solitude tenace. Des nuits où il s'était surpris à déballer toute l'horreur qu'il ressassait, comme s'il était capable en ces instants, de s'en débarrasser. La Guerre Narcotique et son hypertexte, la perte de son père, les scènes de crime figées dans sa propre impuissance à y changer quoi que ce soit, la lassitude d'aller contraindre à continuer à vivre des hommes et des femmes à bout de forces tout ça parce qu'ils n'en pouvaient plus de « manger seuls », et cette soif d'on ne savait trop quoi, cette quête perpétuelle d'un objet inconnu qui le tenaillait et le terrassait, qu'il n'atteindrait jamais, qu'il effleurait parfois quand elle s'endormait dans ses bras.

Et puis leur histoire était morte de sa belle mort et tout ce qu'il avait aimé appartenait à d'autres temps, à d'autres lieux qu'il avait quittés sans retour. Myra avait changé. Elle avait cessé d'exercer. Elle avait renoncé au monde. Elle avait décidé de n'être plus qu'amour. Lui n'en demandait pas tant et elle avait tout faux. Bientôt, l'amour en elle absorba tout le reste. Il n'y eut plus de femme, plus d'individu : il n'y avait plus qu'un corps qui étreignait, une voix qui quémandait et deux yeux qui le couvaient sans cesse, des yeux inquiets, vides, permanents, qui faisaient comme deux bouts de cigarette mal éteinte.

Il l'aima moins. Elle mit ça sur le dos du déclin du désir. Elle détesta son propre corps de n'être plus désirable. Elle décida de l'en punir. Elle se laissa mourir de faim. Elle prenait de plus en plus de coke. Elle buvait. Elle ne dormait plus. Elle prenait de plus en plus de médicaments. Elle devint stupide. Il l'avait quittée.

Myra Vence, le grand amour de sa vie, une désœuvrée, une idiote, une camée.

Ils remirent leur alliance au prêcheur et tout fut fini.

*
* *

Syd avala deux aspirines aux corticoïdes et quelques cachets de codéine. S'il y avait bien une chose qui n'avait jamais fait défaut à sa femme, c'était une armoire à pharmacie mieux fournie qu'un hosto. Il s'approcha de la fenêtre. Il se trouvait dans la chambre de jeune fille de Myra, avec ses affiches d'Etoiles mortes et ses enfants-bibelots aux longs cils peints. Les appartements de son ex donnaient sur l'arrière du parc et au-delà d'un labyrinthe de cyprès et des roseraies du père, c'étaient les murailles qui définissaient la Zone Extérieure Ouest, snipers et barbelés courant sur des kilomètres. Juste au-dessous de lui, les festivités battaient leur plein. La voûte projetait sur le lac, midi ressuscité. Dans une heure ou à peu près, le déjeuner prendrait fin et il neigerait sur le jardin. Des grappes d'hommes et de femmes étaient là, à ne rien faire sinon s'épier et se saouler.

Il soupira. Les festivités battaient leur plein et à quelques centaines de mètres de là, des zonards qui tentaient de passer la frontière se faisaient flinguer à vue.

Il soupira de nouveau. Il aurait voulu foutre le camp tout de suite.

Ce n'était pas possible. Il avait quelqu'un à voir.

Il attrapa ses clefs de moto sur la table de chevet et s'en alla à la recherche de son homme.

*
* *

Il le chercha en vain parmi les quelque quatre cents invités qui grouillaient aux huit bars dressés au bord du lac et sans qu'il y prît garde, sa quête n'eut bientôt d'autre objet que celui de se saouler abondamment. On le regardait, on tentait de comprendre ce que diable la fille Vence pouvait bien lui trouver. Il en conçut l'impression désagréable que sa beuverie relevait de la performance scénique. Il s'éclipsa pour retourner à ses recherches ; Kaplan était du genre à s'isoler. En chemin, il croisa une cousine de Myra, inquiète de ne pas voir revenir son petit ami, bibelot humain, coureur de dot, et quelques acolytes, partis une heure auparavant pour les non-zones, acheter du crack aux morts bancaires.

Trois voitures à plaques exécutantes s'amenèrent par l'allée principale et Igor Vence monta dans l'une d'elles, et faussa compagnie, sur les chapeaux de roues, à sa fille expirée. Syd continua sa marche. Des coups de feu en provenance du labyrinthe lui causèrent une montée soudaine d'adrénaline mais il n'y trouva que Junior et ses copains qui s'exerçaient au tir sur des canettes jaunes de soda hallucinogène, perchées sur les épaules tremblantes de bibelots humains. Son Traceur sonna et un bulletin spécial d'informations lui apprit que la gare transdivisionnaire Nord venait d'exploser, causant une quarantaine de morts et le double de blessés. La nouvelle eut le mérite de le dégriser. Tandis qu'il tournait en rond dans le dédale, il croisa Carrie Vence, gracieuse comme un éléphant de mer, qui lui raconta, entre autres choses, que ses os étaient soudés et qu'elle ne grandirait plus jamais. Elle lui dit aussi qu'elle était amoureuse de lui depuis la première seconde quand, âgée de neuf ans, au procès de son frère, elle l'avait vu pulvériser le dossier de sa chaise et quitter la salle en pleine audience. A neuf ans déjà, ajouta-t-elle, elle mesurait cette taille-là et elle avait lu trop de romans. Elle dit aussi qu'elle n'espérait rien de lui et que s'il était embarrassé, il pouvait toujours déguerpir sans mot dire et lui indiqua la sortie. Syd déguerpit sans mot dire et derrière lui, Carrie Vence cria qu'il y avait plus de larmes versées sur les prières exaucées que sur celles qui ne l'avaient pas été, comme pour le maudire. Il fouilla la roseraie et n'y trouva rien d'autre que de la solitude entre les fleurs. Il repartit vers le lac. Il croisa Myra en robe rouge, qui le regarda sans le voir, puis se rendit compte que ce n'était pas Myra, mais un clone. Il croisa Myra en tailleur de tweed puis se rendit compte que ce n'était pas Myra mais la mère de Myra et à cet instant, son Traceur sonna pour lui signaler qu'à quelques mètres de lui, quelqu'un le désirait en secret et la fiche signalétique de la mère de Myra apparut sur l'écran.

Il accéléra le pas. Il croisa trois clones d'Etoiles en vogue depuis un demi-siècle au moins, des filles de quinze ans, aux cheveux moirés comme une étoffe hors de prix qu'elles lui demandèrent tour à tour de relever tandis qu'elles vomissaient sur un plant d'amaryllis et Syd se demanda quelle tête elles feraient si seulement elles connaissaient la vérité sur les Etoiles.

Les Etoiles étaient vieilles, c'était à cela qu'il pensait tout en prenant congé des trois nauséeuses gamines. Les Etoiles étaient vieilles et au terme d'un nombre infinitésimal de reconstructions plastiques, il ne s'agissait plus pour elles de régénérer leur beauté enfuie, mais bien de conjurer la desquamation. Les lampes brûlaient toute la nuit dans la Cité des Etoiles comme une ligne de cierges sur un autel sacrificiel, car toutes les saloperies qu'elles s'étaient envoyées pour tenir la sous-alimentation leur avaient rongé le cerveau jusqu'à les laisser insomniaques ad vitam. Les Etoiles buvaient. Elles se shootaient aux hallucinogènes pour retrouver dans leur miroir leur propre spectre. Les Etoiles se détestaient entre elles. Chaque nuit, on arrêtait aux portes de la Cité, de pauvres types que le désir avait rendu fous, de pauvres filles à l'adoration meurtrière.

Chaque nuit il y en avait au moins une qui essayait de mourir.

De l'autre côté du lac, Syd aperçut la silhouette brisée de celui qu'il cherchait.

*
* *

« C'est une histoire que je n'ai encore racontée à personne », dit Syd à Kaplan, tout en lui tendant la coupe de soda à l'opium que le doyen des Douze l'avait envoyé chercher contre la promesse de son attention.

Kaplan porta la coupe à ses lèvres d'une main parcheminée dont il ne tentait même pas de réprimer les tremblements. Il y eut un silence de quelques secondes, à peine troublé par l'écho lointain des réjouissances. Kaplan sirotait sa dose et Syd détaillait les traits usés du personnage, sa maigreur de condamné, ses jambes inertes, ses yeux bleu pâle que les années et l'opium semblaient avoir décolorés.

« Je veux bien vous écouter, dit Kaplan, mais pourquoi est-ce que vous tenez tant à m'accabler, moi, de vos confidences ?

— C'est, dit Syd, parce que l'épilogue vous concerne directement. »

Alors Syd lui raconta l'histoire de Liza Legrand et de la Trique Publique. Il annonça la couleur tout de suite, c'était une sale histoire, l'histoire d'une pauvre fille qui s'était perdue. Cette fille s'appelait Elizabeth Legrand. Appelons-la Liza. Syd avait fait sa connaissance sur le toit d'un gratte-brouillard des quartiers-écrans, à Sous-Tex. Le building Dionysia. Syd connaissait le coin. Il y avait habité. Quatre-vingts étages d'écrans défectueux, récupérés comme matériaux de construction. Films de pub dix-huit heures sur vingt-quatre. Le reste du temps, les occupants avaient tout le loisir de dormir. Les lots étaient envahis de nuées d'insectes que rien n'avait le pouvoir de chasser, leur bourdonnement se mêlait au soliloque publicitaire et au bout de quelques semaines à vivre dans les quartiers-écrans, vos pensées à peine esquissées s'engloutissaient dans un bruissement. Vos pensées n'étaient plus que ce bruissement. Les loyers les plus bas de la Ville, pris en charge par la pub à quatre-vingt-dix pour cent.

C'était là qu'avait élu domicile l'autre protagoniste de la sale histoire. Richard « Dick Trique Publique » Laget, appelons-le Dick, ou la Trique. Pour Dick et Liza, comme pour beaucoup d'autres, les emmerdes avaient commencé à la croisée des chemins. La Trique était dealer de son état. Il fabriquait sa propre came. Il la coupait à l'extrait de noix vomique par haine de classe envers sa clientèle : des petits merdeux des quartiers-bulles interdits de superpharmacie. Son casier stipulait aussi un faible pour les putes mineures, qu'il battait plutôt que de les baiser. Liza était mineure. Elle fumait de l'herbe.

Il n'y eut qu'une seule nuit qui révéla à Liza dans des vapeurs de cristal meth, tout un monde obscur où l'amour physique et la meurtrissure se confondaient dans une jubilation nouvelle.

Comme Syd l'avait appris plus tard, Liza souffrait des prémices d'une schizophrénie qu'autour d'elle on n'avait pas voulu soigner. Elle avait l'âge des amours non partagées en guise de raison de vivre. Un oncle ou un voisin en qui on avait confiance l'avait violée quand elle avait sept ans. Elle était adorable mais complètement déglinguée.

Et elle était enceinte.

Au terme de trois mois à se désespérer du mutisme de son Traceur, Liza avait commencé à causer en

confession de s'entailler les poignets ou de se pendre
à son ventilateur de plafond. Le soir de la finale de
la Coupe des Zones, aux alentours de vingt-deux
heures, Syd avait reçu l'ordre de mission. Il avait
rallié l'appartement de la gosse : elle s'était fait la
malle. Syd l'avait relocalisée. Pied au plancher jusqu'aux quartiers-écrans.

A l'avant-dernier étage du building, une porte
entrouverte diffusait des effluves d'acide et une clameur de tirs au but. Dans la garçonnière-labo, le
corps de la Trique répandait des liquides divers sur
la moquette. Un Traceur bijou encastré dans la bouche jusqu'à l'œsophage. Un extincteur englué de
petits bouts de cervelle. Empreintes sanglantes jusqu'à l'escalier de service. En contrebas, sirènes
hurlantes et crissements de pneus excités. La Préventive-Homicide, un peu à la bourre à cause du
match. Syd avait verrouillé la porte de l'intérieur. Il
était monté sur le toit.

Liza vacillait au bord de l'abîme. Il ne l'avait pas
vue tout de suite, il l'avait cherchée dans le brouillard. Le phare-écran de la tour Clair-Monde avait
balayé la plate-forme, irradiant la nébuleuse aux couleurs du crépuscule. Liza avait tourné vers lui son
visage cabossé par l'ice. Il lui avait dit qu'il était là
pour l'empêcher de mourir. Elle lui avait raconté son
histoire. Elle avait refroidi la Trique sous l'influence
des méthamphétamines auxquelles il l'avait lui-même
initiée. Elle s'était rendue au domicile du dealer sans
intention de lui nuire. Elle désirait tant le revoir. Il
ne l'avait pas reconnue et l'avait traitée de cinglée.
Alors, elle s'était retrouvée partagée entre son

instinct de possession et l'impression de toute-puissance que lui avait insufflée la came. Dans le doute, elle avait fracassé le crâne du jeune Dick à coups d'extincteur et lui avait fait bouffer ce Traceur qui n'avait jamais sonné pour la romance. Et maintenant, il était mort et par sa faute, alors on pouvait lui faire tout ce qu'on voudrait, on ne lui ferait pas plus de mal qu'aux brumes autour d'elle si on les transperçait à coups de couteau.

Syd avait regardé Liza, elle était mince comme une spirale de fumée et environnée des brumes sur le toit de la tour Dionysia, il avait semblé à Syd qu'elle leur appartenait. Elle lui avait demandé où allaient les morts et Syd lui avait répondu qu'il ne savait pas exactement, mais qu'ils allaient sans doute au même endroit. Alors Liza avait sauté au moment où les agents de la Préventive-Homicide faisaient irruption sur le toit pour n'y trouver que Syd. Et le brouillard.

« C'est à fendre le cœur, dit Kaplan, et vous êtes un dissident plein de bonnes intentions stupides. Cela dit, je ne vois pas en quoi ça me concerne, vous tentez d'éveiller ma conscience au danger des drogues dures ? Vous faites partie d'une association ?

— Je vous ai dit qu'il y avait un épilogue, répondit Syd. C'est vous qui avez prononcé le mot conscience. La mienne a été cruellement éprouvée par cet épisode. Liza Legrand ne m'a pas laissé une minute de répit après son suicide. Elle s'est installée dans mon esprit. Elle a envahi mes cauchemars et mes lendemains de cuite. C'était il y a trois mois, j'étais en train de quitter Myra. Je découchais, je recommençais à boire sec. Quand les bars fermaient, je veux dire les bars fréquentés par le monde des vivants, je marchais au hasard des rues pour retarder au maximum le moment d'aller m'allonger auprès de Myra. Une fois sur deux, mes pas me ramenaient dans les quartiers-écrans. Et puis une nuit, je suis remonté sur ce toit où j'avais laissé mourir Liza Legrand. J'y ai passé une heure ou deux, assis dans le brouillard à ne rien faire. Juste à compter les passages du faisceau Clair-Monde. Bizarrement, c'est sur les lieux mêmes que j'ai réussi à retrouver mon calme. C'est devenu une habitude. Ce n'est qu'à la troisième expédition que j'ai remarqué les engins fixés en haut des lances. Je m'étais toujours demandé à quoi servaient ces lances qui montaient vers quoi ?... Le ciel ? C'étaient des boîtiers de métal chromé larges et lourds, plus de la première jeunesse. Avec une grille. Je n'ai pas compris tout de suite que c'étaient des Capteurs.

— Des Capteurs, allons donc, dit Kaplan.

— Oh si, dit Syd, c'en était, la troisième génération, l'ultime tentative. En rentrant à l'hôtel, car entre-temps, je me suis installé à l'hôtel, j'ai fouiné un peu sur le Réseau. J'ai trouvé un site de matériel militaire remontant au mandat de mon illustre beau-père. Il y avait des schémas et même un descriptif de fonctionnement qui m'a paru bidon. J'ai imprimé tout ça et je suis retourné sur les lieux. Ça collait à deux cents pour cent. »

Kaplan finit son verre. Visiblement le sujet abordé le foutait à cran. Quand il se décida à reprendre la parole, ce fut d'un ton radouci, atone, où perçait une immense fatigue.

« On avait explosé nos budgets. Déluge a coûté le double de ce qui a été annoncé dans la presse. On n'avait tout simplement plus les moyens de nettoyer.

— Pourquoi avoir fait tout ce foin dans les médias sur le déboulonnement du dispositif, alors ? C'était couvert par toutes les télés de la Ville. Votre discours, je m'en souviens… C'est ce jour-là que les Douze se sont formés, vos Douze. Douze hommes, douze entreprises, douze mois pour prévenir l'apocalypse. Votre slogan à la con. Votre initiative. »

Kaplan ne répondit rien. Il se recroquevilla et serra les poings. Son regard obliqua vers la chute lente des premiers flocons. Il haussa les épaules. Il dit : « Foutez-moi la paix. »

Syd eut envie de jeter l'infirme à bas de son fauteuil et de le rouer de coups. La tristesse infinie qui avait envahi les yeux liquide vaisselle le pacifia. L'autre éleva son verre à la verticale et le siffla.

« Mon initiative… » murmura le vieillard.

Il posa sa main sur le bras de Syd. Son expression se vida de toute intelligence et de toute rancœur et il riva ses yeux sans regard à l'averse de neige sur le lac artificiel.

« Je vais mourir », dit Myra Vence.

Il l'avait cherchée pour lui dire au revoir. Il savait qu'il aurait mieux fait de foutre le camp comme un voleur, pour s'épargner le sale quart d'heure des émotions fortes. Mais il avait voulu en finir en bonne et due forme. Le baisser de rideau. La cadence parfaite. Elle pleurait sans larmes, assise sur son lit. Il vit qu'elle était lucide au fin fond de l'ivresse.

Dessaoulée par la peine. Elle ne lui parla que de sa peine. Il ne put se souvenir de l'époque lointaine où Myra avait d'autres sujets de conversation que son amour et sa peine. Où Myra était quelque chose de plus que de l'amour et de la peine. Elle lui dit des mots qu'il avait déjà entendus. On les lui avait dits quelquefois. Il ne les avait jamais prononcés. Il ne les prononcerait jamais. Il n'était pas fait ainsi.

Elle lui dit que tout était blanc et qu'elle ne voyait pas le futur. Qu'il n'y avait rien, plus rien, qu'il avait tout emporté. Pendant trois ans, elle n'avait jamais vécu qu'à l'attendre, du matin au soir, elle laissait fuir les heures jusqu'à son arrivée et ce qu'il apportait avec lui. Il apportait la vie. Et maintenant il partait en reprenant son bien. Déjà elle ne respirait plus. Elle avait cessé de respirer deux mois auparavant, cette après-midi de septembre où il lui avait annoncé que c'était fini. Depuis, elle avait marché, elle avait bu, elle s'était défoncée jusqu'au coma, elle avait erré d'hôtel en hôtel, de décor en décor, elle n'avait fait que courir après sa prochaine respiration. En vain. Elle s'agrippa à lui. Elle le questionna. Il refusa de répondre. Elle insista, elle voulait savoir. Il se résolut à répondre. Dans le doute, il répondait non. Non, il ne l'aimait pas. Non, il ne reviendrait pas. Non, il ne restait rien. Non, il ne l'avait jamais aimée… Elle pleura, elle s'agrippa à lui. Il la baisa pour la dernière fois. Mal. Le baisser de rideau, la cadence parfaite. Il la baisa dans les larmes et la chair le renvoya au charnier de la veille. Il déchargea dans un éblouisse-ment livide et y gagna enfin la certitude qu'il ne restait rien.

Son Traceur sonna. Il se leva pour répondre, dans le but avoué de se conduire mal. C'était un numéro qu'il ne connaissait pas. Myra Vence roula sur le dos et passa une main sur son ventre souillé.

« Syd Paradine ? » dit une voix rauque de femme qu'il n'avait jamais entendue.

Syd confirma.

« Je suis Blue Smith, vous avez essayé de joindre mon frère cette nuit. »

La fille se tut et Syd sut que Shadow était mort.

Blue Smith lui dit que selon les flics, son frère s'était bouffé la langue dans une chambre d'un Etap' Hôtel sur la transdivisionnaire Ouest, vers sept heures ce matin.

« Je peux vous voir ? » demanda Syd.

A l'autre bout du fil, Blue Smith hésita. Elle dit qu'elle rappellerait. Elle raccrocha.

Syd resta quelques secondes posté à la fenêtre. Les feux de camp des non-zones dans le lointain. Derrière lui, Myra Vence gardait un tel silence qu'il aurait juré qu'elle n'était plus là.

*
* *

Il avait dissipé sa petite mort aux vents brûlants de la transdivisionnaire. Samedi soir : des files interminables de tas de boue immatriculés en périphérie, cargaisons de mômes surexcités en partance pour la grande fête qui n'existait pas. La route vibrait sous la frappe des radios au diapason sur des kilomètres de bouchons, basses infernales en renfort au chant des avertisseurs. Syd s'en remit à son Traceur pour la direction et accéléra entre les voies pour distancer la fille pâle sur les draps pâles, le nombre grandissant de ses pertes. Rentrer chez lui. Se terrer. Se vider la tête. Une douche, un room service devant les infos et douze heures de sommeil.

La chambre 191 de l'hôtel Nokia-Hilton. Chez lui. Aux lueurs de l'écran, Syd traversa le champ de bataille vers le minibar. Par la fenêtre entrouverte, passait la rumeur de Texaco Boulevard : trafic, sirènes et saturnales. Il se débarrassa de sa cravate et de sa veste. Il prit une canette de vodka. Il la décapsula. Il la reposa.

Il venait de s'apercevoir que le coffre était ouvert. Un message clignotait sur l'écran. Il l'ignora. Il fonça au coffre.

Nettoyé par le vide.

Les objets de valeur de Syd Paradine.

Un revolver de 9 mm, propriété du S.P.S., département Suicide. Deux boîtes de cartouches. Un classeur en fin cuir noir, rempli de coupures de journaux, de photos amateur, de bribes de dossiers volés, de confessions manuscrites au tracé ivre.

Son aller simple pour la Chambre.

Il piqua une suée. Il essaya de se rassurer. Un flingue et un dossier subversif : un butin comme un autre pour une bonne clandestine du Nokia-Hilton. Il décrocha le téléphone pour appeler la réception. Il raccrocha. Il voulut d'abord visionner son message.

Capitales d'imprimerie sur fond de logo Clair-Monde.

CHER SYDNEY PARADINE

VOUS VOUS DEMANDEZ CE QUE L'AVENIR VOUS RÉSERVE ? SOYEZ L'UN DES PREMIERS À BÉNÉFICIER DE NOTRE TOUT NOUVEAU SERVICE DE PRÉDICTION. CETTE SIMULATION A ÉTÉ RÉALISÉE SUR LA BASE DE VOS DON-NÉES HOLOGRAMMES. ELLE VOUS EST OFFERTE PAR CLAIR-MONDE.

Il y eut un fondu au noir puis l'écran laissa place à une image obscure et peu contrastée. Un couloir sans fenêtre, sol, mur et plafond du même noir mat. Les lieux avaient quelque chose de militaire et de parano. Son propre visage surgit en très gros plan. Son visage sans âge ni expression, à la fois altier et sinistre. Son visage hologramme. En bouillie. Un plan large de son alter ego révéla qu'il vacillait. Trois agents en noir l'obligeaient à marcher. L'image le dépassa, le précédant dans les détours du couloir, avec des inserts de ses pas cognant le sol. L'image l'attendit au terme d'une longue ligne droite. Il appa-rut dans la profondeur, silhouette minuscule et floue, les trois agents à sa suite. Syd se regarda avancer sur l'ultime ligne droite. Il vit son visage s'altérer sous les ecchymoses. Il se vit ralentir. Il vit ses pieds se visser au sol. Il vit les agents le contraindre à conti-nuer.

Il vit sa propre trouille.

Il n'y eut pas de contrechamp.

La simulation cessa brusquement et la pénombre de la piaule se teinta de bleu océan et d'orange radieux. Syd se leva, rassembla son Traceur, son insigne, son rasoir et ses clefs de moto, fourra le tout dans un sac qui contenait des vêtements et s'apprêta à prendre le large. Son Traceur sonna au moment où il claquait la porte de la chambre en passant en revue ses adresses d'exéréseur. Il entendit la clochette d'un ascenseur. Il balança son Traceur dans un chariot de linge. Il fit demi-tour vers l'escalier de service.

*
* *

5

« *Chaque fois que je regarde vers l'ouest, je ressens une chose étrange…* »

Syd tressaillit légèrement quand le scalpel pénétra son poignet. Ce n'était pas la douleur, c'était la surprise de n'en éprouver aucune tout en ressentant tout de même le va-et-vient de la pointe à l'intérieur. C'était la vision de sa propre peau étrangement retroussée par l'action du scalpel et de son propre sang dégouttant dans la bassine. C'était le soulagement de savoir que la morphine agissait et les effets de la morphine eux-mêmes. Ce n'était rien de plus qu'un sursaut de came.

« Vous pourriez presque le faire vous-même, dit l'exéréseur. Il suffit juste d'éviter l'artère. »

Puis il se remit à chantonner et les douze mots qu'il répétait sans cesse, sonnèrent aux oreilles de Syd comme une réalité suffisante pour qu'il puisse s'y raccrocher et bientôt il n'y eut plus rien que ces douze mots et malgré la quantité impressionnante de flingues qui condamnaient une baignoire jacuzzi pas vraiment à sa place au milieu de l'immense pièce, malgré la mineure famélique qui démembrait avec frénésie son propre Hologramme sur l'écran-titan, la malveillance bourdonnante de la radio qui ne causait qu'attentats, procès de l'Exécutif contre Vence Énergies, mort subite de Charles Smith et engouement des populaces pour la toute récente Simulation, malgré l'odeur de désodorisant de chiottes, les bourrasques cognant les baies vitrées, la cocaïne quadrillant toutes les surfaces planes, la noyade de son implant bancaire dans le sang qui maculait la bassine, malgré toutes ces preuves tangibles que c'était ici et maintenant, Syd fut ailleurs en un instant et, en un instant, il retrouva la route et la route envahit toutes ses pensées. La route qui repoussait tout le reste, qui le remplissait d'une indifférence à tout et au détour de cet état limite où plus rien ne comptait, plus rien que la route et ces fragments de nuit qu'il avait encore à traverser et la conviction qu'elle devait mener quelque part, il trouva l'anomalie sans prix d'un instant de paix, tout ça parce que l'exéréseur chantonnait :

« *Chaque fois que je regarde vers l'ouest, je ressens une chose étrange…* »

Plus tard cette nuit-là, Syd fut réveillé par le choc d'un palmier contre la baie vitrée. La cassure au milieu du tronc révélait l'armature de fer et les palmes factices claquaient à défoncer la vitre. Derrière, la Rivière de Ferraille miroitait sous les lueurs naissantes de l'aube halogène. L'exéréseur était assis sur le canapé d'en face, à ne rien faire, sinon disperser puis reconstituer, disperser puis reconstituer la même interminable ligne de coke à l'aide d'un dix de cœur. La môme en petite culotte s'était évaporée et l'écran diffusait un épisode de *Sous-Tex* que Syd

avait déjà vu. Celui où l'albinos rompait avec la naine.
Il était cinq heures du matin. Syd respira et tout son
corps lui fit mal. Mention spéciale pour son crâne et
son poignet droit. Un bandage enserrait la plaie.
Impeccable, du vrai travail de pro. Syd demanda à
l'exéréseur s'il pouvait prendre une douche.

La douche eut des bienfaits mitigés. Son cerveau
jouait des percussions et son estomac à la retourne.
Il s'examina dans le miroir. Son estafilade à la tempe
cicatrisait mal. Il avait une barbe de trois jours et des
cernes qui ressemblaient à des coquarts. Il se pencha,
but de l'eau au robinet et se rendit compte qu'il était
en descente.

L'exéréseur avait un arsenal en stock. Syd se
contenta de racheter son 9 mm. Il acheta aussi des
munitions, un gilet en Kevlar renforcé de plaques en
céramique et une puce pirate en cas de contrôle.
L'exéréseur réclama deux mille unités et Syd paya
sans marchander. Il avait retiré tout ce qu'il pouvait
au premier distributeur en quittant l'hôtel. Puis l'exéréseur lui demanda s'il comptait rester en Ville et
Syd lui demanda s'il connaissait d'autres options.
Alors l'exéréseur lui raconta que sa clientèle était pas
mal montée en grade ces temps-ci. Pour le matériel,
ça se relayait toujours de camés aux abois en tâcherons du contrat solitaire en braqueurs de toutes
confessions avec de loin en loin le jackpot des gué-
guerres entre bandes. Mais pour la chirurgie, c'était
une autre histoire. Il y avait de plus en plus de types,
des abonnés modèles, des rupins voire, qui venaient
se faire ôter leur implant pour une mort bancaire
volontaire. Des types qui voulaient assurer leur

courage en brûlant leurs vaisseaux. Leur courage de partir. Ces types quittaient la Ville. Certains n'avaient rien d'autre à abandonner qu'une piaule dans le centre, bourrée d'objets inutiles. D'autres laissaient tomber femme et enfants en prime. Ils partaient. Ils prenaient le train à Exit et continuaient à pied en direction de l'ouest. Ces mecs qui disparaissaient du jour au lendemain, dont les familles éplorées écumaient les plateaux télé, que la Brigade Extérieure retrouvait des mois plus tard, crevant la gueule ouverte à des miles de chez eux. C'étaient eux. Et il y en avait de plus en plus. Chaque jour, l'exéréseur s'en payait un ou deux. Il ne posait pas de questions et doublait son tarif. C'était lui le dernier arrêt avant le départ définitif et souvent ces types-là lui laissaient leur montre et leur bagnole. Leur Traceur. Leur alliance. L'un d'entre eux lui avait même refilé le numéro de sa femme en lui demandant de faire quelque chose pour elle. L'exéréseur se souvenait très bien de ce type-là. Un patron d'agence de Pertinence. Un play-boy sur le retour, secoué de tics, qui avait failli s'évanouir à la vue de son propre sang. Et pour se donner du courage, il n'avait pas arrêté de chanter :

« Chaque fois que je regarde vers l'ouest, je ressens une chose étrange… »

Aux derniers numéros de Palm Boulevard, la Rivière de Ferraille s'élargissait au point qu'on ne pouvait distinguer l'autre rive. C'était là qu'on déchargeait les carcasses. Onze grues orange, un parking sans fin, une odeur d'essence. Rangs de palmiers plus vrais que nature et résidences luxe toutes en vitrages et blancheur phosphorescente s'interrompaient pour laisser place à une successions de hangars aux façades lézardées, une usine de recyclage et des piles et des piles de pneus. Dans ce coin dépeuplé, la nuit était véritablement noire et Syd debout sur la berge à observer l'amas de décombres immobiles leur trouvait quelque chose d'une immensité d'eaux sales.

Dans quelques secondes, l'aube halogène se lèverait sur l'illusion et l'anéantirait en révélant rétroviseurs orphelins, sièges éventrés par leurs propres ressorts, étoiles de verre feuilleté, débris épars de moteurs et des tonnes de tôles froissées.

Dans quelques secondes, l'aube se lèverait sur sa première journée de paria. Il n'avait plus rien. Plus de Traceur, plus d'existence bancaire, plus d'identité. Il n'appartenait plus, ni aux Vence, ni aux forces préventives. Et le S.P.I. le voulait.

Mais il ne quitterait pas la Ville ; il se posait trop de questions. Tout un tas de questions dont les réponses ne se trouvaient nulle part ailleurs qu'entre ces murs.

Il fouilla la poche de sa veste et referma le poing sur l'implant. L'aube se leva à ce moment-là et Syd vit son ombre naître à la surface de la casse. Il prit un peu d'élan et balança l'implant aussi loin qu'il le put, vers la ferraille. Une myriade d'oiseaux jaillirent de nulle part puis se dispersèrent. Pour l'administration, Sydney Paradine venait de mourir ici, pour le reste, c'était à voir.

Quelques oiseaux revinrent par la gauche.

Vers six heures et demie, dans une rue qui montait des quais vers le Parc, Syd débusqua un bar qui acceptait le cash. Depuis deux ou trois ans, la politique de suppression des flux monétaires sauvages menée par l'Intérieur avait considérablement réduit cette option pour la cavale. Les paiements informatisés permettaient un renfort de pistage des abonnés, c'étaient une mine d'indications psy. Le cash circulait de la main à la main et sans contrôle possible. Les paiements informatisés étaient purs comme de la transmission de pensée. Le cash était un nid à microbes. Les paiements informatisés faisaient office de témoins de moralité pour obtenir des crédits qui fondaient des foyers. Le cash semblait n'avoir été inventé que pour favoriser la prostitution, le jeu, le trafic d'armes à feu et de cristal meth. En 29, le cash avait été proscrit pour tout achat de bien meuble supérieur à deux mille unités, ainsi que pour tout hébergement, essence, titre de transport.

Heureusement, il y avait encore quelques putes qui officiaient hors terminaux de tapinage et quelques patrons de bar qui allaient aux putes. Syd passa la porte, s'installa dans un box et commanda un cheeseburger et un double café à la cortisone.

Les lieux ; un fast-food pour insomniaques. La clientèle, entre chien et loup. Une dizaine de types à la dégaine d'employé de banque, qui buvaient la même chose que lui et guettaient l'ouverture des marchés sur leurs microprocesseurs de commande. Une fille presque jolie, un imper passé sur son pyjama, des valises sous les yeux, qui lisait le journal de la veille. Un ivrogne à qui son microprocesseur prêchait la tempérance.

Le sandwich était graisseux, la viande carbonisée en surface et crue au milieu. Syd l'aspergea de ketchup et le dévora. Il avala son café modifié et en commanda un autre. Ensuite, il connecta son microprocesseur au Réseau et lança une recherche d'actualités avec Charles Smith comme mot clef.

Réponses en pagaille.

Charles Smith décoré pour son action de la nuit du Grand Black-Out. Galerie de photos. Thème : petite beuverie classieuse entre grands de ce monde. Shadow : tiré à quatre épingles, sourire faux comme l'hyperdémocratie, poignée de main face caméra avec l'Exécutant Watanabe, puis en grande conversation avec deux des Douze, Reinhart, *le* Reinhart des Pan-hôtels, et Marquez, monsieur Soda-à-la-came. Shadow au bar, agrippé à son whisky, surpris par un flash. Le visage qui se crispe dès qu'il a l'impression de ne plus être observé. Et toujours le S.P.I. bord cadre. Le S.P.I. en retrait, l'œil sur Shadow. Des indifférents et des confettis. Au plafond, une gigantesque banderole oscillait sous les ventilos :

« À CHARLES SMITH, LA VILLE RECONNAISSANTE. »

Page suivante. Des interviews. Filmées ou retranscrites. Shadow pris sur le vif au sortir de la tour Clair-Monde. Au cours de la conférence de presse qui avait suivi. Déballant des horreurs avec la jubilation de l'immunité. Déballant son expertise à la virgule près. Syd survola les réponses d'après : bavardage d'abonnés commentant l'action du sauveur. Fans offrant leur corps au pirate.

L'une des dernières personnes à l'avoir vu en vie.

La fille avait filmé Shadow en douce dans une station-service. La caméra indiquait la date du 18 novembre, peu avant vingt heures. Shadow entassant des bidons d'essence à l'arrière d'un 4 × 4 noir de marque TVR, lunettes noires et veste militaire. La fille l'accostait. Il prétendait que le nom de Charles Smith ne lui disait rien et dissimulait son visage à la caméra. La fille insistait. Il lui tournait le dos et remontait dans sa voiture en boitant. Il démarrait et filait sur l'autoroute. Conclusion de la fille : *célèbre égale connard.*

Syd passa à la suite. Communiqué officiel d'autopsie signé de Doc Meyer, un légiste de la Morgue Tridivisionnaire que Syd avait connu du beau temps de la Criminelle. Un type respectable, toujours la bouche pleine d'épitaphes pour les pauvres filles trucidées. Selon le rapport, le décès avait eu lieu entre huit et onze heures, le matin du 19 novembre 31. La cause de la mort avait été la suffocation causée par une morsure à la langue à fondement hémorragique élevé. Les examens toxicologiques s'étaient révélés négatifs, ce qui permettait de conclure que Shadow s'était automutilé la tête froide et sans user d'aucun analgésique. La voix rauque de Blue Smith vint bourdonner aux oreilles de Syd. Puis c'était la revue de presse. L'attentat de la gare TransNord avait volé la une au suicide du sauveur. Syd passa directement en page deux. Shadow avait été découvert l'après-midi du 19 novembre par une bonne dans sa chambre à l'Etap'Hôtel. Le corps gisait en position fœtale sur la moquette. D'après le témoin, une zonarde de cinquante-trois ans en situation irrégulière, il y avait tellement de sang dans la piaule qu'elle n'avait pas pu croire qu'il s'agissait du sang d'un seul être humain et elle avait écumé toutes les chambres libres et les parties communes du motel à la recherche « des autres ». La Criminelle de Troisième Division était arrivée sur les lieux vers dix-sept heures.

Syd jeta un œil aux photos qui illustraient le papier. La clandestine avait raison : trop de sang sur les murs de la chambre.

La Préventive n'avait rien pu faire. Charles Smith avait protégé sa sortie. Les statistiques montraient que seuls deux pour cent des abonnés sabotaient leur suivi psy. Des hors-la-loi, des esprits forts, des insoumis. Ceux-là mentaient à confesse, dissimulaient, baratinaient, donnaient le change. Shadow n'était pas fiché au S.P.S.

Et puis, le 18 au soir, le Grand Central l'avait *perdu.*

La reconstitution tracée des deux derniers jours de Shadow avait donné lieu à une découverte singulière. Shadow, en digne pirate, avait tenu en échec le Grand Central lui-même. Au moyen d'un brouilleur. Mais pas de ces brouilleurs bidon dont se servaient les dealers et les époux adultères. Shadow avait interrompu toute émission tracée dans un champ mobile de cinq kilomètres carrés autour de sa fuite. Les experts planchaient actuellement sur l'aspect brouillard de l'affaire.

Shadow laissait une sœur et un souvenir que chacun en hyperdémocratie se devait de respecter et d'honorer.

Il serait enterré le jour même à dix-sept heures, au cimetière de l'ancien aéroport. Syd releva le nez de son écran et finit sa tasse de café. Le café était froid et lui laissa une amertume de plus. Le jour artificiel avait atteint son apogée et au-dehors, les rues étaient baignées de cette lueur blanchâtre et irrégulière, semblable à un éclairage de stade. L'ivrogne s'acharnait sur le clavier de son microprocesseur qui refusait de lui vendre le verre de trop. Les employés de banque avaient disparu et les postes qu'ils avaient occupés n'affichaient plus qu'une déferlante de crépuscules Clair-Monde. Syd fut submergé par le cafard. Il avait huit heures à tuer avant la prochaine étape et nulle part où aller.

Du moins avait-il largement de quoi s'occuper l'esprit.

La nuit de l'incendie de l'Innocence avait vu passer un brouillard similaire à celui qui avait enveloppé la fuite de Shadow. Pendant deux ou trois heures comprenant l'heure estimée du crime, sur un périmètre d'un ou deux kilomètres carrés autour du lieu du crime, tous les Traceurs avaient cessé d'émettre. Une première depuis que l'investigation tracée avait peu à peu évincé les autres méthodes et une impasse pour sa première enquête d'inspecteur. L'obstruction du S.P.I., finalement, lui avait permis de sauver les apparences.

Dix ans avaient passé et maintenant, la mort de Shadow, avec son lot d'incertitudes, venait de lui faire cadeau de ce qu'il avait attendu pendant ces dix années.

Un modus operandi.

« Vous n'êtes pas là. »

Syd attendait un taxi à la station Parc Central, deux cents mètres en avant du bar, quand l'ivrogne était venu activer la paranoïa qui l'avait épargné jusque-là. L'ivrogne avait surgi, son Traceur à la main qu'il brandissait comme une pièce à conviction.

« En fait, vous n'existez pas. »

Syd ne répondit pas et jeta un œil au flux de véhicules qui venait de la gauche. Une manifestation pour les droits des chiens s'amenait de leur côté.

« Montrez-moi ça », dit-il à l'ivrogne.

Il prit le Traceur de l'importun et lança une recherche taxi. Il en localisa un qui descendait la parallèle et restitua le Traceur à son propriétaire.

« Vous avez raison, dit-il, c'est indéniable, je n'existe pas. »

Il courut en direction de la Septième Rue et cueillit le taxi pile à l'angle. Il lui proposa le double de la course en liquide. Le taxi fit une boucle pour reprendre Parc Avenue. Ils se retrouvèrent coincés derrière un véhicule de la Préventive-Routière. En première ligne, l'ivrogne désespérait de sa propre voiture qui refusait d'ouvrir ses portes.

« … Selon nos informations, vous avez consommé un litre huit d'alcool, disait la voiture, il nous est impossible de vous laisser le volant. Votre temps de dégrisement est estimé à trente-six heures. Nous rouvrirons nos portes demain soir, à vingt-deux heures précises. Merci d'avoir choisi Volkswagen, partenaire officiel de la Préventive-Routière. »

Le taxi fit un écart et passa. Syd se redressa sur son siège. Dans le rétro, il vit les deux agents qui embarquaient l'ivrogne, sur fond de marée montante de manifestants. Pancartes à effigie du meilleur ami de l'homme, banderoles et hurlements où le droit était cité plus souvent qu'à son tour.

Au centre commercial de Brinks Boulevard, rien d'alarmant ne se produisit le concernant. Certes, son absence de signal le trahissait comme mort bancaire auprès de tous ceux qu'il croisait mais ceux-ci, simplement, le regardaient sans le voir et passaient leur chemin. Et puis Syd commença à envisager que le S.P.I. pût avoir d'autres chats à fouetter avec ce second attentat qui venait de rayer de la carte une immense base de loisir sous bulle, en zone périphérique. L'info fut retransmise à 12:14 de tous les écrans du Centre et il fut recommandé aux abonnés d'éviter désormais les lieux qu'un achalandage massif pouvait changer en cible. Une bonne partie de la foule déserta alors le centre commercial pour rallier ces autres lieux à achalandage massif qu'étaient les transports en commun et les tours autosuffisantes.

Syd effectua ses achats dans le calme relatif que la panique avait laissé dans son sillage. Chez I&N où il fit l'acquisition, entre autres, d'une casquette du S.P.I. et de lunettes Reflex pour dissimuler son visage, des filles filiformes essayaient des robes du soir au rabais, avec leurs masques à gaz qui les faisaient ressembler à des scaphandriers.

Il poussa jusqu'à l'espace Clair-Monde où il racheta un Traceur au moyen d'une fausse déclaration de perte et quand il ressortit, des spots publicitaires à pertinence personnelle le harcelèrent pour tenter de lui refourguer du Martini Light, des sous-vêtements à électrodes et un séjour d'une semaine dans la base de loisir qui venait d'exploser, ce qui ne le fit pas rire mais lui permit d'apprendre que pour l'administration, il se nommait dorénavant Darren Schuller et avait un problème de poids. Avant de déguerpir, il fit étape au Starbucks pour se payer un café glacé avec ses points I&N. Quatre écrans-titans mitraillaient sans le son et Syd se laissa hyp-notiser par la tragédie silencieuse. Une vue aérienne de la base de loisir juste avant l'explosion, images amateur prises d'un hélico. La sphère, la respiration régulière des générateurs, lumière chaude à froide et puis la soudaine montée des flammes à l'intérieur, la surface de la bulle se fissurant avant d'éclater, des colonnes de fumée noire envahissant l'écran. L'ins-cription « direct » apparut. L'incendie maîtrisé par endroits. Un grand huit déraciné. Des baraques à frites cul par-dessus tête. Une auto-tamponneuse logée dans la fourche d'un chêne miraculé. Et par-tout, des spirales de sable tourbillonnant entre les décombres et les blessés. Et Syd se souvint qu'un peu avant la guerre, il était allé s'y promener avec une fille de l'école de droit. La base de loisir était encore en travaux et seules la partie boisée de la bulle et la rampe de skate étaient ouvertes au public. On ensablait ce jour-là et Syd se souvenait des semi-remorques déversant des tombereaux de sable sur le chantier mais il ne se souvenait ni du visage, ni du prénom de la fille, simplement qu'elle lui avait demandé d'où venait le sable et qu'il n'avait pas su lui répondre. Et maintenant le sable avait été rendu à la liberté et contrait la course éperdue des secouristes et cinglait les visages des victimes horrifiées par le blast. Le terrain se dénudait par endroits et laissait apparaître des langues de béton numérotées et le chiffre 3 s'incrusta désagréablement dans l'œil de Syd. Un manège partiellement enseveli. Des hélicos-ambulances à soulever des rafales. Des visages qui demandaient pourquoi.

Et alors que depuis le matin, une partie de lui-même était occupée à composer des scénarios mutiples avec la mort de Shadow pour thème, tout en passant en revue les liens possibles avec l'incendie de l'Innocence et ses chances à lui d'en réchapper, tout cela lui parut tout à coup bien dérisoire devant cette évidence que la Ville allait sauter.

Réveil au terminal F.

Une voix dans son sommeil : premier appel pour la crémation Mortensen. Syd ouvrit les yeux et reconnut le décor du terminal autour de lui. Une famille endeuillée le regardait d'un drôle d'air.

Les abonnés étaient nombreux en salle d'embarquement F-326, à attendre les bus qui les mèneraient aux pistes d'inhumation. Il faut dire qu'entre le Black-Out et les deux attentats, la mortalité avait subi une forte hausse ces jours-ci et comme le lui avait précisé la bonne femme de l'accueil, le cimetière était « hyperbooké ».

Syd se redressa sur son siège. Un grand nombre d'yeux rougis étaient fixés sur lui, exprimant une

certaine désapprobation, et Syd se souvint que sur le
tee-shirt qu'il avait acquis le matin même chez I&N,
était inscrit : « LES MORTS BANCAIRES N'ONT PAS
D'ÂME ».

Les haut-parleurs diffusèrent un deuxième et dernier appel. Syd se souvenait du nom, c'était le 16:50.
Prévu juste avant l'inhumation Smith de 17:01. Il jeta
un œil aux écrans de signalisation. Le 17:01 était à
l'heure. Il s'approcha de l'immense baie vitrée qui
surplombait les pistes et il trouva à la symétrie des
allées du cimetière, à la tranquillité de la pierre et
l'étendue chatoyante des fleurs-hommages, une paix
qui l'attirait presque. Au loin, la tour de contrôle
reconvertie en colombarium fendait l'horizon gris et
Syd comprit que ce n'était pas de repos dont il avait
envie, mais de départ.

L'ère était révolue où l'on se rendait à l'aéroport
Louis-Clair pour embarquer vers des terres incon-
nues. L'extinction du soleil et l'interdiction des
littoraux avaient commencé par réduire considérablement les options du voyage puis un déchaînement
de crashs lors de vols interdivisionnaires estimés peu
dangereux, la menace terroriste des non-zones,
avaient alimenté une psychose qui avait abouti à la
fermeture en 04 de la zone aérienne aux civils.

L'occasion pour Reinhart de gagner ses galons de
dernier des Douze. Son concept de « relocalisation
panoramique » avait été un véritable braquage du
marché naissant de l'hôtellerie sous bulle. Reconstitution pièce à pièce des paysages et merveilles
perdus, hébergement multigamme, microclimats,
éclairages de pointe, les Panhôtels avaient la

prétention d'avoir reconstruit *le bout du monde au coin de la rue*. En quelques années, Reinhart avait intégré le cercle très fermé des milliardaires post-krach. La tâche des Douze, Kaplan l'avait fort modestement résumée lors du sommet Énergie du Désespoir en 05 : il s'agissait pour les entreprises sélectionnées de pallier les carences causées au bonheur humain par la grande Extinction. Reinhart s'en était acquitté haut la main. Il avait fait un bon douzième.

Pour Syd, qui avait passé sa lune de miel dans la suite idoine d'un palace en Nouvelle Ephèse, tout ça ne valait pas un bon atterrissage au-dessus d'une capitale inconnue. Il soupira : ce ne serait plus jamais possible. Son regard s'égara vers les confins déshérités du tarmac : les terminaux A et B n'avaient pas été réhabilités et de nuit, y avaient lieu toutes sortes de réjouissances. Réunions de sectes de toute confession, squatts de zonards et de clodos, recels, viols collectifs et activités variables autour de la bonne vieille thématique de la dégradation de sépulture.

Les haut-parleurs annoncèrent le premier appel pour l'inhumation Smith, famille uniquement, je répète, famille uniquement. Alors la foule s'effaça pour céder le passage à une femme qui ne pouvait être autre que Blue Smith. Deux agents du S.P.I. la précédaient, deux autres l'encadraient. Deux autres fermaient la marche. Blue Smith. Une robe noire et un manteau noir. Une minceur d'apparition. Sa marche jusqu'à la porte ne fut qu'une longue lutte de coups de coude et de mines excédées qui finirent par repousser à distance respectueuse sa garde rapprochée. Syd tenta de distinguer le visage que de larges lunettes noires abritaient des regards. Mâchoire volontaire, nez osseux, tempes saillantes. Ses traits pris isolément contredisaient les canons, mais le tout s'ordonnait avec une symétrie qui tenait du miracle. Syd se concentra pour percer le mystère des lunettes noires. Blue Smith le dépassa et il en fut réduit à admirer ses arrières. Elle atteignit la porte et se retourna. Elle cherchait quelqu'un. Elle le vit et les traits miraculeux ne laissèrent passer aucune réaction. Elle fit volte-face et pressa les agents d'embarquer pour l'inhumation. Les haut-parleurs signalèrent que l'accès aux pistes s'effectuerait dans quelques instants, sous réserve d'un double contrôle d'identité tracée. Syd battit en retraite.

De la cafétéria du terminal F, le front appuyé contre la vitre, il rendit à son ex-camarade de tuerie un hommage discret. Là-bas, à l'horizon du champ de pierre, des silhouettes minuscules écoutaient, tête baissée, l'oraison purement formelle d'un indifférent, tandis que quatre porteurs amenaient le cercueil contre le vent. Des réacteurs d'avion cognèrent dans la tête de Syd et il le laissa partir, lui, son mauvais ange, son initiateur, non sans l'envier un peu, comme il enviait tout homme en possession d'un ticket de départ.

Syd filait le S.P.I. au volant du corbillard qu'il avait chauffé. Il avait attendu devant le terminal, à vingt mètres en retrait des trois véhicules de service, garés comme le voulait la coutume, aux meilleures places pour handicapés. Les portes à tourniquet avaient fini par délivrer Blue Smith et son escorte. Elle, à scruter les environs à trois cent soixante degrés, à ralentir la marche comme elle le pouvait.

Elle le cherchait.

Un agent l'avait giflée. De force, il l'avait fait monter dans une des Mahindra. Syd avait noté la plaque, compté jusqu'à dix et remis les gaz. Il avait filé les voitures sans problème pendant vingt minutes. L'ex-aéroport était très éloigné du centre et le S.P.I. regagnait tout simplement le cœur de la Ville. A l'entrée de Ford Avenue, la chaleur écrasante se résolut en une pluie torrentielle à en nettoyer les rues de Sous-Tex. Il était dix-neuf heures et les travailleurs se pressaient aux portes des bars. Syd vit les trois voitures ralentir et pila.

Blue Smith sortit, claqua la portière, tendit un majeur bien raide aux agents à l'intérieur et s'engouffra, seule, dans le premier bar.

Les trois véhicules restèrent stationnés de part et d'autre de la chaussée. Syd se rabattit contre le trottoir et gambergea. Un groupe d'ouvriers le dépassa. Il rabattit sa casquette sur ses yeux, s'extirpa du corbillard sous la pluie battante et gagna le bar à la faveur de la mêlée.

« Je ne vous attendais plus », dit Blue Smith.

Pendant une seconde, ils se dévisagèrent en silence. Blue Smith avait gardé ses lunettes, sa robe était un peu déchirée et laissait voir le haut de ses cuisses mais la curiosité de Syd trouva à se satisfaire ailleurs. Sous la lumière crue des lavabos, la fille apparaissait marquée d'une façon étonnante. Un lacis de cicatrices arachnéennes striaient son visage, descendaient le long de son cou jusqu'à l'échancrure de sa robe où elles se perdaient. Des cicatrices encerclaient ses poignets et étoilaient le dos de ses mains jusqu'aux métacarpes. Syd eut une vision de Blue Smith sans vêtements, le corps tout entier revêtu de cet apprêt de guerre. La vision lui plut. Une chasse d'eau retentit quelque part.

« Nous n'avons pas beaucoup de temps, dit la vision, ils sont stupides mais pas idiots.

— Ils vous veulent quoi exactement ?

— Oh, dit Blue Smith, ils ne le savent pas eux-mêmes. Ils ne savent pas ce que je sais. Mais étant donné les usages de ce corps de métier épatant, j'imagine que je peux me faire descendre d'une minute à l'autre. Enfin, pas pour l'instant, puisque je suis sous leur protection officielle, en tant que sœur de l'héroïque Charles Smith. Ce serait un peu gros. Ils en ont après vous, aussi. Ils m'ont interrogée sur vous.

— Et qu'est-ce que vous leur avez dit ?

— Que je ne vous connaissais pas.

— Mais vous me connaissez ?

— Oh, dit Blue Smith, je vous ai vu vous faire tabasser il y a dix ans et vous aviez l'air d'aimer ça. Mais il ne s'agit ni de moi, ni de vos foudres de jeunesse. Il s'agit de mon frère. Mon frère avait les velléités suicidaires d'un minéral. On l'a tué, je pense.

— Vous avez quelque chose d'un peu plus précis à me communiquer ?

— Ce n'est pas vraiment le moment, dit-elle. Passez vers minuit au 77 Absolut Avenue. C'est le bar où je travaille. Je préfère vous prévenir tout de suite, je danse dans un aquarium pour exciter des banquiers.

— Je connais, coupa Syd. Et vous enlevez aussi vos lunettes dans votre aquarium ? » ajouta-t-il d'un ton presque agressif, juste pour voir.

Blue Smith accusa le coup, son étrange visage se raidit. Elle avança le menton et son geste vif pour retirer ses lunettes eut tout d'un début de gifle. Blue Smith avait des yeux d'aveugle, d'un bleu Clair-Monde, froid et lumineux comme de l'acier. De la gamine qui accompagnait Shadow à son dernier match de nouvelle boxe, ces yeux-là, c'était tout ce qui restait, mais ce qui frappa Syd, ce ne fut pas cette brusque réminiscence, ce ne furent pas non plus les coquarts qui encerclaient les yeux de Blue Smith, ce fut un choc d'un autre ordre, d'un ordre inadéquat.

« Ce n'est rien, dit-elle, croyez-le ou non, mais j'en ai vu d'autres. A ce soir, Syd Paradine. »

Puis elle fila et le laissa seul.

Seul à récupérer comme il le pouvait de sa brève noyade dans de l'acier.

*
* *

TROISIÈME PARTIE

Bleu comme l'acier

6

Voilà ce que Syd savait de l'incendie de l'Innocence.

La nuit du 9 au 10 mars 20, un problème de transmission s'était déclaré vers minuit quarante du côté
de Canon District. D'une seconde à l'autre, sur une
aire d'environ deux kilomètres carrés, des premiers
numéros de Canon Avenue jusqu'en deçà du boulevard Warner, le Grand Central n'avait plus été en
mesure de capter le moindre signal.

En l'absence de procédure d'usage, les choses
avaient été laissées en l'état et on s'était borné à
envoyer un S.O.S. à la Brigade Electronique qui ne
prenait son service qu'à sept heures et demie du
matin.

Aux alentours d'une heure, un type qui pouvait
être âgé d'une vingtaine à une quarantaine d'années,
d'une stature d'environ un mètre quatre-vingt-dix,
vêtu d'un blouson et d'un jean, le visage dissimulé
par une casquette noire, avec, à chaque main, un sac
de voyage de taille moyenne, avait été aperçu par une
adolescente insomniaque qui rêvassait à sa fenêtre,
tandis qu'il remontait Canon Avenue.

C'était là l'unique témoignage oculaire qu'on avait pu recueillir. A l'exception d'un Starbucks, d'un orphelinat et du bar de l'Innocence, Canon District n'abritait, pour l'essentiel, que des immeubles de bureaux.

Ce type, appelons-le X, portait dans ses valises, entre autres, un trépied, des munitions et une demi-douzaine de bouteilles en verre qui avaient sans doute contenu de l'alcool, avant qu'on les vidât au profit d'un mélange d'essence, d'acide sulfurique et de liquide vaisselle.

Revenons au bar de l'Innocence. Le bar de l'Innocence avait deux entrées. L'une donnait sur le côté pair de Canon Avenue, au niveau du numéro 50. L'autre débouchait sur Canon Square. Un minuscule rond-point encastré entre un jardin public sous bulle et les façades d'un immeuble d'angle où se tenaient les locaux administratifs d'une entreprise de robinetterie. Un peu après une heure du matin, X s'était introduit au siège du Roi du Robinet, au numéro 2 de Canon Square. Il s'y était introduit sans effraction. L'alarme était restée muette. Les caméras de surveillance n'avaient enregistré que des lignes brisées sur fond de palette colorée. Le système n'avait pas été vandalisé, mais gentiment désactivé. X connaissait les codes.

Ce qui avait fait peser de lourds soupçons sur les employés du numéro 2. De longues heures d'interrogatoire pour que dalle, à l'exception des aveux hors sujet d'un D.R.H. qui pratiquait la fellation à l'embauche.

Comme l'attestaient, entre autres indices matériels, une vingtaine de douilles et des traces de pas (des baskets standard), X s'était posté à la fenêtre du local à photocopieuse au troisième étage et avait attendu son heure.

Albert Rattner avait été le premier à mourir.

Albert Rattner avait trente-neuf ans. Il possédait une usine de composants informatiques et résidait dans la Vallée-Bulle. Il était malheureux en ménage et fréquentait les bars en conséquence. C'était un habitué de l'Innocence.

La station de taxi était située beaucoup plus bas, sur le boulevard Warner. C'était là que se rendait, sans le moindre doute, Albert Rattner.

A la hauteur du numéro 54, Albert Rattner avait pris une balle dans le genou puis dans la poitrine. La troisième avait déchiré sa joue droite. Il était déjà mort quand une quatrième balle avait fait exploser sa braguette.

Rip Edwards avait été abattu sur le corps même de Rattner qu'il venait de découvrir, son Traceur à la main. Il avait composé le numéro des flics en pure perte : pas de signal. Il avait rappelé une fois, pas deux.

Trois balles en pleine tête l'en avaient empêché.

X avait continué son manège jusqu'à trois heures, fermeture du bar. Quatre autres types abattus en solitaire. Tous avaient entre trente-cinq et cinquante ans et appartenaient à des catégories socioprofessionnelles non défavorisées. Tous étaient mal mariés ou divorcés. Tous sortaient de l'Innocence.

Quand Syd était arrivé sur les lieux, vers quatre heures du matin, au terme d'une longue nuit de permanence émaillée par un duel de clodos à l'arme blanche et les agressions en série d'un berger allemand sous amphétamines du côté d'Alphabet, Canon District était jonché de macchabs sur tout un bloc. Une piste sanglante vers le bar de l'Innocence, brûlé jusqu'aux fondations. Le périmètre noyé d'une fumée âcre que rien ne semblait avoir le pouvoir de dissiper.

On n'avait retrouvé que six allumettes pour six cocktails Molotov que X avait lancés. La main de X avait été d'une sûreté exemplaire. L'Innocence avait flambé instantanément. Le liquide incendiaire s'était englué aux rideaux, condamnant les fenêtres. Une dizaine d'hommes avaient tenté de s'échapper par la porte principale. X les avait allumés au calibre moyen. Le feu avait redoublé en atteignant les réserves d'alcool. Quand il avait pris au local électrique, l'établissement avait explosé.

Au total vingt-sept personnes avaient trouvé la mort cette nuit-là.

Et malgré la pression du S.P.I., Syd avait légèrement renâclé à classer l'affaire comme accident. C'était pourtant bien ce qui s'étalait, noir sur blanc, devant ses yeux. La conclusion d'enquête en date du 6 avril 20, date à laquelle lui, Syd, végétait à l'hosto de la Pitié Centrale, les deux bras troués de perfusions nutritives. L'affaire dite de « l'incendie de l'Innocence » avait été un accident dû à un court-circuit de l'alimentation électrique. Nulle part n'étaient mentionnés les six gars abattus en guise de hors-d'œuvre. Ceux-ci avaient gagné leur postérité criminelle sous la désignation de « fusillade de Canon District ». Une affaire distincte, classée comme non résolue. Conclusion d'enquête : homicide multiple commis par un ou plusieurs inconnus. Quand le S.P.I. décrétait que deux et deux faisaient cinq, deux et deux faisaient cinq et point barre. Syd soupira et hésita avant d'enclencher la vitesse supérieure. Pour accéder à Logicrime, il lui faudrait entrer ses mots de passe avec le risque d'être aussitôt localisé par le S.P.I. On disait que le S.P.I. pouvait être n'importe où dans la Ville en sept minutes.

C'était le moment ou jamais de vérifier l'info.

Il leva le nez de son écran pour un rapide état des lieux. Le Café Electronique était une ancienne église. Des câbles chevauchaient les châssis des vitraux et ceux-ci semblaient éteints par contraste avec la violente lumière·jaune dégringolant des néons fixés à la voûte. La moquette grise se décollait par endroits, laissant entrevoir des dalles millénaires. La nef abritait des rangées d'ordinateurs. Un profond silence y régnait, uniquement troublé par les animations du Jeu, uppercuts en boîte ou cris d'agonie et ces trois notes basses, acides et cursives qui faisaient planer sur des dizaines de joueurs aux yeux vitreux, quelque chose d'une mélodieuse menace de mort. Les joueurs bouffaient des barres protéinées et buvaient du café à la cortisone. Une odeur de merde planait entre les rangées d'écrans chauffés à blanc, car les adeptes du Jeu se refusaient à l'abandonner ne serait-ce qu'un instant et la plupart d'entre eux portaient des couches. L'église avait trois sorties : un lourd porche de fer forgé sur la Vingt-Deuxième Rue, le bras gauche donnait sur le parking, l'autre sur Texaco Boulevard.

A la moindre alerte, Syd fuirait par le boulevard.

Il se rendit compte que l'hôtesse d'accueil le fixait, de l'autre bout de la nef, une rouquine bien foutue, aux yeux refaits, qui passait son temps au téléphone. Ils partagèrent un instant de complicité entre individus encore aux prises avec le réel dans cet endroit où le Jeu semblait déborder des écrans pour baver légèrement sur le monde. Syd se fendit d'un signe amical : c'était elle qui avait accepté qu'il paie en liquide ses trente minutes de connexion. Sur l'écran, la page d'accueil de Logicrime stagnait.

Il entra le mot de passe du S.P.S. Puis le mot de passe du département Suicide. Puis son propre mot de passe.

Il regarda l'horloge murale au-dessus du porche, 20:03. Il se donna jusqu'à 20:10 et quand il croisa de nouveau le regard de la rouquine, elle raccrocha brusquement le téléphone et baissa les yeux.

Il eut un instant de doute et se mit à observer la fille. Une page clignota sur l'écran, qui fit diversion. Accès accordé.

Logicrime était un moteur de recherche intelligent avec comme base de données, l'intégralité des Archives Criminelles, toutes zones confondues sans limite dans le temps, que complétaient des emprunts sans restriction au Grand Central. Il avait été conçu en 08, avec comme fonction première d'identifier les séries mais son usage n'avait pas tardé à s'étendre et c'était devenu un immense fourre-tout, brassé par une A.I. bien plus performante que n'importe quel

cerveau de flic : empreintes digitales, identification
A.D.N., modus operandi, plaques d'immatriculation,
rapports balistiques, profil des victimes, listes de sus-
pects, antécédents, R.C. des criminels, dépositions,
localisations tracées, etc. Logicrime ingérait les rapports de terrain, les autopsies, les confessions récentes, les arborescences relationnelles, les itinéraires
tracés et, s'il ne crachait pas un nom, il crachait l'endroit où chercher. Logicrime pouvait retracer la trajectoire d'un flingue depuis sa sortie d'usine jusqu'au
moment où il avait tiré sur votre femme et vos
enfants. C'était un outil extraordinaire, mais s'il avait
relancé le refrain de l'obus et la cuirasse et s'il faisait
tomber pas mal de criminels, les plus résistants, au
contraire, semblaient s'être adaptés.

Syd n'avait pas besoin de Logicrime pour savoir
que son homme était doué d'une intelligence supérieure.

Il sélectionna la recherche par M.O. et tapa « dysfonctionnement Traceurs périmètre crime ». Ensuite
il inscrivit « incendie de l'Innocence » dans la case
de référence. Une icône de chargement apparut. Le
serveur était saturé. Qu'il réessaie dans quelques instants. Il vérifia l'heure. 20:05. Il réessaya. Serveur
saturé.

A l'accueil, le téléphone sonnait.

La rouquine était assise devant le téléphone qui
sonnait sans qu'elle fasse mine de décrocher, sans
qu'elle fasse mine de le regarder. Il se tut puis recom-
mença à sonner avec une insistance qui souleva une
vague fureur dans les rangs des joueurs. La rouquine
le regardait, lui, et baissa les yeux et sur son visage,

Syd reconnut une expression qu'il connaissait par cœur. La culpabilité.

Il en lâcha sa tasse de café qui glissa sous un pan de moquette décollé et quand il se pencha pour la ramasser, il vit quelque chose sur la dalle d'origine. Une inscription. Du pied, il repoussa le pan de moquette.

C'était un chiffre 4, tracé à la peinture noire sur toute la longueur de la dalle. Son regard alla de la rouquine à l'inscription, à la sortie de Texaco Boulevard. Il piqua une suée. Il martyrisa le clavier. Il revint en page précédente. Il demanda à être informé du résultat par message texte sur son Traceur de fonction. Il attrapa son sac et se dirigea à pas rapides vers la sortie. Il entendit le porche s'ouvrir pesamment à l'autre bout de la nef et accéléra. Dans les profondeurs d'un vitrail, il vit les reflets minuscules des agents en noir postés devant la rouquine qui leur désignait sa fuite. Il se mit à courir. Il entendit les balles crépiter dans son sillage, ouvrit la porte et quand il atteignit l'air libre de Texaco Boulevard, il continua à courir.

Il continua à courir jusqu'à ce que le souffle de l'explosion le fît rouler au sol.

*
* *

Syd s'était relevé et avait sprinté sans reprendre son souffle jusqu'au bas de Texaco. Il s'en tirait à bon compte. Quelques belles écorchures et une douleur aiguë aux tympans. Il s'était arrêté au Take Away qui faisait l'angle avec la Dix-Neuvième. Le dîner du miraculé : hamburger, frites huileuses et soda aux calmants. La station Sub-Texaco fermée pour travaux. Dix minutes de marche en plus jusqu'à Microsoft District, à croiser vingt bagnoles de flics, sirènes et gyrophares, qui fonçaient vers l'église pulvérisée. Le transdivisionnaire aérien à moitié vide, à cent vingt à l'heure entre les buildings. Son estomac qui jouait à la retourne au moindre virage à plus de trente degrés. 22:00 à l'horloge de la tour Clair-Monde. Trop tôt pour Blue Smith et son aquarium. Les méandres de Central à enjamber les clodos et les shooteuses. Dans les chiottes, il s'était rendu compte qu'il avait du sang sur les mains. Il avait nettoyé ses blessures avec les moyens du bord. Il était ressorti au milieu de nulle part. Il avait marché jusqu'à Pandémonia et, là, sous les arcades, au détour d'une avenue dont il ignorait le nom, large et déserte, où, de loin en loin, une bagnole passait en trombe et faisait voleter les gravats du terre-plein en travaux, il avait trouvé ce qu'il cherchait.

Un Confessionnal.

La loi Civ-Tel de 86 avait érigé la confession en devoir civique auquel tout abonné se devait de consacrer onze minutes par jour, sous peine de contravention. Soixante-deux unités télépayables sous trois jours. Syd en savait quelque chose. Il ne se confessait jamais. Chez lui, les amendes Civ-Tel, c'était un budget. Mais les abonnés aimaient ça. Les abonnés y étaient même accro.

Devant les dix cabines téléphoniques occupées, piétinaient une vingtaine de spécimens en mal de

Traceur. Ce n'était pas le chantage à l'amende qui les avait, tous autant qu'ils étaient, enlevés à leur piaule climatisée agrémentée d'un écran et peut-être même d'un peu de compagnie pour les pousser sous la bruine sale, un dimanche soir de canicule. Au-dessus du Confessionnal, un écriteau, grandes lettres orange sur fond de ciel perdu. Le rétroéclairage faisant comme une oasis sur la promenade désaffectée à l'ombre massive de Pandémonia.

CLAIR-MONDE : VOUS N'ÊTES PAS SEULS

Syd avait attendu qu'une cabine se libère, en proie à toutes sortes de sensations. Il avait dû cumuler six heures de sommeil ces dernières quarante-huit heures et aurait volontiers échangé cinq années de sa vie contre une douche froide. Des cabines proches montait un chœur de plaintes, une clameur geignarde qui le mettait mal à l'aise. Sur tous les Confessionnaux Publics, raréfiés à travers la Ville, planait une aura d'hôpital. Il se mit à détailler les occupants qui le précédaient. Un type trop maquillé, l'échine courbée et les paupières closes de la mauvaise conscience, murmurait. La blonde, juste à sa droite, ses ongles longs, de véritables griffes, solidifiés à l'enduit rouge sang, à jouer des percussions sur le rebord du téléphone. Vacillante. Médicamenteuse. A soliloquer sur son anorexie. Ses impôts. Son petit ami mort d'une overdose. L'enfant posthume attardé mental : punition immanente aux avortements de sa belle jeunesse. Sa mère qui se mourait d'un parasite du sang, une sombre histoire de Labos.

Syd recula pour ne pas entendre. Devant lui, l'homme mauvais libéra la cabine et, croisant Syd, lui lança un regard pénétrant comme une lame.

Syd avait deux nouveaux messages.

Quatre minutes et des poussières, de silence. Myra Vence. De loin en loin, il entendait ses pleurs. Il entendait qu'elle éloignait le haut-parleur. Il l'écouta se taire.

Le second message lui avait été laissé par Phidas, des Affaires Internes. L'enquête sur le cas Legrand avait été close. Syd était suspendu. Il devait restituer son arme et son insigne. La mère de Liza attaquait le S.P.S. Syd risquait la chaise pour meurtre au second degré. Phidas avait jugé bon de conclure en bruitant des décharges électriques.

Et c'était tout. Pas de message de Logicrime. Pas même de représailles du S.P.I., rien de Shadow. Il n'y aurait plus rien de Shadow, à présent. Dans la cabine de gauche, la blonde s'était effondrée. Elle suppliait un angle de cabine téléphonique de lui donner un monde meilleur.

Syd se dit qu'il était temps de prendre le large. Dans sa volte-face, il vit que l'homme dont il avait repris la cabine était encore là, à quelques mètres en retrait, et le fixait.

Syd se mit en marche vers Absolut Avenue, ce putain de quartier qui ne dormait jamais. Après trois blocs, il se rendit compte qu'il était suivi. Il reconnut le type du Confessionnal dans le rétro d'une bagnole garée, fit comme s'il n'avait rien remarqué et poursuivit sa marche sans ralentir l'allure. Au premier angle de rue, il tourna à gauche et se plaqua contre le mur. Quelques secondes plus tard, il entendit les pas et le souffle court de l'autre. Il l'attrapa par les épaules et lui colla un coup de genou dans l'estomac. L'autre s'effondra sur le trottoir. Syd lui posa la question consacrée. Il lui demanda ce qu'il lui voulait. Des geignements en guise de réponse. Une voiture arrivait à toute blinde. Syd crut voir un véhicule S.P.I. Il attrapa le mec au collet. Il répéta sa question. La bagnole les dépassa. Une Chrysler grise, coupée.

A cran. Il releva son suiveur et le cadra. Rien d'un flic, d'un indic ou d'un nervi. Le maquillage outrait ses traits reconstruits façon jeune premier. Cachemire léger, montre endiamantée, chaussures vernies. Les mains et les pupilles qui tremblaient légèrement. Syd lui donna les vingt bonnes années de plus que trahissait son regard obscurci par l'expérience. Il pensa pédé, cocaïne, showbiz. Il répéta un ton plus bas : « Qu'est-ce que vous me voulez ? »

L'inverti cracha un peu de salive rougie.

L'inverti dit : « Je veux vous faire passer des essais filmés. »

Tevere l'emmena dans un de ces hauts lieux de toxicomanie mondaine d'Absolut, l'avenue qui n'en finissait pas de traverser la nuit. Syd avait une ou deux heures à tuer jusqu'à son rendez-vous avec Blue Smith et salement besoin d'un verre ou dix. Et Tevere avait précisé qu'il les aimait mineurs, ce qui avait levé ses dernières réticences. La salle était minuscule mais haute de plafond. On s'y morfondait dans des fumées douceâtres. On y buvait beaucoup pour justifier les étapes à venir. On s'y photographiait pour fabriquer l'instant. Syd reconnut une ou deux Etoiles en fugue, quelques connaissances de Myra et, en vedette, le boiteux de Sous-Tex entouré de ses quatre gardes du corps et d'une cour de filles à la beauté diaphane, figée, de cliché surexposé. La popularité du héros de Sous-Tex causait bien du souci à la presse. La semaine précédente, trois gosses de Microsoft Avenue s'étaient tiré dans la cheville droite pour ressembler au boiteux.

Des bibelots humains en guise de déco. Composition de corps pâles roidis dans des poses d'extase. Une tablée de débutantes s'adonnaient à l'héroïne sociale.

Syd éclusa sa vodka. Qu'est-ce qu'il foutait là ? La voix de Tevere lui arrivait de très loin. Syd se sentait emprisonné en lui-même ; le manque de sommeil, l'écho de l'explosion qui achevait de s'effriter à l'intérieur de ses tympans, la brûlure crescendo du premier verre.

Tevere bavardait. Il lâcha qu'il avait fui sa propre fête. Il n'aimait plus les gens. Du moins, ceux qu'il connaissait. Il produisait des programmes télé. L'explosion de la fiction hologramme avait fichu un sale coup aux affaires. La surenchère s'était imposée. Sous-Tex tenait le spectacle-réalité. Tevere voulait enterrer Sous-Tex. Pas une sinécure que de trouver plus fort qu'une bande d'infirmes qui se mettaient sur la gueule et forniquaient à tout-va.

Syd buvait. Il acquiesçait. Il réfléchissait à sa nouvelle condition, à la réorganisation récente de sa vie où la mort avait pris la place d'honneur, y évinçant l'ennui. Un verre de plus et il conclut que ça lui allait et puis rendit son attention à Tevere et son concept télé.

Une enquête, deux saisons, vingt-quatre épisodes hebdomadaires, qui finiraient par débusquer un objet d'un genre particulier.

« Quel genre ? avait poliment demandé Syd.

— Le genre Messie, avait répliqué Tevere. A la recherche du nouveau Messie, avait-il ajouté, ou du nouveau prophète ou quelque chose d'approchant. Qu'est-ce que vous pensez du concept ?

— Strictement rien, avait rétorqué Syd. Et vous êtes en train de caster les enquêteurs ?

— Non, avait dit Tevere, je suis en train de caster le Messie. »

Syd l'avait regardé comme il aurait regardé un verre vide.

Tevere avait asséné le sien contre le bar et dit, comme à regret : « Ne croyez pas que dans cette ville, ça court les rues, les hommes qu'on verrait bien sur une croix. »

Syd l'avait remercié. Il n'était pas intéressé mais pour un compliment… Tevere avait tenté d'argumenter. En dernier recours, il avait invoqué le public. Il avait désigné la petite foule autour d'eux, les quelques représentants de cette humanité qui n'avait pas à se plaindre. Il avait demandé à Syd ce qu'il voyait dans leurs yeux. Syd ne s'était pas retourné. Il connaissait la nuit ; il lui appartenait. Il connaissait la nuit et ses constellations de veilleuses malades, ces yeux vitreux, sans regard, où il avait toujours vu quelque chose d'une attente, l'attente vitale, lumineuse d'autodestruction, de quelque chose qui n'existait pas.

Il ne s'était pas éternisé. Tevere lui avait refilé sa carte, au cas où il changerait d'avis ou s'il avait besoin d'aide. Tevere avait surpris sa cicatrice au poignet, ses regards furtifs vers l'issue de secours. L'homme avait avoué sa vieillesse, sa solitude, ses bonnes actions de retard. Syd avait dit qu'il téléphonerait peut-être. Il s'était hâté vers la sortie. L'air brûlant, chargé de promesses intenables, d'Absolut Avenue l'avait ranimé. Il avait marché dix blocs, jusqu'au 77.

Le videur n'aimait pas sa dégaine. Syd lui avait dit qu'il était là pour voir une des filles. Le videur lui avait demandé : « Quelle fille ? » Syd avait dit qu'il était là pour voir Blue Smith. Le videur s'était foutu de lui : tout le monde était là pour voir Blue Smith. Il l'avait examiné et lui avait demandé si ce n'était pas lui, l'ancien-boxeur. Syd avait répondu par l'affirmative. Le videur avait toisé ses soixante-douze kilos et puis secoué la tête. Syd lui avait demandé : « Vous savez ce que c'est qu'un has been ? » Le videur l'avait laissé entrer.

Le 77 était l'un de ces endroits de nuit dont la conception voulait que personne n'en ressortît intact. Dès l'escalier, Syd sentit la bande-son lui prendre le cœur, une pulsation acide, précipitée, évoquant des spasmes. La lumière noire l'éblouit, volant la clarté à la clarté pour la faire renaître à la surface de l'ombre. Il respira : l'air ambiant était saturé de particules suspendues, coke et amphètes, soufflées par les climatiseurs. Il n'essaya même pas de contenir l'excitation mauvaise qui montait en lui. Il savait que ce n'était qu'un conditionnement.

Au 77, le client devait être chauffé à blanc pour jouir sans réserve de son pouvoir de vie ou de mort sur les filles. Syd renfonça sa casquette sur ses yeux et traversa la salle vers le fond, où, sous les poursuites bleutées, la première rangée d'aquariums irradiaient. Quelques vigiles, affublés de masques à gaz, supervisaient le bon déroulement des numéros de strip. Une fille était morte le mois précédent. Le rapport de police avait établi qu'il s'agissait d'un arrêt du cœur et non d'une noyade, ce qui aurait représenté un homicide pur et simple. La plupart des filles du 77 se défonçaient à outrance pour tenir les conditions de travail. C'étaient des analphabètes, souvent ex-Labos, sans famille ni qualifications. Des pauvres filles dont l'effort de vie se résumait à chercher des alternatives à la prostitution. Le strip, c'était tout de même moins crevant et humiliant qu'un métier de service. Ça payait suffisamment bien pour qu'il ne fût pas nécessaire de rentrer avec le client. Pis-aller sur mesure pour ces gamines qui n'avaient que leur corps à faire valoir et rien d'autre en perspective que d'ajourner une mort bancaire qui finirait, tôt ou tard, par avoir lieu.

Il reconnut Blue Smith, dans le quatrième aquarium sur sa droite. Son corps pousse-au-crime, ses longs cheveux nervurant l'eau, ses yeux minéraux. L'eau montait vite. Blue se tenait sur la pointe des pieds, cambrée à l'extrême, la tête renversée en arrière, à maintenir son nez et sa bouche au-dessus de la flottaison.

Syd lui donna trois minutes avant que la capsule achevât de se remplir. Alors il verrait ce qu'elle valait en apnée.

Plusieurs versions pour le clep-strip.

L'alimentation des capsules était régie par les microprocesseurs de commande. Chaque table disposait d'un appareil et des dispositifs portatifs étaient disponibles au bar, pour les solitaires. Il y avait deux fonctions : vidange et remplissage. Le client choisissait une fille et une fonction. Payer pour voir. Ou payer pour éprouver. Il fallait croire que c'était assez jubilatoire d'avoir au bout d'un terminal bancaire, une créature de bar au bord de la noyade. L'exercice d'un droit de grâce facile, pour quelques unités de plus. La plupart des clients faisaient durer le plaisir. L'attention du moment allait aux deux aquariums au fond à droite, où des animations de bandits manchots, clochettes et clignotants, signalaient qu'ils étaient pleins. A l'intérieur, les filles se débattaient, éructant des bulles d'air, les dernières. Syd pouvait voir des ecchymoses violacées sur les hanches de la numéro 7, sa peau fine collée sur les côtes, comme aspirée vers l'intérieur du corps. Ses yeux exorbités derrière la vitre.

Néons et sonnerie s'affolèrent. L'aquarium se vida d'un coup. Applaudissements. Champagne pour la 7.

La fille resta prostrée quelques secondes, recracha un filet d'eau rougie. Même traitement pour l'autre. Champagne pour la 9.

A présent, c'était Blue Smith en difficulté.

Blue Smith : au cœur d'une strip-bataille.

Quatre tables et deux solitaires se disputaient la noyade de Blue Smith, dans une ambiance de stade ou, peut-être même, d'exécution publique. Des banquiers défoncés à enchérir frénétiquement, à échanger des injures de banquier sans se départir de cette inimitable diction contractée autrefois, à l'école de commerce. Blue Smith, son corps déjà supplicié, son expression absente dans la suffocation, semblait consentir avec un imperceptible mépris à se faire l'alibi de cette lutte abstraite qui ne demandait qu'à se résoudre dans une empoignade de douches collectives.

Elle était immobile et ne respirait pas. Prise dans les eaux fluorescentes, sa chair apparaissait bleue. Elle ferma les yeux. Tout à l'ivresse involontaire que lui procurait chacune de ses inhalations, Syd contemplait la fille se laisser glisser indifféremment vers le coma. Il mit un certain temps à se rendre compte que la situation critique de Blue Smith n'était plus imputable à la perversion de ses admirateurs.

Les banquiers s'escrimaient aux microprocesseurs. Leurs attitudes canailles bidon avaient laissé la place à la crainte et la pitié.

Le système d'alimentation ne répondait plus. Les videurs s'agitèrent. Une vague rixe s'amorça entre les gros bras dépassés par les événements et les pauvres connards de bonne foi.

Blue se noyait. Son regard semblait l'accuser, lui.

Il pensa très fort : S.P.I. Il marcha sur la capsule, bousculant le petit attroupement. Il sortit son 9 mm et tira quatre balles à bout touchant.

La foule hurla et se dispersa tandis que l'aquarium pissait lentement son contenu par quatre trous bien ronds dans l'épaisseur de verre blindé, avant d'éclater.

*
* *

L'air de converser de la pluie et du beau temps, Blue Smith demanda :

« Vous croyez que c'est eux qui ont essayé de me noyer ? »

Syd ne répondit pas. Il réfléchissait.

Ils se trouvaient dans un de ces restaurants-bars éclairés au néon blafard où l'on servait vingt-quatre heures sur vingt-quatre toute nourriture à forte composition d'huile, café modifié et tord-boyaux. Dans un box collé à la sortie de secours, Syd était assis de façon à avoir l'entrée dans sa ligne de mire. Son pistolet, rechargé, posé sur les genoux. En face de lui, Blue Smith, les cheveux trempés, grelottait sous les ventilos. Il lui avait suggéré d'oublier son Traceur dans sa loge. Elle s'était rhabillée en vitesse. Il avait regardé ailleurs. Ils avaient gagné le premier rade. Ils buvaient du gin qui rendait aveugle.

Un premier rendez-vous en bonne et due forme.

« Je n'en sais rien. Ils vous ont laissée vers quelle heure et en quels termes ?

— Vers vingt-deux heures. L'un d'entre eux a reçu un coup de fil, ça a duré quelques secondes. Il a raccroché. Il a émis un geste et trois monosyllabes. Tous ont décampé. Je n'ai pas particulièrement cherché à les retenir.

— Vous étiez où ?

— Chez moi.

— Où est-ce que vous habitez ? »

— Sous-Tex. Tour Appolinia. Les quartiers-écrans.

— Ford Avenue ? Le point Delivery au rez-de-chaussée ?

— Tout juste. Malgré vos fréquentations illustres, vous connaissez bien les bas-fonds. »

Syd ne jugea pas utile de relever.

« Qu'est-ce qu'ils faisaient chez vous ?

— Ils ont fouillé.

— Qu'est-ce qu'ils cherchaient ? »

Blue Smith hésita.

« Je ne sais pas, dit-elle.

— Vous mentez, on dirait. »

Blue Smith haussa les sourcils.

« Vous ne me faites pas confiance ? demanda-t-elle.

— Pourquoi je vous ferais confiance ?

— Parce qu'on est dans la même merde.

— Ce n'est pas une raison, dit Syd, et non, je ne vous fais pas confiance.

— Vous devriez.

— Pourquoi ? demanda-t-il.

— Vous devriez, c'est tout. »

Syd se rendit compte, soudain, qu'il ne savait rien d'elle.

Elle dit :

« J'ai vu mon frère la veille de sa mort. Vendredi matin, le lendemain du Black-Out. J'ai cru que j'allais devenir folle si je restais chez moi à regarder les infos et je suis sortie me promener dans la rue. Il n'y avait pas grand monde dehors, à part les pompiers qui déblayaient les bagnoles et les morts. Sur les berges

de la Rivière de Ferraille, je suis tombée sur Charles.
Il m'attendait.

— Vous êtes tombée sur lui ?

— Oui. J'étais brouillée avec lui. Ça faisait huit
ans qu'on ne s'était pas vus.

— Pourquoi ?

— Je lui reprochais des choses.

— Quelle genre de choses ?

— Rien qui vous intéresse.

— Ça m'intéresse.

— Je n'ai pas envie d'en parler.

— On verra ça plus tard, dit Syd. Continuez.
Comment est-ce qu'il vous a trouvée si vous n'aviez
plus rien en commun ?

— Je ne sais pas. Il m'a trouvée, c'est tout. Il m'a
trouvée pour que je parte avec lui.

— Où ça ?

— Je n'ai pas très bien compris.

— Qu'est-ce qu'il vous a dit ?

— Il a dit qu'il m'emmènerait là où il n'y avait
pas de ténèbres.

— C'est joliment formulé.

— C'est ce que j'ai dit et il m'a dit que ce n'était
pas de lui.

— On s'égare, dit Syd, quoi d'autre ?

— Rien. Il voulait que je parte avec lui. Il avait
l'air surexcité. C'est-à-dire, en surface, il paraissait
tout à fait calme, ce calme exaspérant de Charles,
mais au-dessous, c'était la révolution. Il était parano,
il n'arrêtait pas de regarder partout. Il sursautait et
puis surtout, il avait le visage en bouillie. Il s'était
fait démolir comme vous à votre grande époque. Il

marchait avec une béquille et puis… Eh bien, je ne sais pas, il y avait quelque chose dans ses yeux… Une lumière affreuse. On aurait dit qu'il venait d'être touché par la grâce. Et qu'il ne pouvait pas en supporter la vue.

— Pourquoi vous ne l'avez pas suivi ?

— Pour toutes ces raisons que je ne veux pas vous dire.

— Continuez.

— Il ne s'est pas suicidé. Je suis la dernière personne à me faire des illusions sur mon frère, croyez-moi. Il était cinglé, je vous le confirme, mais pas de cette manière-là. Et puis il voulait partir. On ne se fout pas en l'air au milieu du voyage. On attend d'être arrivé pour ça.

— Il n'était pas fiché à la Préventive-Suicide.

— Comment vous savez ça ?

— Il y a encore quelques heures, je la dirigeais quatre soirs par semaine.

— En plus d'être marié à une conne ? Votre vie devait être formidable.

— Avant que le S.P.I. se charge de votre cas, la Criminelle vous a interrogée ?

— Oui.

— Vous avez menti ?

— Encore plus qu'à vous.

— Qu'est-ce qui est arrivé à vos parents ?

— Vous vous foutez de moi ?

— J'ai l'air de me foutre de vous ?

— Vous étiez où en avril 20 ? »

Avril 20. L'hosto de Central, étage des réas, ni conscience, ni rien, pas même la faculté de rêver un peu. Juste quatre mois de sa vie en moins et, pendant ce temps-là, le S.P.I. étouffait l'affaire de l'Innocence pour des raisons non élucidées.

Il répondit : « Dans le coma, et je vous trouve bien mal embouchée.

— Mes parents ont été assassinés, Mr. Paradine. Le 1er avril 20, comme une mauvaise blague. Les journaux n'ont parlé que de ça pendant des semaines.

— Vous aviez quel âge ?

— Laissez tomber.

— Dites-moi, dit Syd, ça vous importe de savoir pourquoi votre frère est mort ? »

Cette fois-ci, Blue n'hésita pas une seconde avant de répondre :

« Non.

— Qu'est-ce que vous me voulez alors ?

— J'ai besoin qu'on me protège et il n'y a plus personne pour le faire. C'est tombé sur vous. »

Syd fixa les profondeurs de son verre. Sur la table, les marques aux deux mains jointes de Blue Smith, sous l'éclairage de rame de métro, apparaissaient vives, comme sur le point de se rouvrir d'un instant à l'autre. Non, il ne savait rien d'elle : orpheline, flétrie, menteuse et peut-être qu'il ne désirait pas en savoir plus.

Il secoua la tête.

« Je n'ai que de la merde à partager, dit-il, et pas envie de la partager.

— Pour l'instant, tout ce que je vous demande, c'est de me raccompagner chez moi. »

Le parking d'Absolut Avenue.

Sinistre, comme seuls les parkings savent l'être. Les voitures luxe des clients : flambant pour du béton et des flaques d'huile. La voiture de Blue Smith. Une Mustang rouge et blanc. Coupée. Une voiture d'homme, en fait.

Blue surprit le regard de Syd vers sa voiture : « Qu'est-ce que vous voulez, Paradine ? Vous vous faites payer des coups à boire, moi, je me fais offrir des voitures. »

Elle tituba, sortit son bip et déverrouilla la voiture. Les phares s'allumèrent. Syd se retourna pour inspecter le parking. Quelque chose clochait.

Il ne trouva rien à quoi raccrocher son malaise.

Blue Smith s'installa au volant. Syd monta.

« D'ailleurs, dit Blue Smith, arrêtant sa clef à deux centimètres du contact, c'est vos trois ans de mariage avec cette poule où vous avez pris cette mauvaise habitude de vous faire offrir à boire par des filles ? »

Réminiscence. Blue Smith payant les verres avec son implant de crédit. Six gins, deux cafés. Le microprocesseur d'encaissement prêchant la tempérance. La Voix moralisatrice les avait fait fuir. Ils n'avaient pas écouté le message jusqu'au bout mais Syd savait comment il se finissait pour l'avoir trop entendu.

Le message vous signalait que vous n'étiez pas autorisé à conduire.

Les A.I. des véhicules étaient programmées par la Préventive-Routière.

Les A.I. des véhicules ne se contentaient pas de vous faire la morale.

Elles verrouillaient les portes et vous envoyaient

cuver pour vingt-quatre heures, loin de tout ce qui pouvait ressembler à un volant.

La voiture n'aurait pas dû ouvrir ses portes.

Blue Smith mit le contact.

Syd ouvrit la portière, attrapa Blue par le poignet et la tira hors de la bagnole. Ils s'écroulèrent sur le sol pendant que le moteur faisait entendre ce bon vieux chuintement des voitures piégées. Syd releva la fille et ils coururent vers la sortie pendant que la Mustang explosait dans leur dos. Syd entendit le choc des pièces projetées contre les murs. Des flammes montèrent derrière eux et léchèrent leur sillage.

Le parking donnait sur l'arrière des tours Pandémonia. Ils n'avaient pas fait deux mètres à l'air libre que ça arrosait déjà de tous les côtés.

Syd plaqua la fille à l'abri d'un 4 × 4 qui devait bien contenir cent litres d'essence. Le tir provenait de la promenade des tours à trente mètres. Une allée couverte en U, autour de fontaines éclairées. Renfoncements et arcades. Il y avait deux tireurs. Petits calibres et silencieux.

Syd enleva sa veste, défit son gilet en Kevlar et le passa à Blue en se gaussant intérieurement de sa chevalesquerie soudaine. Il lui fit signe de le suivre et ils rampèrent derrière la ligne des voitures garées.

Les tireurs continuèrent d'allumer le 4 × 4.

Syd sortit son 9 mm et son appareil photo. Il se posta derrière une jeep, rampa le long du capot avant et zooma vers les tours pour repérer les tireurs. La focale fit défiler une succession d'arcades neutres. Puis un mouvement attira son œil : la chute d'une douille au pied d'une arcade.

Syd ôta la sécurité de son propre flingue et puis cette pensée. « Ils » ne savaient pas qu'il était armé. Il poursuivit son repérage et débusqua le second tireur à la faveur d'une brève interruption des jets d'eau. Celui-ci essayait de gagner du terrain. Uniforme noir, petit automatique, sale gueule. S.P.I.

L'agent était à découvert. Il avait atteint les fontaines. Syd se dit qu'il ne perdait rien pour attendre et revint à ses arcades. L'autre avait fini par sortir de son trou et baladait son arme à cent quatre-vingts degrés. Les agents en noir n'étaient pas formés pour ça.

Syd visa et tira. Il vit l'automatique rebondir sur le sol. Il vit l'agent s'effondrer. Et de un, se dit-il, et une balle lui effleura l'épaule.

Il se rejeta derrière la voiture et serra les dents. Face à lui, un trou tout rond dans un mur de brique semblait lui reprocher quelque chose. Dans le crâne, ça lui aurait sûrement fait tout drôle. Il se retourna vers Blue. Elle était recroquevillée contre un pneu et claquait des dents. Une nouvelle rafale et puis plus rien.

« Il » rechargeait. Syd fit ses calculs, se leva d'un bond et pointa son arme vers les fontaines. Il tira ses deux dernières balles presque à bout portant et ce ne fut qu'ensuite qu'il s'étonna que l'agent ait pu arriver si près d'eux.

Et puis il le vit. L'homme à terre, touché à l'abdomen et au côté droit, à trembler, la sueur et la souffrance achevant de ravager son visage déjà à vif. Syd recula.

Un grand froid lui brûla l'estomac.

L'odeur de la poudre et du sang lui prit la gorge et les yeux.

Il se sentit vivant, de la façon la plus dégueulasse qui fût.

*
* *

7

Ils s'enfuirent à travers le dédale de Pandémonia, direction opposée aux sirènes qui retentissaient quelque part aux tréfonds d'Absolut District. Dans leur dos, les sirènes hurlèrent crescendo et Syd attrapa le poignet de Blue et l'entraîna pour qu'elle coure plus vite. Ils slalomèrent entre les bulles de verdure, les fontaines gazouillantes et les halls d'entrée qui déversaient une froide lumière en travers de leur course, pointant le champ des caméras de surveillance à éviter. La tour F à six cents mètres. Tevere y vivait. Tevere, son adresse opportune, ses velléités d'être sauvé.

Le périmètre serait bouclé dans les dix minutes. Syd se donna une demi-heure pour se débarrasser du mouchard bancaire. Une estimation raisonnable du temps de réaction S.P.I. Pour lui une prouesse en perspective : mettre la main sur une lame et un analgésique, extraire un implant de deux milimètres carrés au bord du delirium tremens – une épaule en moins, quelques verres de trop – en essayant ne pas trop saigner la fille.

Au pied de la tour F, un réjouissant quatuor piétinait devant l'interphone. Les deux types, costard sur mesure, impossible de leur donner un âge avec leurs cheveux gris qui semblaient teints et leurs masques de Louis Clair en carton coloré. En guise de cavalières, deux clones d'Anna Volmann, corsetées et perruquées, face vingt-deux ans et sur les mains, des fleurs de cimetière. Autour du cou, des pendentifs bourrés de poudre, avec l'embout taillé pour la sniffette, transperçant l'épaisseur des cristaux. Une des marquises salopes avait demandé en quoi Syd et Blue étaient déguisés.

« En malfaiteurs », avait répondu Blue.

Les marquises avaient adoré.

L'ascenseur débouchait directement dans l'appartement-terrasse où le faisceau de la tour Clair-Monde toute proche illuminait par vagues les visages masqués ou détruits de perfection d'une horde de vieillards honteux, à s'achever à l'alcool et à la came légale. L'appartement : un bloc octogonal, tout en baies vitrées, posé sur le toit. Piscine extérieure, vue sur les tours et le trafic aéroporté. Le salon, cuir blanc, exploitation du vide et du vivant. Au centre de la pièce, une volière où tournoyaient des pigeons. Partout, des bibelots humains. Des bibelots humains dont le plus âgé devait avoir treize ans, peints en blanc et or, sur leur socles d'obsidienne. Vingt, peut-être trente : une fortune. Les bibelots humains coûtaient les yeux de la tête, sans parler des autorisations et des charges. Blue lâcha sa main et dit qu'elle avait besoin d'un verre. Syd lui répondit qu'il y avait plus urgent. Les oiseaux hurlèrent. Syd, Blue et tous les Louis Clair en carton et toutes les marquises éméchées et Tevere en plein exposé sur l'art humain, tous levèrent les yeux vers la volière et virent que les oiseaux avaient été frappés de démence. A se battre entre eux, à se lancer et se relancer contre les parois où ils se disloquaient. Tevere sortit une télécommande de sa poche et appuya sur une touche. Un son suraigu fit trembler les vitres embuées de sang et un semblant d'accalmie fut. Tevere éclata de rire et demanda qui avait refilé du cristal meth aux oiseaux.

Syd l'entraîna sur la terrasse. Un hélico les survola, soulevant une véritable tornade, ridant les eaux fluorescentes de la piscine.

Syd cria par-dessus le fracas des rotors : il demanda asile. Il demanda une lame et de la morphine. Quarante étages en contrebas, les allées de Pandémonia fourmillaient de flics au quadrillage.

Il avait arraché son pansement et examiné sa cicatrice : un petit carré bien propre, logé dans le delta entre les deux veines. Il avait donné trois cachets d'opium légal à la fille. Dans le vestiaire des bibelots, à l'étage du dessous, ils ne seraient pas dérangés. La salle avait été aménagée dans l'espace perdu pour le réservoir de la piscine. Celle-ci pesait au-dessus de leur tête et toute la pièce rayonnait d'un bleu liquide. Colonnes métalliques et larges dalles de marbre suintant légèrement. Des séries de portants où étaient suspendus des vêtements d'enfant. Des baskets de poupée et des petits sacs à dos gisaient çà et là sur le sol. Une douche d'angle. Une rangée de coiffeuses à néon, le long du mur du fond, croulant sous les pots de peinture et les affaires des gosses. Barres chocolatées à moitié bouffées, plaquettes d'anxiolytiques junior, consoles de jeu, Traceurs couverts de stickers. Syd fit place nette, carra la fille dans sa chaise et augmenta la luminosité. Il s'apprêta à accomplir son baptême opératoire dans cette loge étouffante aux relents de shampooing pour bébé, à l'aide d'une batterie de cuisine. Il inspira profondément, prit le bras de la fille et incisa.

« Eh, dit Blue, ça ne fait pas encore effet… »

Syd accentua sa pression sur la lame. Syd affirma plutôt qu'il ne demanda : « Vous me prenez pour un con. »

« Je vois, dit Blue Smith, un ton plus bas, vous étiez ce gamin qui s'amusait à écorcher des chiens et des chats sur une pierre plate.

— J'ai eu affaire à *eux*, je connais leurs usages. Ils m'ont intimidé, tabassé, ils n'ont jamais essayé de m'éliminer d'une façon aussi franche.

— Vous êtes jaloux ? » demanda Blue d'une voix blanche.

Syd sentit l'implant offrir une soudaine résistance à la lame.

« Je l'ai, dit-il, alors dites-moi ce que je dois faire. Je vous laisse là, vaguement sous opium avec vos mensonges, votre mouchard et le contrat sur votre tête ? Ou je le retire, je m'en débarrasse et vous me dites la vérité ? »

Blue serra les dents et ne répondit rien. Syd enfonça le couteau et fit tourner la lame sur elle-même. Un filet de sang coula sur la dalle. Syd sentit une excitation inattendue lui brûler le ventre. La fille lui jeta un regard où la souffrance avait laissé place au mépris. Il soutint ce regard. Il raffermit sa prise sur la lame, il remonta le tracé d'une cicatrice, de quelques millimètres. Les tissus livides se rouvraient d'eux-mêmes, à peine effleurés.

« Je vais vous dire la vérité, dit Blue Smith. Non pas pour me soustraire à vos petits procédés minables, mais parce que je ne veux pas que vous les poussiez jusqu'à l'impardonnable. Je ne veux pas avoir à vous mépriser. »

Sa respiration était courte, ses pupilles réduites à rien. Elle tremblait.

« Mon frère n'est pas revenu les mains vides de sa virée au Grand Central. Il en a rapporté quelque chose. Il en a rapporté un livre. »

Elle s'interrompit. Son front se couvrit de sueur. Syd se dit qu'elle en avait eu assez. Il eut honte. Il fit sauter l'implant qui tomba sur le sol. Il le ramassa. Il fourragea dans le sac Starbucks et en sortit un flacon d'alcool à quatre-vingt-dix degrés, des bandes et du coton. Il désinfecta la blessure et la pansa soigneusement tandis que Blue Smith poursuivait sa confession.

« Ce matin-là, quand on s'est vus, il avait ce livre avec lui. Il me l'a donné et il m'a demandé de le garder. Je suis rentrée chez moi et j'y ai foutu le feu. Dans l'évier de la cuisine. Il a mis une putain d'heure et demie à brûler.

— Pourquoi vous avez fait ça ?

— Pour éloigner le danger.

— C'est pour avoir eu ce livre un quart d'heure en votre possession que le S.P.I. veut votre mort ?

— Non. C'est parce qu'ils croient que je l'ai lu. »

*

* *

Il y avait des récepteurs dans les écrans de pub.

Il y en avait dans les vitrines et dans les distributeurs de boissons. Dans les taxis. Dans les chiottes publiques. Il y en avait à chaque borne de tapinage dans le quartier de tolérance. Les distributeurs de médocs. Les cabines téléphoniques. Les tourniquets du métro, les minibars des chambres d'hôtel. Les pompes à essence, les péages et les distributeurs de capotes.

Partout où on pouvait vous encaisser, on vous repérait. Partout où vous étiez susceptible d'acheter, vous laissiez une trace de votre passage, surtout si vous n'achetiez pas, car c'était dans ce cas précis qu'il faudrait intervenir.

Chaque terminal bancaire était une balance en puissance. Ce n'était ni de l'espionnage, ni du voyeurisme. Ce n'était pas non plus une mesure de sécurité, ou alors dans une proportion infime. C'était un service.

« Et on ne leur en demande pas tant », se disait Syd tandis qu'il rasait le mur opposé à la rangée d'écrans de pub qui jalonnait la passerelle couverte du quarante-quatrième étage. Le mouchard de Blue Smith dormait au fond de sa poche. L'heure tournait.

Pandémonia : vingt-quatre tours reliées entre elles par des passerelles à tapis roulant, une longue glissade à bord d'un train fantôme avec des spots publicitaires à pertinence personnelle en guise de croque-mitaine. Syd courait le long du mur neutre, sous le masque de Louis Clair qu'il avait emprunté à une relation d'affaires de Tevere. Il se rendait tour M, à la station la plus proche du transdivisionnaire aérien. Il comptait se débarrasser de l'implant dans le premier train. Tour L, deux hommes et deux femmes en peignoir occupés à se payer une orgie de gibier et de pizzas, arrosée de cognac. On disait que Pandémonia ne dormait jamais. Syd avait traversé successivement une pool party, un cours d'aérobic, les urgences de la clinique des tours où on ne soignait plus ou moins que des overdoses et des mycoses, un S-bar, un centre commercial où des femmes en chemise de nuit achetaient des chaussures. Pandémonia : à moins de dix minutes de votre appartement, vous deviez trouver, en hauteur ou en largeur, tout ce que vous désiriez. Les loyers les plus chers du centre. Pour habiter l'une des tours, il fallait être parrainé par un résident, passer un casting et un entretien psy. Pandémonia était une usine à baise. Les murs exsudaient des aphrodisiaques et des euphorisants. Eau minérale à tous les étages légèrement traitée aux hypnotiques. Des douzaines de restaurants qui livraient à toute heure, des spas, des superpharmacies, des bars à n'en plus finir. Une vue à tomber sur Absolut Avenue. Un bastion que peu de monde en Ville pouvait prétendre intégrer et, au bout du compte, ce n'était rien d'autre qu'une cité autosuffisante dont on ne ressortait plus. Syd s'était toujours plu à imaginer la fatalité génétique du lieu : dans quelques décennies, les Pandémoniens seraient tous cousins, ils s'entêteraient à forniquer en famille. Des cohortes de monstres et d'attardés mentaux se traîneraient le long des coursives majestueuses, leurs peignoirs damassés masqueraient leur chair pauvre. Le chromosome défectueux érigé en marque du droit divin. Ces fanstasmes, Syd les avait glanés dans l'exercice de ses fonctions. Il ne se passait pas de jour sans que la Préventive-Suicide intervînt à Pandémonia.

Blue n'avait pas lu le livre.
Blue ne savait pas lire, pas très bien.

Syd aborda un Confessionnal. Trois cabines occupées. Deux hommes, une femme, du cru, c'était flagrant. Syd passa tout près d'eux, mais le grondement d'un train entrant en gare de Pandémonia interdirent leurs paroles à sa compréhension et tout ce qu'il en capta, c'était que l'heure était aux lamentations et alors une phrase qu'il avait entendue jaillit de sa mémoire, incomplète, anonyme, quelque chose à propos de prières et de larmes qui se mit à l'obséder tandis qu'il sautait par-dessus les tourniquets et remontait le courant des voyageurs aux visages mornes. Il balança l'implant dans une rame juste avant que les portes se referment et le train s'éloigna dans un sifflement plaintif de mécanique usée et le laissa seul sur le quai, rendu à la clameur et aux lumières de la Ville qui l'enveloppèrent comme une délivrance. Et soudain lui vinrent du même coup et la phrase et l'expression résignée sur le visage de Carrie

Vence quand elle lui avait dit qu'il y avait plus de
larmes versées sur les prières exaucées que sur celles
qui ne l'avaient pas été, et la conviction que c'était
elle qui le mènerait jusqu'au livre.

*
* *

« Syd et moi, on ne couche pas ensemble », avait
dit Blue à Tevere quand celui-ci les avait introduits
dans leur piaule. Et c'était vrai que celle-ci souffrait
d'un style qui n'aurait pas détonné à Vegas, ce Panhôtel dédié au stupre où Syd avait célébré son second
anniversaire de mariage dans un déchaînement de
sex toys, de poudres et d'indésirables que Myra lui
collait dans les draps pour arrimer son désir en fuite.
« On ne couche pas ensemble alors cessez de nous
regarder avec cet air entendu », avait ajouté Blue, un
ton plus haut et elle semblait vraiment à bout de
nerfs alors Tevere avait pris le large sans insister et
Blue avait foncé dans la salle de bains sans un regard
pour Syd.

Resté seul, il s'était servi une vodka et avait tenté
de mettre de l'ordre dans sa pagaille intérieure. Des
tuyaux divers qui ne menaient à rien, une fuite dont
il connaissait d'avance le terme. Dans ce cas et puisque ce n'était qu'une question de temps, il se
demanda pourquoi il s'obstinait. Quelques instants
de plus ou de moins, à l'arrivée, quelle différence ?
Il se rendit compte que, finalement, sa trajectoire
personnelle n'avait rien de singulier. Quelques tours-
minute en plus, c'était là tout ce qui la distinguait du

lot commun. Il crèverait un jour prochain, bravo
pour le scoop. Il dilua la métaphysique dans une
gorgée de vodka. L'idée de sa propre mort recula,
reprit sa forme habituelle de démangeaison qu'on
choisit de gratter ou d'oublier et il se rendit compte
qu'il n'était pas foutu de cogiter proprement parce
que son esprit était tout entier au ruissellement de la
douche derrière la cloison. Il en conçut de l'énerve-
ment contre lui-même et contre elle et alluma la télé
sur Clair-News avec l'espoir que les mauvaises nouvelles du monde le refroidiraient un peu.

L'explosion du Café Electronique sur Texaco à
20:07, le soir même. Images tressautantes, prises au
Traceur par des passants. L'église embrasée, les flammes hautes et claires crevant la nuit, l'arrivée des flics
de la Métro avec leurs impers et leurs gobelets de
café vissés à la main gauche. Les lances impuissantes
des pompiers, les brancards qu'on sortait les uns
après les autres, ambulances et fourgons à en bloquer
la rue et, échappée d'un suaire hâtivement refermé,
la chevelure flamboyante de la rouquine qui l'avait
trahi.

Des images d'archives vinrent étayer la thèse apo-
calyptique. La base de loisir sous la tempête de sable.
Le quai de la gare TransNord : un charnier sous le
feu des écrans de pub qu'on avait tenté de désactiver,
en vain. Et pour les victimes à portée de récepteur,
ç'avait été le grand saut accompagné. Accompagné
des spots de pertinence qui avaient continué à tenter
de refourguer des sirops pour la toux, des substituts
de repas, des séjours Panhôtel à des prix compétitifs,
des montres et des bagnoles à des hommes morts.

Syd monta le son quand il aperçut Sylvia Fairbanks qui pérorait devant les vestiges du Café Electronique. Fairbanks fit le topo. Les Activités Anticitadines étaient sur le coup. La Brigade Extérieure. La Criminelle et la Métro. Syd écouta. Rien sur des numéros qu'on aurait relevés sur les sols-cibles. Rien sur la nature des explosifs. Des recommandations. Les recommandations d'usage. Et puis Fairbanks balança le scoop. Le Grand Black-Out aurait été le premier attentat. L'ouverture de cette tragédie dont on ignorait encore combien elle compterait d'actes. Et tout cela nous renvoyait à Charles Smith. L'homme qui avait conclu à l'accident. L'homme qui, deux jours plus tôt, avait mis fin à ses jours avec une violence qui laissait deviner une conscience agitée. Les nouvelles d'importance laissèrent place au fait divers. La carcasse carbonisée de la Mustang de Blue Smith apparut sur l'écran. Rien sur les deux agents abattus. Shadow avait été impliqué dans le premier attentat. Ça restait à prouver. On avait essayé d'abattre sa sœur. Conclusion : évitez les lieux publics.

Le flash s'interrompit et Syd respira. Pas de photo de Blue. Rien sur le soi-disant avis de recherche le concernant. La cavale, pour le moment, c'était une promenade de santé. Il s'octroya une seconde vodka pour la peine et puis s'avisa que ça faisait un bon moment qu'il n'avait pas entendu l'eau couler. La porte de la salle de bains était close. Pas un bruit. Il appela la fille. Elle ne répondit pas. Il se leva et frappa à la porte. Rien. Il frappa plus fort. Il eut la trouille.

Il ne savait rien d'elle à part qu'elle était imprévisible. Dans un sale état, quand elle s'était bouclée.

Lors de son premier cours à la Préventive, on avait enseigné à Syd à reconnaître les situations d'alerte. La gosse venait de perdre son frère. Deux types flingués sous ses yeux, une heure plus tôt. Elle était ivre et pleine d'opium légal. Elle avait quelque chose de froidement désespéré.

Syd cogna la porte à la défoncer. Quelques secondes s'écoulèrent comme des heures et Blue finit par répondre dans son style habituel.

Elle cria : « Quoi ? Foutez-moi la paix, Paradine. »

C'était elle qu'il aurait voulu cogner à présent. Il se traita d'imbécile. Il se rendit compte qu'il était tout aussi ivre. Il gueula.

« Qu'est-ce que vous fabriquez là-dedans depuis une demi-heure ? Pourquoi vous ne répondez pas quand je vous appelle ?

— Parce que je n'ai pas envie de vous parler. Ni à vous, ni à personne.

— Sortez de là.

— Non.

— Sortez de là, il hurla en balança un coup de pied qui fit danser la porte, je m'ennuie. »

Leur étreinte eut quelque chose de collégien. Quelque chose d'un accrochage désespéré. Une volonté de s'agripper l'un à l'autre, de fondre leurs deux métaux distincts en un seul, dont la classification chimique oscillait entre l'incendiaire et l'explosif. En théorie, baiser était la moindre des compensations pour avoir scellé leurs destins dans les emmerdements. En pratique, ce fut un miracle épidermique. Blue Smith faisait ça comme une professionnelle, lui comme un condamné. Chacun y trouva son compte. A trois reprises. La première fut rapide, ils ne se déshabillèrent même pas. Ils n'allèrent même pas jusqu'au lit. Ils glissèrent à terre, se frayèrent un passage à travers les fringues et, dès qu'il y fut, il eut peur de faire ça trop vite et de la décevoir alors il se concentra sur le flash info en boucle qui continuait de compter ses morts, mais d'une manière qu'il reconnut pour abjecte, ça l'échauffa plus que ça ne le refroidit. Et idem pour tout ce qui les entourait, le mauvais goût, l'éclair du faisceau Clair-Monde qui flashait crûment les chairs, les échos tout proches des sirènes qui signifiaient peut-être pour eux la fin du voyage. Ils se retrouvèrent au lit et les vêtements avaient fini par voler si bien qu'ils n'avaient plus sur eux que leurs bandages et ça aussi produisit son effet en leur rappelant que ce qu'ils vivaient en cet instant n'était rien de plus qu'un répit, alors ils remirent ça. Une fois et puis l'initiative passa dans son camp à elle et, pour elle, la troisième fois fut la bonne. Elle l'allongea, le chevaucha et guida sa main qu'elle garda dans la sienne jusqu'à ce que son moment vienne. Puis elle renversa la tête en arrière, son souffle se raccourcit et s'intensifia jusqu'au gémissement qui dura le temps que sa bagnole en flammes apparût à l'arrière-plan. Et elle s'arracha à lui et se laissa retomber à ses côtés et c'est alors qu'ils réussirent à se regarder l'un l'autre et dans les yeux de Blue, il vit plus que ce à quoi il s'attendait, il vit quelque chose d'un bonheur pur et une promesse indéfinie et peut-être même une raison de s'obstiner à survivre.

Cette nuit-là, Syd dormit le flingue à la main, d'un sommeil blanc où ne passa pas le moindre rêve. Vers cinq heures, un sursaut d'angoisse l'éveilla. Il braqua. Le mur. Et Blue n'était plus là. Il enfila son jean et sortit de la chambre. Couloir sans fenêtre, la nuit noire. Il plissa les yeux pour les habituer à l'obscurité. « Blue, Blue », la voix la plus basse possible. Pas de réponse. Pas feutrés jusqu'à l'escalier. Des voix derrière une porte. Il l'ouvrit.

Tevere. En route pour le septième ciel. A manifester sa joie à petits couinements. Des cheveux blonds à hauteur de ceinture. Cette odeur… Une odeur de sueur et de lubrifiant. Et cette autre qu'il mit quelques fractions de seconde à reconnaître. Du shampooing pour bébé.

Le môme se retourna vers lui et Syd chercha ses yeux dans la pénombre. Le môme avait les yeux bleus, comme elle, et Syd les fouilla du regard et n'y trouva… rien. Le môme s'essuya la bouche et Syd referma la porte aussi sec.

Il ne voulait pas voir.

Il ne voulait pas savoir.

Il monta l'escalier, l'estomac qui faisait des nœuds, les yeux pleins de larmes sèches pour toute cette saloperie, toute la saloperie du monde et son impuissance à y faire quoi que ce soit. Il aurait dû cogner Tevere. Il aurait dû lui faire passer le goût de la chair fraîche à coups de quelque chose de lourd en plein sur la gueule. Il aimait bien Tevere, c'était ça le pire. Tevere était un mec bien, un bon bougre, simplement, de temps à autre, il se faisait astiquer le manche par un enfant. Ce n'était ni le seul, ni le premier, ni le dernier.

« Que cette ville saute, se dit Syd, qu'elle saute, et qu'on y crève tous, le dernier juste compris. »

Blue était assise au milieu du salon. Elle était immobile.

De là où il se trouvait, il la voyait de trois quarts. Son nez légèrement busqué, son menton volontaire, le point lumineux de son œil grand ouvert. Elle ne l'entendit pas arriver. Il fit quelques pas sans chercher à les étouffer, mais elle n'eut aucune réaction. Blue était absorbée dans sa contemplation.

La fête avait laissé dans son sillage traînées de poussières de verre, flaques d'alcool et un peu de casse, mais les enfants bibelots étaient restés à leur place. Dans le clair-obscur, ils ressemblaient à de petits personnages de bois. Dans le silence, on entendait le chœur de leur respiration.

Blue faisait face à l'un des mômes. Elle en était si proche que leurs nez se touchaient presque. Elle respirait au même rythme que lui, au même rythme que tous. Et d'elle aussi, on aurait dit qu'elle n'était pas vivante.

Et dans son œil, il n'y avait plus rien.

Rien qu'un vague reflet d'innocence.

Syd fit demi-tour et retourna se coucher.

*
* *

8

Carne, *numéro 1 des reconstructeurs plastiques depuis 96*, se trouvait à l'angle de la Quarantième et de Microsoft, en plein quartier d'affaires avec la tour Clair-Monde, à deux pas, que gardaient des 4 × 4 de l'armée et des soldats enfouraillés jusqu'à l'indécence, tout ça pour réguler des flux de tâcherons en costard-cravate. A l'exception de la psychose qui planait sur les étendards (la tour Clair-Monde fliquée jusqu'au parking, le Quartier Ex, complètement bouclé), on aurait dit que la Ville était résolue à nier la menace et bien que celle-ci s'étalât en images tremblotantes, ruines, flammes et gros titres, sur une perspective d'écrans-titans qui couraient sur toute la longueur de Microsoft Avenue ; au pied des gratte-brouillard, les abonnés poursuivaient, impassibles, leur marche au profit, dans des odeurs de friture et de carbone, et le vacarme rassurant parce qu'inchangé, des klaxons et des injures.

Quand Syd était sorti du métro, avec ses lunettes noires et sa casquette de criminel en cavale, l'activité tenace de la Ville lui avait refilé comme un vertige et il s'était demandé s'il ne nageait pas en plein

fantasme. Le temps était chaud et humide et, par la
large découverte de la place Clair-Monde, un vent
violent s'engouffrait dans la rue. Devant chez Carne,
les voituriers jouaient une partie d'échecs avec des
Minis et des coupés. En double file, une Rolls noire
immatriculée VENCE 8 EXE. L'horloge de Clair-
Monde sonna onze heures. Syd inspecta les alentours. Angles de rue, flots de véhicules, sorties
d'immeuble. A l'exception de quatre soldats à peine
majeurs qui piétinaient devant un étal à hot-dogs, il
ne recensa que des civils. Devant lui, la façade de
Carne : un visage de femme aux proportions parfai-
tes, sculpté sur trois étages. Quelques marches montant vers une bouche en stuc, béante à en engloutir
toutes les pétasses de la division. Syd entra. A l'intérieur, c'était déco humaine et films institutionnels
sur une flopée d'écrans retraçant l'historique et le
procédé de la reconstruction plastique. Des filles-
bibelots disséminées çà et là sur des cubes en plexi-
glas. Peintes en rose et noir, les couleurs de Carne.
Retaillées au millimètre près, en guise de réclame.
Au-dessus de l'accueil, une pancarte géante disait :
« NOUS AVONS TOUS LE DROIT À LA JEUNESSE, NOUS
AVONS TOUS LE DROIT À LA BEAUTÉ, AVEC CARNE, EN
PARTENARIAT AVEC LE MINISTÈRE DE L'APPARENCE, LA
BEAUTÉ N'EST PLUS UN PRIVILÈGE. »

« O.K., O.K., fin de citation », se dit Syd. Au-
dessous, une longue console brun sombre où des
créatures plutôt raccord avec le dogme local jon-
glaient avec des oreillettes. Syd eut une réminiscence
désagréable, de la rouquine, R.I.P. la rouquine, du
Café Electronique. Il rabattit sa visière et s'approcha

pour demander Carrie Vence. L'hôtesse lui répondit que mademoiselle Vence était aux jambes. Syd tourna la tête et avisa l'étendue du lobby où des duos mère-fille mal assortis se disputaient à voix basse. Les mères étaient flamboyantes et sans âge, des faux airs d'Etoile. Les gamines avaient les genoux cagneux et le regard fuyant. Il jeta un regard suppliant à l'hôtesse. L'hôtesse offrit de l'accompagner. Ils gagnèrent les ascenseurs. Sur un écran, Anna Volmann, en gros plan, vantait les mérites de Carne. L'hôtesse lui dit qu'« Anna » était une cliente fidèle. Syd s'abstint de lui dire qu'« Anna » lui avait été une cliente tout aussi fidèle, du temps où il servait à la Préventive-Suicide. Ils sortirent au quatrième.

Ce fut en silence qu'ils traversèrent les dents, les organes et les implants capillaires où quelques banquiers à tonsure, la quarantaine honteuse, attendaient en tripotant leur Traceur. Des cris retentissaient des profondeurs de l'établissement, mal couverts par la Voix doucereuse, en provenance des écrans : « *Mis au point dans les Labos en 08, la reconstruction plastique se distingue de l'archaïque chirurgie esthétique...* » « *L'hyperderme est fabriqué à partir d'un dérivé de silicone. A basse température, il se présente sous une forme mi-solide, mi-visqueuse. Il a l'apparence trompeuse d'une mucosité...* » Ils croisèrent des gamines de dix ans dans des fauteuils roulants. Les gamines bavaient et dodelinaient de la tête. Syd demanda ce que ces gamines fichaient en fauteuil. L'hôtesse lui suggéra d'aller se faire casser les côtes et de tenter un cent mètres ensuite. « *Tout le monde a droit à la Beauté. Tout le monde a droit à la*

Jeunesse. Avec Carne, en partenariat avec le ministère de l'Apparence... » Ils arrivèrent aux jambes où l'hôtesse le laissa.

Les jambes avaient été privatisées pour l'occasion. Une pièce vaste qui évoquait la mésalliance d'une salle d'opération et d'une cabine d'essayage. Odeur de peinture fraîche et de désinfectant, baies vitrées insonorisées sur la Quarantième d'où filtrait de loin en loin un coup d'avertisseur plus convaincu que la moyenne. Carrie Vence trônait sur un fauteuil club, entourée d'une nuée d'hôtesses et de médecins en blouse rose et noir, qui brandissaient des prothèses asexuées. La pièce bruissait d'un bavardage à l'enthousiasme galopant. « Tout dépend de ce que vous visez, déclara quelqu'un. On peut affiner, remodeler, regalber.

— Ce galbe-là, ce galbe-là irait admirablement à votre personnalité, dit un médecin agitant un mollet translucide sous le nez de Carrie.

— Et l'aine, ajouta un autre, il ne faut pas négliger l'aine, on sous-estime trop souvent la grande importance de l'aine.

— En revanche, reprit le médecin qui semblait en commandement, si vous voulez qu'on allonge, il va falloir liquéfier.

— Je veux allonger, dit Carrie. Expliquez-moi comment vous comptez faire ça.

— Très bien, reprit le médecin-chef, c'est très simple. Nous allons vous prescrire un traitement à base d'anticalcium.

— Injection ou voie orale, vous avez le choix.

— Le traitement dure de trois à six semaines. Au cours de ce traitement, vos os vont se liquéfier et nous pourrons procéder à l'intervention.

— Les tenailles, dit Carrie.

— C'est une possibilité, dit le médecin, mais c'est long et fastidieux.

— C'est ce qu'a fait ma mère, dit Carrie.

— Sauf le respect de madame Vence, les techniques ont évolué depuis les années 90.

— Ici, nous préférons employer des aimants.

— Ah oui ? Parlez-moi des aimants.

— Eh bien, l'extension électromagnétique se pratique ainsi, dit le vieillard, nous vous injectons des pôles en intra-osseuse.

— Bien évidemment, le coupa un autre, vous serez sous anesthésie générale.

— Ces pôles vont se répandre dans la substance os liquéfiée et s'y assimiler. Ensuite, c'est de l'électromagnétique de base.

— De base, confirma l'écho.

— Bien entendu, vous aurez des hématomes et vous ne pourrez pas marcher pendant six mois.

— Quelques retouches et une rééduc, et ça ira parfaitement.

— Il faudra regalber, dit l'autre en récupérant son mollet qu'il éleva comme un flambeau.

— Combien de centimètres je gagne ? demanda Carrie.

— Entre huit et douze, répondirent en chœur les quatre médecins.

— O.K., dit Carrie, va pour la liquéfaction. »

Syd toussota. Carrie Vence l'aperçut et son assu-
rance hautaine mourut de sa belle mort à l'instant.

Au bar logé dans l'œil de Carne, Syd et son ex-
belle-sœur éclusèrent aux trois quarts, lui son café
glacé, elle son bellini light, avant qu'un seul mot fût
prononcé. Cette silencieuse ouverture, nécessaire,
sans doute, étant donné la teneur de leur dernier
entretien, faisait la part belle aux parasites et Syd se
sentit gagné par un début de migraine sous le feu
nourri de la harangue pro-boucherie esthétique et
des sonneries de Traceur. La table voisine : un duo
de mecs en pleine rupture. L'un portait un tee-shirt
où était écrit « A plaindre ». L'autre était « A prendre ». A part ça, il était difficile de les différencier
avec leur mâchoire carrée, leur bronzage et leurs
yeux teints du même bleu fade. Leurs regards furtifs
dans sa direction. Leur air vaguement désespéré sous
les pansements.

Syd ignorait en quel honneur Carrie Vence s'était
déguisée ce matin-là en jolie fille. Il ne pouvait qu'en
constater l'échec. Les cheveux de Carrie pendaient
maintenant jusqu'à sa ceinture et luisaient comme
des choses vivantes. Elle portait d'énormes lunettes
Reflex. On aurait dit une mouche prise dans des
goémons. Il y avait quelque chose de désenchanté
dans le dessin de sa bouche. Sa lèvre supérieure était
plus volumineuse du côté droit et palpitait légèrement. Elle sortit son Traceur, le passa en mode
miroir, s'examina et fronça les sourcils. Elle fouilla
dans son sac et en sortit une petite seringue bleu
pailleté. Elle retira le capuchon et une odeur

suavement chimique monta aux narines de Syd. Elle grimaça et injecta. Syd vit le liquide diminuer dans le chargeur. Carrie retira la seringue, la reboucha et la rangea.

Sa lèvre supérieure gonfla et la dissymétrie disparut.

« Qu'est-ce que c'est ? demanda Syd.

— Des allergènes », répondit la gamine.

Elle commanda un nouveau bellini light et puis elle ajouta :

« Ce n'est qu'un début.

— Qu'est-ce qui n'est qu'un début ? demanda Syd.

— Ma métamorphose », répondit-elle.

Syd ne répondit rien.

« Je fais un régime aussi, dit-elle.

— Ah oui, dit poliment Syd, lequel ?

— Cocaïne diététique » répondit-elle.

Syd fronça les sourcils. La gamine détestait ça.

« Je sais, reprit-elle, il y a des options moins radicales. Mon médecin m'a montré la bonne technique pour vomir mais que veux-tu, ça détruit les dents. Et l'aspiration laisse des séquelles infâmes.

— Hum, et tu as pensé à faire du sport ? »

Carrie Vence le regarda comme s'il lui avait suggéré de se couper en tranches.

« Hum, reprit Syd, mais tu es sûre que tu veux maigrir ? »

Elle le coupa : « Regarde-moi, tu me baiserais ? »

Un ange passa.

« Non », dit Syd.

Carrie Vence plongea dans son bellini.

« En même temps, dit Syd, tu n'as que treize ans. »

Carrie Vence ricana : « Allons donc, il n'y a que toi pour considérer ça comme un argument contre. »

Syd décida de changer de sujet.

« Comment va Myra ? demanda-t-il, choisissant la facilité.

— Elle est au plus bas, dit Carrie, mais toi et moi, nous nous en fichons comme de l'attentat du trans-divisionnaire, non ? »

Syd demanda des précisions.

« Disons que depuis l'expiration, elle a essayé de se tuer deux ou trois fois, commença Carrie. On a une patrouille de la Préventive qui habite carrément à la maison à cause de cette conne. Hier, elle a réussi à les semer. Elle s'est sauvée dans l'aile de mon père et évidemment, ils n'avaient pas les codes. Mon père a une machine, tu sais, pour se faire changer le sang. Elle a mis la machine en marche sans la remplir et elle s'est perfusé du vide. Mais mon père l'a trouvée et finalement, ça a raté.

— Eh bien, dit Syd, si ce n'est qu'un début, j'ai hâte de voir la suite.

— Je vais te dire, reprit Carrie, c'est peut-être une connerie et je ne peux pas prétendre que j'en suis intimement convaincue mais quelque chose me dit que c'est la vérité, peut-être, je ne sais pas, tout simplement l'air du temps. Le cerveau et le cœur sont des organes passés de mode. Espérons pour les générations à venir, qu'on s'en débarrassera comme d'une pilosité superflue. Je vais m'offrir des jambes d'un mètre, un nouveau visage et des yeux violets. Je vais atteindre le poids d'une ombre en me laissant crever

de faim grâce à cette drogue merveilleuse. J'espère
qu'elle liquidera chez moi autant de neurones que de
graisses. Je serai en très mauvaise santé, abomina-
blement frustrée et complètement abrutie. Je serai
épargnée par la puberté. Je serai esthétique et impi-
toyable. J'aurai les yeux vitreux et on prendra ça pour
du mystère. Je n'aurai plus à rougir de mes élans
envers les autres comme d'une maladie honteuse
puisque je n'aurai plus ni la force, ni la faculté d'en
éprouver. Je serai un objet de désir. Le néant dans
une cosse magnifique. Et je serai heureuse comme
seuls les imbéciles et les salauds savent l'être.

— Ouais, dit Syd, mais avant que tu sois devenue
ta sœur, je vais profiter de tes derniers moments de
lucidité pour te demander un renseignement. »

Carrie n'eut aucune réaction. Elle se tut simplement et acheva son cocktail à petites gorgées. Syd
tenta de transpercer les verres-miroirs. Il n'y vit que
son propre reflet déformé. A sa droite, A-PLAIN-
DRE et A-PRENDRE s'engueulaient en sourdine.
A-PLAINDRE était en train de craquer. Il haussa le
ton : « Tu ne peux pas me faire ça, s'écria-t-il, tu sais
à quel point je déteste mettre des capotes… » Tous
deux surprirent l'attention soudaine de Syd et,
embarrassé, celui-ci fixa son regard sur le médecin-
hologramme qui pérorait sur l'écran en se disant
combien il était commode d'avoir toujours un écran
vers quoi détourner les yeux.

*« Si vous êtes friand de raccourcis, dites-vous que le
procédé de reconstruction plastique s'apparente à du
modélisme. N'essayez pas pour autant de le pratiquer
chez vous. »*

Syd fronça les sourcils. Une blague ? Une recommandation utile ?

Des vagues de substance pâteuse, d'une malséante couleur chair, déferlèrent sur l'écran.

« Malgré son apparence poisseuse, l'hyperderme est une matière désespérément filante. Il est ardu de faire en sorte qu'elle adhère, particulièrement à la peau humaine. Les premières expérimentations ont eu pour but de modifier sa composition pour y intégrer des propriétés adhésives. Malheureusement, elles réussirent tant et si bien que pendant la cuisson, l'hyperderme se trouvait adhérer aussi bien au moule qu'au sujet... »

« C'est passionnant, hein, dit Carrie.

— Ouais, et comment ils s'en sont tirés au final de ce mauvais pas ?

— Ils collent », répondit Carrie.

« De la colle ! Eh oui ! Eurêka ! De la superglu ! Voici comment nous procédons... »

« C'est ça le renseignement que tu voulais me demander ? »

Syd murmura que non mais il n'en était plus si sûr. Le froid qui régnait dans le bar, par contraste avec la chaleur au-dehors, si intense qu'elle en était presque visible, le discours atone, cursif qu'égrenaient les écrans, l'imperceptible crépitement des bulles dans la coupe de Carrie, les fissures sans importance dans le verre coloré de l'iris géant dans lequel leur table était nichée, par lequel la lumière venue de l'extérieur se frayait des voies de traverse, les lèvres cabossées de la gamine et sa propre présence qu'il contemplait d'un peu plus haut, comme

s'il s'était agi de celle d'un autre : la sensation blanche
de l'instant lui causa comme un coup de jus. Il était
vaguement là, vaguement vivant. Il cherchait vaguement quelque chose, il le fallait bien. Qu'est-ce qu'il
cherchait déjà ? Ah oui.

« Je cherche un livre », dit-il.

Carrie ricana. Elle ignorait sans doute que l'arc
gauche de sa lèvre supérieure s'était ratatiné comme
un bout de steak jeté dans un verre de Coca-Cola.

« Tu as regardé sur le Réseau ? demanda-t-elle.

— Ouais, j'ai trouvé des méthodes pour apprendre à dire non, s'épanouir ou obtenir une augmen-
tation… S'épanouir. Abominable terminologie.

— C'est quel genre ton livre ?

— Le genre interdit.

— Interdit ? » s'exclama Carrie, et elle ricana
encore. Syd détourna les yeux du rictus hideux de
son ex-belle-sœur et pour cela, il eut de nouveau
recours à l'écran mais l'expédient capta cette fois
toute son attention, chargé comme il l'était de révélations inattendues.

Dr Eurêka-Superglu mettait la dernière touche à
son collage. C'était un processus bien plus sophisti-
qué qu'il n'y paraissait à première vue, expliquait-il,
dans la mesure où il fallait obtenir une adhésion opti-
male sans obstruer les pores, ainsi les points de colle
étaient-ils disséminés sur toute la surface à reconstruire selon une ordonnance qui ne devait rien au
hasard.

Des plans de coupe du mannequin vu d'en haut
illustraient le propos.

C'étaient ces plans de coupe qui faisaient tant d'effet à Syd.

La colle était bleue et légèrement phosphorescente. Les points de colle étoilaient joliment le mannequin. Visuel soigné. Les lignes d'adhérence figurées en un bleu plus foncé. Réminiscences. Cartographie sur un corps humain. Une cartographie que Syd se souvint, non sans trouble, avoir étudié de près la nuit dernière.

Les cicatrices de Blue, le curieux relief de sa peau, son corps tout entier comme rescapé d'un long emprisonnement dans les bras d'une méduse. Une floraison de rainures livides, serrées les unes contre les autres et, par endroits, une marque différente saillait, large, ovoïde, délicatement crénelée en son pourtour, comparable à un nœud d'où se ramifiaient des marques de flagellation.

Aux endroits exacts où le méticuleux docteur avait appliqué ses touches de colle bleue. Des hypothèses en pagaille parcoururent le cerveau de Syd. Il tenta de s'en défendre. Raison contre imagination. S'il voulait savoir d'où revenait Blue Smith, il n'avait qu'à le lui demander. S'il n'avait que faire d'un mystère de plus, il n'avait qu'à se débarrasser d'elle. Il fut soudain traversé par la pensée de tout ce que Blue Smith avait dû *souffrir*.

Les mots que Carrie Vence venait de prononcer lui parvinrent alors, en léger différé :

« Rien n'est interdit dans ce monde de merde, avait dit Carrie, rien n'est interdit et surtout pas les livres. Tu n'as rien compris mon pauvre Syd, mais ce n'est pas grave, mon chauffeur va te déposer. »

*
* *

Syd regardait les bornes kilométriques défiler à travers la vitre noyée de pluie tiède, en tentant de ne pas
penser à Blue Smith. Les mesures restrictives prises à
la suite du Black-Out avaient été ignaugurées le jour
même. La clim extérieure avait été coupée. Le jour
halogène recalculé en fonction des taxes locales. Seuls
certains quartiers de Sub-Tex et les banlieues-bulles
continueraient de bénéficier d'une débauche d'énergie à hauteur de neuf kilowatts au mètre carré. Le
Grand Clou, comme l'avait appelé Carrie, le but du
voyage où elle se procurait ses livres, était situé dans
les ruines de l'ex-aéroport, terminal A. On y accédait
par la transdivisionnaire 26. La route traversait la périphérie est et ses lotissements. Le sas entre la Ville et
les non-zones, énième terre d'élection des agonies
bancaires. Syd laissa son regard vagabonder à l'arrière-plan. L'alignement des tours si proches les unes
des autres que les minces traverses d'un ciel aussi gris
que les murs échouaient à conjurer leur aspect d'une
seule et même barre. De loin en loin, son œil captait
la tache d'un linge de couleur mis à sécher sur un
balcon. Des milliers d'abonnés vivaient là et on venait
de les abandonner à la nuit.

Il était près de treize heures et la nuit pesait, immobile, létale, sur la banlieue.

Cimetière des avions, cimetière tout court et sous
les cadavres, des livres. Pendant qu'il marchait dans
les ruines, Syd s'émerveillait de cette cohésion sans

doute involontaire. Le chauffeur l'avait largué devant les tourniquets du terminal A. Syd avait pénétré seul dans le hall. Des clodos nichaient sur les bancs, baragouinage d'envapés résonnant jusqu'à la haute voûte en verre noirci, répondant à l'écho de ses pas. Un nuage de fumée flottait, vapeurs de mauvaise came, climatiseurs déréglés. Une odeur écœurante de parfum au lieu des émanations de corps sans soin, qu'un siège quelconque de son cerveau avait imprimées à jamais, au bon vieux temps de ses débuts de flic, quand il raflait les morts bancaires pour les jeter hors des limites de la Ville. Une veilleuse sur trois en état de marche. Syd progressa dans une semi-obscurité alimentée par les fumées et jusqu'à la piste, des ombres sans crier gare surgirent sur son passage. Galerie de gueules salies, flétries, cassées. Un visage, l'hyperderme à moitié arraché, pendouillant comme une vieille écorce. Et en guise de sièges et de couchages : des caisses de cigarettes, de magazines et de cosmétiques. Eventrées, dégorgeant leur pactole sur le lino. Des clodos à se saouler au goulot de flacons de cristal taillé, ivresse lourdingue à base d'Heure Jaune, de chez Clair Derm. Trois clodos le dépouillèrent. Ils réclamèrent la veste et les chaussures. Quand Syd enleva la veste, ils aperçurent l'arme à sa ceinture. L'homme qui dirigeait la manœuvre leva les bras en signe de trêve. Ils s'écartèrent. Syd poursuivit sa marche. Du verre brisé sous ses pas. Maintenant que ses yeux s'étaient habitués à l'obscurité, il voyait que l'aérogare tout entière était tapissée de bouteilles vides. Des centaines et des centaines de bouteilles vides, posées d'aplomb sur leur cul, avec la lueur dormante venue des pistes qui ricochait entre les épaisseurs de verre, les faisant reluire comme des gemmes en guise d'offrande à la statue. Quand Syd avait aperçu la statue, il avait cru tout d'abord que ses sens lui jouaient un tour. Il marcha vers elle et la forme blanche fut loin de s'évanouir. Tout au contraire, elle se précisa, s'intensifia et il lui sembla presque qu'elle prenait vie dans les fumées mouvantes et la lumière stellaire. La statue était de marbre blanc et sa surface légèrement grenue lui évoqua la peau de Blue Smith. Il passa son doigt le long des courbes froides et quand il l'ôta, son doigt était couvert d'une mince pellicule de saleté. Il s'étonna que la statue apparût si blanche. Elle figurait une femme aux hanches trop grosses, au visage androgyne, les yeux clos d'un voile de pierre. Il s'étonna de nouveau : si la forme devant lui avait été de chair et d'os, il ne l'aurait pas désirée. Mais de pierre et d'immobilité, jaillie d'un cimetière de bouteilles dans des vapeurs de crasse, elle était belle d'une beauté qui lui parlait avec des mots qu'il n'avait jamais entendus.

Il longea les baies vitrées vers la porte A-21. Là, le couloir aérien s'effondrait vers les pistes où des carlingues d'avion aux ailes coupées gisaient sur le flanc. Il manqua de se rompre le cou en dégringolant la pente raide, se retint aux anneaux métalliques qui cerclaient l'intérieur du tube et fit un bond de trois mètres qui le vit atterrir sans dommage.

Le « Grand Clou ». Quand Carrie les avait prononcés, avant de descendre de la voiture, boulevard Vuitton, flanquée de ses quatre malabars, ces mots n'avaient rien éveillé en lui. Il avait demandé ce qu'ils signifiaient et Carrie avait ricané, de ce ricanement qui naufrageait son sourire de gamine. Elle lui avait répondu que sa destination n'était rien de plus qu'un cash converter. Enfin, un ancien cash converter. Un entrepôt. Bourré jusqu'à la gueule d'un stock qu'on ne pouvait ni écouler, ni décemment détruire. Un débarras.

Carrie n'était pas encore née quand le Grand Clou avait été fermé puis racheté pour un dollar symbolique par Clair-Monde. Jusque-là, ç'avait été une mauvaise affaire pour tous les intéressés. Pendant des décennies, le Grand Clou avait allongé du cash contre une marchandise bien particulière. A l'époque, le business tournait. Des prêteurs franchisés dans tous les quartiers de la Ville. Et puis la marchandise s'était dévaluée… On s'était retrouvé avec un stock qui prenait de la place et la poussière et qui ne valait plus rien… L'histoire avait suivi son cours. Banqueroute, proprio jeté dans les Labos. Les boutiques reconverties en Starbucks pour la plupart. Quant au stock, on l'avait déménagé dans un hangar de l'ex-aéroport, où l'on changeait naguère les pièces défectueuses des moteurs d'avion. Terminal A, porte A-21, un grand porche délabré et graffité à souhait, que tu n'auras même pas besoin de défoncer pour entrer.

Les derniers mots de Carrie lui revinrent au moment où Syd balançait un grand coup de pied dans la porte en fonte toute rouillée. Un déclic se fit entendre et les gonds gémirent quand le battant bondit vers l'arrière. Les lumières des pistes violèrent l'obscurité du hangar, traçant dans l'embrasure de la porte un chemin blanchâtre où lévitait un peu de poussière.

Syd fit quelques pas et s'immobilisa. Devant lui, le vide, délimité par un garde-fou qui courait sur toute la longueur du balcon.

La musique s'empara de lui et le porta à l'intérieur.

Elle devait être assez forte car elle semblait prendre sa source de très loin et lui parvenait quand même. Des basses frappées comme des coups au cœur, une plainte irréelle, tranchante, qui lui évoqua des ultrasons, le tout mince comme un souffle, lumineux comme une remontée d'enfance.

Il aborda l'escalier en colimaçon, découvrant les profondeurs abyssales de l'entrepôt, quatre murs d'une hauteur de nef, qu'il crut tout d'abord entièrement recouverts de livres. Mais seuls quelques rayonnages isolés avaient conservé leur chargement. Le reste était effondré dans l'abîme. Des centaines, des milliers de volumes à l'avenant, dans un champ de pages arrachées, comme une fine couche de neige qui jetait au sol du Grand Clou une luminosité blanche, une réverbération d'étendue désertique et glacée. Et sur ce lichen, d'autres dépouilles reposaient. Des corps de pierre auxquels il manquait la tête. Toutes sortes de formes déchues, dispersées et Syd, observant l'ensemble d'en haut, trouvait à cet éclatement, l'unité d'une œuvre finale qui donnait l'impression d'un grand sommeil immaculé.

Il vit une allumette flamber. Une figure jaillit du clair-obscur, traits effondrés, pâleur mortuaire, à téter avidement une cigarette qui rougeoya comme

une parcelle d'enfer. L'homme était prostré dans un
grand fauteuil. Le geste cursif de sa main vers ses
lèvres, seul, brisait le règne inanimé auquel toutes
choses ici semblaient soumises. La musique s'échappait d'un appareil bon marché, aux enceintes revê-
tues de plastique coloré. La main libre de l'homme
effleurait les touches. Syd se demanda si celui-ci avait
remarqué sa présence. Il eut sa réponse à l'instant
où il posa le pied sur le sol. Un déclic retentit et la
musique se tut.

On lui demanda ce qu'il cherchait. Il ne fallait pas
se fier au désordre. Ce n'était qu'une apparence. Que
Syd donnât un titre et l'homme lui désignerait l'endroit de la poussière où le livre se trouvait. Syd
n'avait pas de titre. Mais il cherchait bel et bien un
livre. Un livre sans titre que les initiés dénommaient
le livre, comme s'il n'en existait qu'un seul. Un exemplaire avait récemment circulé autour de lui. Des
deux dépositaires successifs, l'un était mort, l'autre
en sursis.

Son interlocuteur fut secoué d'une affreuse quinte
de toux et jeta sa cigarette. Un monceau de mégots,
de paquets vides, d'allumettes calcinées jonchaient le
sol. Syd discerna l'éclair d'un petit miroir fixé dans
un angle, un robinet dégouttant au-dessous, la blancheur mate d'un lavabo. Des cartons à pizza. Une
odeur rance de sauce tomate le disputait au tabac
froid. D'une voix basse, aux accents traînants et
impérieux, le squatteur tubard du Grand Clou lui
demanda ce qu'il était advenu de l'exemplaire en
question.

Syd répondit qu'il avait été détruit.

« A ma connaissance, reprit l'autre, il n'en restait qu'un seul. Aux dernières nouvelles, il se trouvait au reliquaire du Grand Central. Est-ce de celui-là qu'il s'agit ? »

Réponse affirmative.

« Alors, il n'existe plus. »

Syd accusa le coup. Son informateur sans domicile fixe s'exprimait d'une façon bien patricienne. Son informateur sans domicile fixe en savait, des choses. Celui-ci eut un nouvel accès de cette toux spasmodique, aux résonances de sang. Il voulut se soigner : une cigarette apparut. Une allumette craqua. Syd frémit. La question qu'il allait poser s'étrangla sur ses lèvres. Le livre, son contenu, la lumière affreuse qu'il avait allumée aux yeux de Shadow, cessèrent de l'intéresser au moment où il reconnut, à la flamme tremblante de l'allumette, le visage ravagé de celui qui se tenait en face de lui.

Lizovic. L'un des Douze. L'homme des Labos.

Il pensa immédiatement à le descendre. Une pensée stérile, sans violence, qui ne recelait ni impulsion ni désir. Aucune démangeaison vengeresse ne vint animer sa main, celle qui caressait à travers l'étoffe de la veste, le revolver à sa ceinture. La pensée avait jailli de l'évidence du schéma. Lui, fils d'un père supplicié dans des circonstances floues, placé, en puissance de feu, devant le grand coupable désarmé. Mais il était plus intelligent que ça. Il voulut être plus intelligent que le mal.

Il se dit que Lizovic était bien plus que la possibilité d'une vengeance, il détenait la vérité. Alors, Syd le fit parler.

L'ancien ministre du Recouvrement n'avait pas dormi depuis dix ans. Le châtiment des hommes mauvais. Il était un homme mauvais. Ses juges avaient perfectionné le concept de remords. On l'avait opéré. Des électrochocs, des neuroleptiques, tout un cirque chirurgical et chimique pour ôter à ses paupières la faculté de s'alourdir, à son cerveau de s'assourdir au vacarme de cette maudite conscience. Heureusement, il lui restait tout de même une issue et le chemin vers elle raccourcissait à chaque instant. Lizovic alluma une autre cigarette au mégot de la précédente.

Il avait payé pour ses crimes et ceux des autres. Sa tête avait été choisie car une tête au moins devait tomber. Il avait obtenu de purger sa perpétuité entre ces murs. Il avait été condamné à une nuit blanche éternelle. Il avait demandé qu'on lui épargnât le silence. Cela faisait dix ans qu'il vivait de musique et, depuis peu, il n'en retirait plus rien. Il avait alors placé dans les Marlboro fortes, toute sa volonté d'être sauvé : lentement, sûrement, il tuait le temps grâce à elles, espérant se tuer lui-même, à la longue. Parfois, une crise le prenait et il détruisait quelque chose. Une statue, des romans dont il portait le deuil comme d'amants assassinés lors d'accès de fureur.

Les Labos étaient nés d'une mauvaise plaisanterie.

Au moment du krach, en 99, il formait avec Vence, Kaplan et quelques autres, l'embryon de ce qui allait devenir les Douze. C'était l'un de leurs premiers rassemblements. L'enjeu était colossal, la dépression terrible, l'argent semblait n'être nulle part. A l'époque, on aurait tué pour un réfrigérateur, pour de l'aspirine, un paquet de café ou une paire de chaussures. Lui, Lizovic, avait été le premier à plaisanter le désespoir : il ne restait rien aux abonnés, rien d'autre que leurs corps. En ces silhouettes hâves, crevant de faim par la Ville, couvaient des richesses insoupçonnées : celles du sexe et de la vie, dont seules les considérations morales des temps faciles, des vétilles, interdisaient l'exploitation. Quelques jours plus tard, il était nommé au Recouvrement, avec pour mission de réaliser le concept. Les créanciers avaient adoré, les banques, les organismes de crédit, toutes ces organisations sans tête. Lizovic ne se souvenait plus qui avait initié le dérapage final : donner aux insolvables le droit d'envoyer leur progéniture mineure se faire « valoriser » à leur place. Le premier arrivage aux Labos en 05 avait été composé de quatre-vingts pour cent d'enfants de moins de douze ans. Pour la plupart des débiteurs, c'était s'en tirer à bon compte. Peu choisirent de payer de leur propre personne.

« Certains l'ont fait pourtant », murmura Syd.

Il vacilla. Il était assailli d'images. Il ne parvenait pas à les tenir à distance. Elles montaient, écumaient, balayaient tout sur leur passage. Des images dont le contenu brut n'avait rien d'horrible. Lui, se réveillant, ce matin de la fin octobre 20, dans sa piaule des quartiers-écrans. Le lit de camp qu'il avait commandé sur le Réseau dans un coin de la pièce. La propreté de l'appartement qu'il avait briqué de fond en comble pour le retour du père. Il s'était rasé. Il était arrivé en avance à la gare.

Les trains étaient passés, s'étaient vidés de leurs passagers, à six reprises. A six reprises, Syd s'était retrouvé seul sur un quai désert, à attendre. A attendre le père qui ne devait jamais arriver.

« Je ne veux rien savoir des Labos, s'écria-t-il, ce qui m'intéresse, c'est le livre. Est-ce que vous l'avez lu ? Vous pouvez m'en parler ? »

Lizovic recracha une nuée et le dévisagea. Son regard humide de fièvre vint fouailler le désarroi de Syd. Lizovic vit le vertige qui s'était emparé de lui. Il vit qu'il était armé. Il parla. Il parla lentement, appuyant sur chaque mot, sans détacher les yeux du visage blême de Syd, dont celui-ci savait qu'il l'avait trahi.

« On a eu recours au livre, dit Lizovic, au moment de ma nomination au Recouvrement et pour les mêmes raisons. C'est le texte fondateur du monde tel que vous le connaissez, et dont vous ne connaissez rien si vous n'avez pas lu le livre. Il ne sert à rien que je le cite ou que je tente de vous le résumer : il n'y a qu'à ouvrir vos yeux. Ouvrez vos yeux et regardez le monde, et dès que vos yeux se rétracteront d'horreur, d'indignation et choisiront de se détourner, dès que vous serez confronté à ce dont vous ne pouvez supporter la vue, dites-vous bien que tout cela fut écrit, raisonné et décidé dans la conscience par certains de vos semblables, dites-vous bien que ceci fut ignoré, consenti, permis, dans la conscience ou l'inconscience par l'ensemble de vos semblables. Je ne peux pas vous transmettre ce que je sais, je ne peux pas vous transmettre ce que ce fut pour moi de lire ce livre. Ça ne se raconte pas comme une histoire, ça ne se discute pas comme des idées, c'est une expérience presque physique, une illumination, une métamorphose de la perception plus violente que la plus violente des drogues pourra jamais en causer. Vous possédez le monde, vous le possédez de par la vérité atroce de sa conception : et cette possession, vous ne pouvez que la subir, vous ne pouvez rien en faire et si vous voulez un exemple… »

Lizovic s'interrompit. Il toussa, il cracha, il perdit le souffle. Il ralluma une cigarette. Il reprit d'une voix altérée, presque inaudible :

« Si vous voulez un exemple, en voici un. Il faut en ôter l'aspect sensationnel, clinique. Il faut que vous vous débarrassiez des images, car ce n'est pas dans cette image-là que réside la vérité du livre mais dans son inspiration, son fondement. Si vous aviez eu la possibilité de lire le livre, ce qu'il vous aurait révélé aurait déclenché en vous la même illumination affreuse, la même colère aveugle et impuissante, la même haine d'absolument tout, la même indignation d'une telle force qu'elle pousse au meurtre ceux-là mêmes qui sont indignés par le meurtre, que si je vous disais ce qui a fini par être la vocation, la résolution des Labos…

« *L'extermination…* »

Syd lui tira deux balles dans la tête.

*
* *

QUATRIÈME PARTIE

Exit

9

Vapeurs d'alcool et moiteurs partagées furent son lot pour trente-six heures. Un lot meilleur que ce qu'il méritait. Il avait toujours su que le jour où il laisserait le champ libre à la violence en lui, le temps lui serait compté avant qu'elle le possédât entièrement. Il y avait eu des périodes de sa vie pour en témoigner. Des périodes qu'il avait tenté de raturer. En vain. Parce qu'elles contenaient plus de lui-même, de son véritable lui-même que le vaste désert autour : ces années et ces années où il s'était renié par nécessité. Faire mal et se faire mal, le reste n'était qu'instants à blanc. Toute l'intensité qu'il était capable de tirer à grand-peine de cet ensemble de sensations plaquées sur du temps : l'existence s'était condensée dans l'exercice de ce pouvoir-là. Il avait tué, il avait donné des coups, il en avait reçu plus que sa part, il s'était saoulé jusqu'au coma. Et il avait souffert, dans son corps et sa conscience, mais surtout de la conviction qu'il finirait par s'y rendre, entièrement, définitivement.

Il voulait sombrer. Le livre était parti en fumée et avec lui, les réponses qu'il cherchait. A présent,

enquêteur sans enquête, il n'avait plus de raison de
courir. Condamné en sursis, il en avait assez de fuir.
Il était rentré à Pandémonia, vers *elle*, son dernier
ancrage, le dernier arrêt.

Ils vécurent de nuit. Ils voulaient croire que le
monde n'existait plus en dehors de cette chambre.
Qu'ils étaient parvenus à en sauver une parcelle pour
eux, pas grand-chose, dix-huit mètres carrés, un lit,
une baignoire et une arrivée d'alcool. Jour et nuit ne
se distinguaient plus depuis qu'on avait restreint
l'électricité. La seule différence était le bruit. Il y avait
la nuit bruyante, celle du jour révolu, où les abonnés
continuaient de s'agiter pour leur subsistance et leur
distraction et puis il y avait la nuit silencieuse et, au
cœur de celle-ci, ils parvinrent à effleurer leur rêve
du bout des doigts : ils étaient hors du temps, hors
du monde, hors de danger.

Vers une heure, les projecteurs de pertinence
aériens avaient décliné. Les passages du transdivisionnaire s'étaient espacés. Le rugissement des sirènes avait reculé vers le nord, vers Sous-Tex et les
frontières des non-zones. La nuit s'était refermée sur
eux comme une immensité d'eaux protectrices. Ils se
retrouvèrent à court d'Euphore Light, dont ils
avaient coupé la vodka à doses de plus en plus longues, pour retarder au maximum le coup de massue.
Depuis que Syd était rentré, ils ne s'étaient pas touchés. Un embarras adolescent les avait fait se com-
porter comme deux étrangers courtois, contraints de
partager la même cellule. Syd avait quitté la pièce
dans le but de se procurer des excipients pour alcool

fort. Dans le salon, les enfants-bibelots, rendus à la liberté par l'absence de Tevere, jouaient au Jeu. Et toujours ces trois notes basses oppressantes. La mélodie pauvrette l'avait renvoyé à la symphonie de l'homme qu'il avait abattu. Il avait alors pensé à tout ce qu'il ne tiendrait jamais plus : la musique, la mer et le ciel, sa propre enfance et puis ses morts.

Blue n'était pas dans la chambre. Par la porte entrouverte de la salle de bains, filtrait un air chaud et humide, le grondement de l'eau qui coulait. Syd vida son verre. « Première reprise », se dit-il et il poussa la porte.

« Tu ne m'as jamais dit ce que c'était que ça », dit Syd, après coup, en écartant le peignoir de Blue pour promener ses doigts le long d'une mince arabesque de tissu mort qui courait sur son ventre. La moiteur savonneuse du bain les avait retenus jusqu'à ce que le terrain devînt impraticable pour ce qu'ils voulaient y faire. Ils avaient regagné le lit et il semblait à Syd qu'ils ne s'en relèveraient plus jusqu'à ce qu'on vînt les prendre. Blue referma son peignoir et se servit un verre.

« Des méduses, dit-elle, quand j'avais onze ans.

— Quand tu avais onze ans, les fonds marins n'étaient déjà plus vraiment une destination accessible.

— Aquariums de la Ville, dit Blue. On les a visités avec l'école. Ça a enflammé l'imagination d'une bande de filles qui me détestaient pour des raisons qui m'échappent encore. Elles m'ont donné rendez-vous là-bas à minuit pour qu'on règle nos comptes. Elles m'ont jetée dans le bassin.

— Tu étais à quelle école ?

— C'est un interrogatoire ? demanda Blue.

— Je ne sais pas, dit Syd, à l'école, on apprend toute sorte de choses. On apprend à lire par exemple.

— Je t'emmerde », dit Blue et elle lui tourna le dos.

Elle mentait et Syd s'en moquait. Il avait décidé de se moquer d'à peu près tout, ces jours-ci. Il continua à boire en solitaire. A ses côtés Blue, figée dans sa mauvaise humeur, faisait semblant de dormir. A sept heures du matin, il eut envie de baiser. Il posa la main sur la fille et elle se laissa faire sans enthousiasme, ni résistance. Ensuite, il se rendit compte qu'il mourait de faim et poussa jusqu'à la cuisine. Il expédia son cheeseburger en vitesse car les regards vides des mômes-bibelots lui foutaient les jetons. Les mômes-bibelots dormaient debout, et les yeux semi-ouverts, comme des carnes. Il regagna la chambre. Les couloirs tanguaient. Il se coucha à côté de Blue et convoqua ses maigres ressources de tendresse pour lui caresser les cheveux en signe de trêve. Le générique d'un dessin animé retentit quelque part dans l'appartement.

« Je voudrais qu'on puisse partir d'ici », dit Blue et Syd crut qu'elle pleurait mais quand il la fit pivoter sur elle-même pour vérifier, il vit qu'elle avait les yeux secs.

Ils ne pouvaient pas partir d'ici. La rencontre et la bonne volonté de Tevere avaient été providentielles. Où pouvaient bien aller les fugitifs ?

Le Grand Central savait tout. Relations connues et brèves rencontres y étaient listées, classées. Les hôtels les plus minables n'offraient pas pour autant droit de cité aux morts bancaires. On les signalait d'emblée à la Clandestine. Restaient le hasard et la fuite dans les non-zones. Le hasard avait mis Tevere sur la route de Syd. Ni Traceur, ni mouchard bancaire n'avaient assisté à leur rencontre. Leur lien n'était pas répertorié. La planque avait encore quelques jours devant elle. Quelques jours pour décider de fuir ou de rester. La Chambre ou les non-zones… Heureuses alternatives. Il se creusa la tête et n'en trouva pas d'autres.

A huit heures du matin Syd, qui s'ennuyait ferme, se souvint qu'il avait une moitié de cigare quelque part dans la piaule. Il ramena doucement à lui son bras que le sommeil de Blue avait kidnappé. Il alla fumer dans la salle de bains, assis sur le rebord de la baignoire. Il était huit heures du matin et il faisait nuit noire. Syd se souvint que l'Exécutance avait confisqué l'aube. La troisième alternative se révéla à lui. Il se leva et fit face au miroir. Trois doigts en guise de flingue, index et majeur dressés, pouce perpendiculaire. Il appliqua le canon contre sa tempe et rabattit son pouce. « Bang », il chuchota.

Il était dix-sept heures quand Syd se réveilla. Il serrait crispé dans sa main droite son cigare éteint.

A ses côtés, Blue regardait les infos sans le son. Il enfouit sa migraine dans le creux de sa taille. Elle monta le volume.

Aux portes de la Ville, on se battait depuis le matin. Il y avait eu des rafles dans les non-zones. Bien qu'aucune preuve ne donnât les zonards comme coupables des attentats, « on » avait voulu faire un exemple. Trois ou quatre figures locales avaient été enlevées par le S.P.I. pour être interrogées. L'info avait filtré et dès dix heures, les familles des victimes s'étaient massées derrière le poste-frontière pour réclamer les têtes des présumés coupables. Deux fourgons avaient été pris d'assaut. Le premier avec succès, pour un lynchage rapide de son occupant. Le second était passé en force. Trois agents en noir avaient fait usage de leur arme, sur la foule. Arrestations en masse. La Ville figée dans l'indignation. Ce jour-là, personne n'était allé bosser et, par ailleurs, un tuyau anonyme refilé aux Activités Anticitadines avait donné la Maison de la Radio pour la prochaine cible. Neuf gars de Technicrime à démonter pierre par pierre l'immense bâtisse en U, en direct sur toutes les chaînes de la Ville. Mais las, les explosifs restaient introuvables et deux mille chauffeurs de taxi s'étaient rassemblés devant le bâtiment pour protester contre l'arrêt des émissions.

A vingt et une heures, ils se vêtirent de tissu-éponge et se joignirent à Tevere pour le dîner. Deux heures que celui-ci tentait de joindre le room service. Tous trois sortirent en peignoir dans les coursives qui grouillaient de Pandémoniens affamés et débraillés, pendus à leur Traceur, à saturer d'invectives le répondeur des Réclamations. Syd prit la tête d'une descente dans les cuisines. Ils braquèrent les chambres froides, les réserves et la cave et quelques rixes éclatèrent avec comme enjeu, la prise d'un jambon cru.

Syd, Blue et Tevere dînèrent devant la télé, à la vodka. Blue ne mangeait rien, ne disait rien, se contentant de descendre verre sur verre tout en fixant une rediffusion de la première saison de *Sous-Tex*. Sur l'écran, l'aveugle mettait de grandes baffes hasardeuses à l'homme-tronc. La conversation, réduite à un échange masticatoire entre les deux hommes, porta sur les attentats et l'opportunité réelle d'une fuite dans les non-zones. Tevere qui s'était rendu le jour même dans ses bureaux clairsemés par la grève, avait pu recueillir quelques voix pour. A la fin de la journée, trois employés s'étaient tirés pour ne jamais revenir, avec en tête d'attraper, malgré le trafic, le train du soir pour la Zone Extérieure Ouest, à Exit. Tevere, lui, ne partirait pas, car, et il désigna d'un geste plein d'amour les trois étals à bibelots du salon, « qui prendrait soin de sa collection ? ».

Alors Blue quitta la table sans mot dire. Tevere fit ce qu'on faisait dans ces cas-là. Il changea de chaîne et monta le son. Syd remplit les verres. Affalés devant les vestiges d'un vacherin, ils assistèrent en direct à l'explosion de la Maison de la Radio, démineurs et badauds compris. Ils se ruèrent à la fenêtre. A la pointe est du quartier d'affaires, il y avait comme un grand feu de joie.

« Pourquoi tu ne me parles jamais de ton frère ?

— Pourquoi je t'en parlerais ?

— Je ne sais pas, les affligés font ça.

— Je ne suis pas affligée », dit Blue.

Elle étouffa un soupir. Syd qui était assis sur le bord du lit, le même cigare éteint au bec, à fureter à la recherche de ses allumettes, se retourna vers elle. Blue était allongée sur le dos, les bras en croix, les poings serrés. Pâleur des extrémités, peignoir blanc, visage de nacre, surnageant par-dessus les draps écarlates. Syd pensa à ces étoiles filantes, apparues quelquefois par le carré de sa chambre d'enfant, et dont il admirait la fulguration, ignorant qu'elles étaient déjà mortes. Il pensa à cette histoire que son père lui avait racontée. L'histoire d'un type, un saxophone, dont la petite amie s'était fait dessouder et qui était allé la chercher jusqu'en enfer. Le type demandait audience aux tauliers et donnait son solo. C'était beau et triste et ça fendait le cœur des gardiens durs à cuire. Alors on lui rendait la fille à une condition. Il devait la guider hors de l'oubliette sans se retourner vers elle. S'il se retournait, une fois seulement, le contrat serait rompu et pour la fille, ce serait le retour de peine, immédiat et sans appel. Le sax s'était mis en marche, la petite amie sur les talons. La fille marchait si légèrement que, même à l'oreille absolue du virtuose, on aurait dit qu'il n'y avait personne derrière lui. Alors il s'était retourné. Et la fille s'était dissoute dans l'air aussitôt. Elle s'était dissoute entre les bras du type, du sable, de l'air, du vent. Et il avait regagné le monde des vivants, tout seul avec son saxophone.

« Moi, je suis affligé, dit Syd.

— Je sais, dit-elle, tu ne devrais pas », et Syd lui demanda de développer.

Blue lui répondit que cette fascination douteuse qu'il éprouvait envers son frère n'avait jamais été payée de retour. La petite mécanique du cœur de Shadow avait pris l'eau bien des années plus tôt. Un seul ressort avait fonctionné depuis et ce n'était pas celui de la camaraderie. Ni de l'amour filial. Ni même de la romance. Non, Shadow n'avait jamais ressenti envers Syd qu'une vague bienveillance qu'il avait trahie à la première occasion. Il s'était servi de lui. Il se servait de tout et de tout le monde mais ne servait qu'une seule cause.

« Laquelle ? demanda Syd.

— La mienne », répondit Blue.

Alors Syd assista à un prodige ; une larme au coin de l'œil de Blue Smith. Il lui demanda d'en dire plus et elle refusa. Elle voulait juste qu'il laisse tomber. Un silence qui n'avait rien de paisible envahit l'espace. Syd regarda autour de lui : les bouteilles vides, les fringues froissées sur le sol. Blue pétrifiée dans son ultimatum. Les draps moites rejetés hors du lit, dévoilant la housse maculée de taches. L'écran muet diffusant une publicité pour des enfants, du prêt-à-adopter. Syd se leva et ouvrit les fenêtres en grand. Il tendit son visage au vent chaud. A l'est, l'incendie s'était atténué, ne jetant plus qu'une vague incandescence et des tourbillons de fumée noire qui semblaient faire corps avec le ciel. Le vent devait souffler de là car Syd pouvait respirer l'odeur de brûlé. Il était quatre heures du matin, les réverbères halogènes avaient été réduits à l'état de veilleuses et les écrans avaient interrompu leurs émissions.

Seules, les couleurs de Clair-Monde tranchaient sur la nuit.

Syd jeta le contenu de son verre par-dessus bord. Il se dirigea vers la salle de bains, ignorant Blue et sa pose qui invitait au sexe. Il remplit le verre au robinet et y jeta trois cachets d'aspirine. Il compléta son traitement à la cortisone et aux amphètes légales. Boire de l'eau claire lui fit tout drôle. Il éluda son reflet et fila sous la douche. Il passa cinq minutes sous le jet d'eau glacée, histoire de se clarifier les idées au fouet. Quand il en ressortit, il fut enfin capable de se regarder dans la glace. Le livre avait flambé, réduisant en cendres le fin mot de la mort de Shadow. Le livre n'était pas tout. S'il ne pouvait savoir pourquoi, il pouvait au moins chercher comment.

L'heure était venue de se remettre à courir.

C'était inscrit noir sur blanc sur l'écran du téléphone public.

C'était là depuis quarante-huit heures, en suspens entre Logicrime et sa boîte messages. C'était là depuis bien plus longtemps que ça, dans la partie immergée de sa propre conscience, que la partialité avait fait tourner à vide pendant tout ce temps.

Il s'en doutait. Il le savait.

Imbécile. Aveugle. Lâche.

Il avait nié plus qu'un soupçon. Il avait nié l'évidence. Entre sa propre vie et la vérité, il avait choisi la vérité. Il avait choisi de mettre sa vie en danger

pour continuer à fureter vers un objet indistinct, sur
des routes dont on avait saboté les panneaux, qu'on
avait balisées de raccourcis vers la mort.

Entre la vérité et Shadow, il avait choisi Shadow.

C'était inscrit noir sur blanc sur l'écran du téléphone public.

Le résultat de sa recherche par mots-clefs « dysfonctionnement Traceurs périmètre crime », décliné
sur quelques lignes.

Réf – 10/03/20 – Incendie de l'Innocence – CLASSÉ

18/11/31 – Délit de fuite, Smith Charles, relatif
Mandats et Recherches – CLASSÉ – n° MR31802

10/03/20 – Fusillade de Canon District, relatif
homicide par balle, homicide multiple NON RÉSOLU
– n° CRIM 20321

1/04/20 – Double homicide Smith, Smith Thomas, Smith Serenity, relatif homicide par balles,
homicide multiple NON RÉSOLU – n° CRIM 20568

C'était le S.P.I. qui l'avait induit en erreur. Le
S.P.I. était mêlé aux deux affaires. Il avait étouffé
l'affaire de l'Innocence et dix ans après, cette agita-
tion remarquable autour de la mort de Shadow.
Deux affaires gênantes, deux tentatives musclées
d'étouffoir. Mais là où Syd n'avait vu en Shadow
qu'une victime ponctuelle, il apparaissait maintenant
avec une éblouissante clarté qu'il y avait un coupable.
Son coupable.

Ce n'était pas le S.P.I. qui avait perturbé le Réseau pour couvrir le meurtre de Shadow. C'était Shadow lui-même qui avait utilisé ses armes pour protéger sa fuite. Pour la troisième fois.

Dix ans auparavant, dans les trois semaines qui avaient suivi l'incendie de l'Innocence, deux abonnés flingués. Dans le brouillard. Les victimes : Thomas Smith et Serenity Smith, alias les parents de Charles « Shadow » Smith.

Shadow : son camarade, son initiateur, son modèle. Le héros de la Guerre Narcotique. Le meilleur hacker de la division. Le sauveur du Grand Black-Out. Un incendiaire. Un parricide.

Il était auprès d'elle quand elle se réveilla. Assis à son chevet comme à celui d'un mourant. Pendant deux heures, il l'avait regardée dormir. Elle dormait d'un sommeil miraculeux, la paix répandue sur ses traits comme un baume. Malgré une impatience proche de la fièvre, Syd n'avait pu se résoudre à violer son répit. Il soupçonnait maintenant ce qu'un peu de paix devait être pour Blue Smith.

Il attendit. Quelques secondes encore à contempler la fille intacte. Car, Syd s'en doutait, percer le mystère Shadow ne lui laisserait plus grand-chose à ignorer de Blue.

Elle s'éveilla et il déclencha les hostilités.

« Dans ce cas, je te propose un marché. Je te dirai tout, mais ensuite on se tire. A la station Exit, il y a des trains toutes les heures pour la Zone Extérieure

Ouest. Le dernier part à huit heures. Je veux qu'on qu'on parte aujourd'hui. Je veux qu'on quitte la Ville.
— *D'accord.* »

Il fut convenu qu'ils n'attendraient pas une seconde de plus pour évacuer cette piaule dans laquelle, l'un comme l'autre, ils étouffaient à en perdre la raison. Ils quittèrent Pandémonia en vitesse, sachant qu'ils y referaient étape avant le grand départ, empruntant au passage ses clefs de bagnole à leur hôte endormi. Syd prit le volant et ils n'échangèrent pas un mot tandis que le 4 × 4 avalait la route parsemée de gravats et d'ordures. Les travailleurs les plus humbles avaient été les premiers à fuir et les rues étaient salement à l'abandon. Blue avait élu pour Confessionnal les berges de la Rivière de Ferraille. Ils étaient partis vers sept heures du matin. Pendant un quart d'heure, ils avaient roulé lentement et sous leurs yeux, la Ville avait secoué sa torpeur et s'était mise à vivre sans que Dieu eût daigné appuyer sur l'interrupteur. Les ténèbres… Là ou ailleurs…

Syd avait garé le 4 × 4 sur le parking des Abattoirs de la Ville. Au fond, un portail donnait sur une ruelle qui longeait les enclos grillagés où on parquait le bétail. Syd et Blue remontèrent le sentier dans la puanteur et les beuglements des vaches en attente d'être trucidées. Une volée de marches vers le quai. Plutôt raides.

Syd passa devant.

Ils atteignirent les berges. La casse débordait le lit du fleuve et tous deux s'assirent sur le capot d'un vieux taxi. Le sol était jonché de bouteilles de bière, de shooteuses et d'emballages de sandwich.

Blue parla, le regard fixé sur des vagues immobiles, toutes en pièces détachées et tôles pliées, avec de loin en loin le passage du transdivisionnaire sur le pont des Abattoirs qui l'obligeait à se taire.

Blue parla mais ce ne fut pas sa propre histoire qu'elle lui raconta. Car ce n'était pas celle qu'il voulait entendre. Syd voulait entendre l'histoire de Shadow et elle raconterait donc l'histoire de Shadow.

Bien sûr elle y tenait un des rôles principaux, mais pour ne pas nuire au récit, elle mentionnerait les événements comme s'ils ne lui étaient pas arrivés à elle. Comme s'ils étaient arrivés à quelqu'un d'autre.

Quelqu'un qu'ils ne connaîtraient ni l'un, ni l'autre.

Serenity Smith n'était pas vraiment une criminelle. C'était une mauvaise mère, une putain dans l'âme, et elle avait de la mauvaise foi à revendre, mais son crime, dans un sens, n'avait été que la banale reproduction d'un schéma familial – mal ô combien courant. C'est-à-dire que la propre mère de Serenity l'avait fabriquée, aménagée comme un terrain constructible, espérant à terme en tirer bénéfice.

Trente ans plus tard, la conception de Blue allait donner à cette curieuse tradition matriarcale, son apothéose.

A l'instar de ces souteneurs qui mettaient leurs jeunes recrues au crack ou à l'héroïne, la mère avait élevé Serenity au luxe. Elle en avait fait une junkie du superflu. Serenity serait de ces femmes capables de piétiner la vertu, la morale, leurs propres sens et leur amour de soi pour se procurer des services et des objets. La pute-mère se fit doubler par l'amour. Au lendemain de ses vingt ans, Serenity s'enfuit avec un jeune prolétaire.

Le ménage acquit un garage en zone périphérique. Au bout de trois années, leur affaire prospéra mollement. Ils accédèrent à la propriété privée et ce faisant, décidèrent de procréer. Charles naquit à l'hôpital de la Pitié-Airbus. Au cours des mois qui suivirent, la tout juste mère se vit gagner par des angoisses types. La jeunesse et la beauté sur le départ, la perspective d'une vie désormais exclusivement dédiée au bien-être d'une progéniture. Elle cessa d'aimer son mari. Elle eut des velléités sociales. On déménagea. On s'installa dans une petite maison aux confins de la Vallée-Bulle. On investit dans la toile de Jouy. Charles serait scolarisé chez les rupins. Au cœur de cette période transitoire, le Traceur de Serenity sonna pour une mise à jour. L'un de ses contacts était manquant. Sa mère avait été déconnectée.

Pour son troisième Noël, Charles fut couvert de jouets dont il entama aussitôt la dissection au couteau à viande, plein d'un enthousiasme gazouillant qui réjouit le cœur de son père. Serenity reçut un manteau de lapin en seconde main. Cette nuit-là, ivre au mauvais champagne, elle brisa des assiettes.

Au mois de février suivant, Serenity revint d'une virée dans le Centre, escortée par deux flics et menottes aux poignets. Elle s'était fait prendre la main dans le sac, au Centre Commercial de Brinks Boulevard, les manches de son manteau en lapin bourrées de cosmétiques et de colifichets. Le couple connut sa première scène violente. Thomas Smith ne voulait pas voir en sa femme une voleuse. Serenity se maudit à haute voix d'avoir épousé un minable. Elle déclara qu'on lui avait volé sa vie. Elle méritait mieux que ça : elle méritait un destin.

Elle sombra dans une profonde dépression, décréta la chambre à part et se mit à boire.

Thomas Smith était atteint d'un mal en voie de disparition : l'amour conjugal. Il pleurait tous les jours. Il se confiait à son Traceur et suppliait une divinité floue de bien vouloir le faire gagner au Loto.

Son Assistant le mit au parfum, mentionnant le droit au Confort Minimum et un litige récent qui avait opposé un abonné endetté à la Ville, donnant lieu à une jurisprudence embryonnaire de ce qui allait devenir le droit à l'Endettement sans limite.

Avec les crédits obtenus, Charles démultiplia son affaire. Il acquit une vaste maison avec pelouse. Serenity conduisait un 4 × 4 de l'armée et une pièce entière était consacrée à ses seules fourrures. Une seule ombre au tableau : Charles, ébranlé par les dissensions entre ses parents, ne leur adressait plus la parole et tabassait ses camarades de classe.

99 fut une année faste.

Le krach vint démolir ce bonheur consumériste.

Dans leur grande maison, les Smith crevaient la dalle et se gelaient les miches et les visons de Serenity étaient bouffés aux mites. Charles n'allait plus à l'école et passait son temps à dépecer des grille-pain et des paratonnerres. La nuit, il traînait dans les allées désolées et rapinait des pièces détachées. Il s'enfermait dans sa chambre et inventait des trucs.

Six ans passèrent. La Grande Extinction eut lieu et chez les Smith, on s'éclaira au feu de camp et à la torche. Dans le petit salon, un grand feu flambait jour et nuit, qui dévora un à un tous les meubles de la maison. Le feu faisait face au grand écran éteint, réchauffant les cristaux noirs de zébrures rouge et jaune. Thomas Smith s'y asseyait parfois et il pouvait s'écouler dix heures sans qu'il se levât ou détachât son regard du reflet du foyer sur l'écran de télé. Six ans pendant lesquels on surveilla la route où croisaient les fourgons du Recouvrement à rafler les ménages. Six ans dans le couloir de la mort, dirait plus tard, sans lésiner sur le trémolo, Serenity à son fils pour justifier son acte.

Car ce fut elle qui eut l'idée.

Malgré l'éloignement des époux, Serenity accoucha d'une fille en avril 06. Cette seconde naissance ne suscita chez la mère ni enthousiasme, ni intérêt. Pendant deux mois, la fille cadette des Smith n'eut ni berceau, ni caresse, pas même un prénom. Elle braillait, emmitouflée dans une zibeline mitée, des profondeurs d'une chambre à l'étage.

L'ennui et l'attrait de la nouveauté poussèrent Charles à aller examiner d'un peu plus près la machine à bruit du premier. Il découvrit un être minuscule, deux yeux immenses, bleu fond d'écran, enfoncés dans une petite figure féroce. Il pensa à du chiendent ou à ces chats issus de dynasties domestiques que quelques mois d'abandon et de faim avaient rendus à la prédation. Il décida de s'en occuper. Au bout de quelques mois, c'était à la vie à la mort entre le frère et la sœur.

Serenity Smith s'aperçut du manège. Elle conseilla à son fils de laisser la gosse tranquille. Personne de la famille ne devait s'attacher à elle et elle, surtout, ne devait s'attacher à personne. Elle devait grandir en ignorant jusqu'à l'existence même du mot amour. C'étaient là des précautions saines, étant donné le destin qui l'attendait. Chaque bienfait qu'elle recevait était une blessure à retardement. Blue, puisque Blue il y avait, ne devait jamais connaître l'amour.

C'était la moindre des choses.

Charles continua de s'occuper de Blue. Il lui enseigna ses tables de multiplication. Il l'emmenait prendre l'air, il l'emmenait voir les chats sauvages. Il lui apprit à ne pas avoir peur de la pluie, du tonnerre et des voitures. A grimper aux arbres, à courir vite, à intimider un animal sauvage en bloquant ses nerfs à la peur. Parfois, il la surprenait, blottie derrière une porte, à épier Serenity en plein soliloque devant sa glace.

Il arrachait la gamine à sa contemplation sans un mot d'explication.

Quand Blue eut six ans, il décida qu'elle était assez forte pour s'enfuir. Ils marchèrent jusqu'à l'autoroute et tentèrent d'arrêter les voitures. Une berline déglinguée, au long capot bicolore, ralentit pour le frère et la sœur. Deux hommes s'y trouvaient qui leur proposèrent de les emmener dans le centre-ville avec de gros rires et des regards obliques. Charles déclina l'invite. Il avait vu, en ces deux hommes, le mal. Ils rentrèrent chez eux. Thomas Smith rossa son fils au câble électrique. Deux mois après cet épisode, Serenity emmena Blue dans le Centre. Les transports en commun avaient repris. Un bus stoppait aux portes de la résidence, amenant chaque jour des nuées d'ouvriers.

On montait des baraquements. Une sandwicherie fit son apparition. On fit sauter les bâtisses abandonnées et des pancartes furent érigées aux angles de rues, vantant la qualité de vie à prix modéré que proposaient les futures tours Utopia, maquettes et promesses de vente disponibles au cadastre, sans rendez-vous.

Serenity revint seule de sa visite dans le Centre. Seule, les bras chargés de produits de première nécessité. Du shampooing, du bœuf, du vin blanc. Triomphante, elle annonça à son fils qu'elle avait sauvé la maison.

Celui-ci la coinça dans la buanderie. Il exigea de savoir où était sa sœur. Les réponses de Serenity furent évasives et contradictoires, de vagues allusions à la pension, à une avantageuse adoption. Puis Thomas Smith se mit en quête d'un travail. A la faveur d'une absence du père, Charles fit passer à sa mère un interrogatoire en bonne et due forme.

Il la menaça, l'injuria, la brutalisa.

Serenity finit par lui dire la vérité. Blue avait été adjugée aux Labos pour une grosse somme d'argent. C'était le plan. Ç'avait toujours été le plan. On avait, comment dire, pondu la gosse pour créer de la richesse et point barre. Et ce n'était pas la faute de Serenity. C'était la vie. Charles passa sa mère à tabac jusqu'à la laisser pour morte. Puis il s'enfuit. De ce jour, toutes les forces sans objet qui l'avaient agité jusque-là trouvèrent enfin leur unité.

Il gagna le Centre de la Deuxième Division. Il trouva assez rapidement du travail comme coursier pour une boîte de location de jeux vidéo. Simultanément, il présenta une requête pour prendre la place de sa sœur dans les Labos. Le flipper administratif le renvoya de juridiction en juridiction, de visite médicale en expertise. Après quelques mois, sa demande fut rejetée : sa cote était trop basse. Il se jura de trouver un autre moyen. De coursier, il devint réparateur, puis concepteur. La maison mère lui paya une formation accélérée en informatique. Il vivait dans les quartiers-écrans. Loyer payé par la pub. Il se fit virer car il neutralisait les diffusions dès qu'il voulait un peu de silence. Il emménagea impasse Johnnie Walker, en coloc avec deux toxicos. Il avait un vrai travail, comme superviseur de territoires électroniques. Il dormait peu et, la nuit, il errait sur les terres qui lui avaient été confiées, et les étendait, violant les barrages, prolongeant les routes, jusqu'à remonter au Grand Central lui-même. Dans sa chambre sur l'impasse, il disposait d'une arrivée permanente de confessions d'inconnus qu'il écoutait jusqu'à la nausée. Il en conçut un amour et un mépris inaltérables envers la nature humaine. Il en retira le surnom puéril de Shadow, qui lui fut décerné comme un adoubement par d'autres morts-vivants qui exploraient les eaux troubles du Réseau avec moins de succès. Il y trouva des esseulées aux yeux bleus qu'il convoquait dans des chambres d'hôtel.

Il y apprit, avant même qu'elle fût déclarée, les motifs réels de la Guerre Narcotique et s'engagea.

Sans grade au Bataillon des Engagés Volontaires, il n'attendit pas son heure, il la provoqua. Il avait pour manie de pirater les correspondances secret-défense. Il savait qu'il n'y avait pas d'ennemi. Il savait qu'on se battait contre le vide. Il connaissait les véritables cibles. Il proposa de se charger du contrat, ses talents d'homme de terrain et de pirate faisaient de lui le mandataire idéal. En échange, il voulait sa sœur… Shadow fit appel à Syd comme meurtrier auxiliaire. Le reste était Histoire. Une histoire off que Syd connaissait mieux que Blue elle-même. Elle reprendrait donc directement aux retrouvailles du frère-héros et de la gamine graciée trop tard.

Un mois plus tard, sur le quai de la gare Trans-Nord, Shadow retrouva une fille de quatorze ans qui avait tout d'une étrangère. Les Labos avaient disposé d'elle et entre autres violations, Blue avait servi de cobaye pour la mutante chirurgie plastique et s'était vu apposer un nouveau visage dont elle haïssait chaque trait pour ce qu'il lui rappelait. Elle était affligée d'un hyperderme de composition révolutionnaire qui n'avait pas obtenu par la suite de brevet d'exploitation. Un hyperderme inaltérable qui refoulait les protestations du corps. Ni fatigue, ni marques, ni rougeurs, ne pouvaient entacher le masque. Ni allergies, ni hématomes, ni blessures.

On s'en était assuré au cours des six séries de tests réglementaires.

Quand Shadow récupéra Blue, elle marchait avec des béquilles, assommée aux antidouleurs. Les médecins défilèrent, perplexes devant tant de souffrances invisibles. Shadow la faisait soigner à domicile. Il payait en détournant des fonds.

Blue entra en convalescence. Elle voulut sortir, aller au-devant de ce monde extérieur qu'elle n'avait jamais connu. Son frère l'emmena au cinéma, au restaurant. Dans des parcs d'attraction. Il ne la laissa jamais seule. Il l'accompagnait pisser. Il ne laissait personne lui adresser la parole. Il l'emmena assister à un match de nouvelle boxe. Il connaissait le champion. C'était quelqu'un qu'il aurait respecté et aimé s'il en avait été capable. Quelqu'un avec qui il était lié par le mal, donc lié intensément. Blue dévora des pop-corns au léger goût de brûlé. Elle but de la bière pour la première fois et elle eut le vertige.

Syd monta sur scène et elle eut le vertige. Elle le vit chercher les coups et encaisser sans riposter. Elle vit son sang couler, sa peau bleuir, ses membres se convulser. Elle reconnut en lui quelque chose d'elle-même. Shadow l'entraîna avant la fin du match.

Il la laissait rarement seule. Il travaillait chez lui. Il n'avait pas d'amis.

Blue avait attendu patiemment que son frère craquât et allât voir une femme. Une semaine après le match, ça arriva.

Quand Shadow rentra au petit matin, il trouva sa sœur évanouie dans la baignoire, remplie de sang au quart. Il crut qu'elle s'était donné la mort. Mais Blue n'était pas morte et pas un instant, elle n'avait souhaité mourir. Le sol de la salle de bains était jonché de chutes de plastique, fin comme une chrysalide. Blue avait arraché l'enduit dont les Labos l'avaient affublée. Son corps n'était plus qu'une plaie mais elle était à nouveau elle-même et prête à vivre.

Elle resta alitée quatre mois. Ses écorchures cicatrisèrent d'une façon pas trop dégueulasse. Et au cours de ces quatre mois, elle apprit à son frère de quelle région exacte de l'enfer elle revenait.

Elle lui dit les Labos. Elle lui dit l'horreur comme jamais il ne l'avait imaginée. Et surtout, elle lui dit l'Innocence.

Blue n'avait passé que trois années dans les Labos proprement dits. Les trois dernières. A son arrivée, en avril 12, elle avait été affectée, comment dire, à une annexe. Les établissements de l'Innocence appartenaient à la Ville et dépendaient de l'ancien ministère du Recouvrement. C'était une franchise très lucrative dont il valait mieux ne pas ébruiter l'activité réelle. Le S.P.I. veillait à l'encaissement et au secret.

C'était un bordel à mômes.

Shadow péta les plombs. Il saccagea l'appartement et explosa la gueule d'un pauvre type qui avait eu la mauvaise idée de sonner au numéro 30 de l'impasse Johnnie Walker pour écouler des encyclopédies. Chaque jour il disparaissait pendant deux ou trois heures pour courir. Il courait au hasard des rues de la Ville. Il courait jusqu'à tomber d'épuisement. Il disparaissait si souvent que Blue ne remarqua même pas que le 9 mars ou le 1er avril, il était resté absent toute la nuit.

Ils déménagèrent. Elle grandit. Il se fit une réputation de génie. Il gagnait beaucoup d'argent. Elle n'avait pas le droit de sortir. Elle n'avait pas le droit d'être à nouveau confrontée au mal. En 24, Shadow tomba pour espionnage industriel. Blue hésita à s'enfuir immédiatement. Il y avait quelque chose qu'elle voulait faire avant, qu'elle voulait faire depuis des années. Elle voulait lire le journal de son frère. Elle passa cinq mois à le déchiffrer.

Shadow avait incendié l'Innocence. Il avait abattu leurs propres parents. A cause d'elle. Il rencontrait des filles la nuit, dans des chambres d'hôtel, qui lui ressemblaient. Blue ne s'enfuit pas sans laisser d'adresse. Il la retrouverait. Elle alla voir son frère en prison. Elle parla, elle plaida. Elle arracha à Shadow sa libération. Elle ne retourna plus jamais ses coups de fil à ce frère dont l'amour la terrifiait. La dinguerie de Shadow n'avait été qu'un réactif à ce passé dont elle voulait annihiler en elle jusqu'au souvenir. Il le symbolisait. Il *était* le passé.

Et elle, elle voulait aller de l'avant. Elle voulait vivre. Il y avait eu un temps, un laps de temps très bref juste après sa sortie des Labos, une zone de transit où sa lucidité avait commencé à poindre, où elle avait compris que le cauchemar avait pris fin. Mais pour elle, la fin du cauchemar, c'était la fin du monde connu. Elle s'était retrouvée démunie, livrée à sa propre autorité et de cette relaxe soudaine, elle n'avait su que faire. Elle ignorait comment on survivait dans ce monde extérieur à l'horreur mitigée. Elle n'en discernait pas les attraits. Elle avait envisagé de déclarer forfait. De ne pas même livrer combat. Elle avait pensé à mourir.

Mais une nuit, au cœur d'une foule bruyante et moite, dans une salle d'entraînement rouverte à des heures pas trop réglementaires, l'unique attrait qu'elle trouverait jamais à ce monde nouveau lui avait été révélé avec la force et la lumière d'une épiphanie.

Le vertige…

*
* *

10

« ... L'Exécutant Watanabe retrouvé mort il y a trois heures, dans ses appartements du Palais Exécutif. Le chef de l'Urbs se serait supprimé d'une balle dans la tête à deux heures ce matin, au sortir d'une réunion extraordinaire portant sur la lutte contre les activités anticitadines. Le communiqué officiel du Palais est catégorique quant à la nature de l'acte : il s'agit bel et bien d'un suicide. Après la réunion qui s'est prolongée fort tard, Georges Watanabe a réintégré immédiatement le Palais et aurait passé un long moment dans la chambre de son fils avant de s'enfermer dans son bureau. Il aurait ensuite rédigé sa lettre d'adieu dont le contenu n'a pas été communiqué. La lettre manuscrite serait extrêmement brève : une seule phrase aux inflexions paranoïaques. L'Exécutant aurait bu une demi-bouteille de whisky avant de retourner contre lui-même son arme personnelle : un revolver de .38 équipé d'un silencieux. Le corps a été découvert à huit heures ce matin. Des photos clandestines circuleraient déjà sur le Réseau.

« Le roi est mort, vive le roi. Qui assurera la relève de l'Exécutant en cette période de crise majeure ? Il s'agirait, non pas du vice-Exécutant Gregory De Bourgh, dont on connaît l'implication dans le scandale des Usines Extérieures mais du vice-Exécutant honorifique, un grand retour au pouvoir politique pour ce vétéran de la reconstruction hyperdémocratique, j'ai nommé Igor Vence, l'ex-homme de Clair et maître à penser de Watanabe depuis leur première collaboration à l'occasion du projet Énergie du Désespoir. Pour le moment, les affaires courantes seraient expédiées par le gouvernement en attendant l'investiture du Palais-Ex par Igor Vence, prévue pour demain seize heures. Troisième mandat pour le leader des Douze, une première pour le système de Clair. Georges Watanabe laisse derrière lui un fils de douze ans et une Ville en proie au chaos. Deux mandats dont le second inachevé, une Exécutance marquée, entre autres, par la fermeture définitive des Labos et l'utilisation du droit de veto aux Trois-Huit. Tandis que nos abonnés sont de plus en plus nombreux à gagner les non-zones… »

Syd baissa la radio et décida de ne pas s'attarder sur le cas. Watanabe s'était flingué parce qu'il était dépassé par les événements. C'était un fantoche. Les Douze tiraient les ficelles. Trois affaires où il n'avait jamais rien lâché ; les Labos, les Trois-Huit et la privatisation des polices. Grand bien lui fasse, il avait gagné son purgatoire. Quant à Vence, il glissait simplement de la coulisse à l'avant-scène, pas de changement radical pour le beau-père, à part peut-être l'obligation de se faire blanchir les dents. Et le reste, Syd s'en foutait. Lui aussi passait la main.

Il soupira. Le son de la radio s'était réduit à un murmure à peine audible, laissant tout le champ sonore au crépitement de la pluie sur le toit de la voiture. Sur le siège passager, Blue se tenait aussi droite que possible, affichant un profil rigide de pièce de monnaie, calme joué que démentaient les tremblements de ses mains cachées entre ses genoux. Elle tournait et retournait à les déchirer les deux billets de train qu'ils avaient achetés sur le Réseau aux frais de Tevere. Deux allers sans retour pour la Zone Extérieure Ouest.

Et chaque borne dépassée tandis que le 4 × 4 roulait vers la station Exit était comme un pan de possible qui s'effondrait sur leur passage pour être dispersé, emporté par la pluie.

Tevere n'avait pas voulu les suivre. A l'heure où Watanabe, décervelé, lâchait ses derniers hoquets sur le tapis persan du Bureau Exécutif, ils étaient rentrés à Pandémonia, sonnés, pressés, pour une fuite immédiate, seul antidote à la sensation d'irréversible qui s'était abattue sur eux après les confidences de Blue. Tevere était en train de mesurer ses bibelots. L'un après l'autre, les mômes-œuvres se collaient dos au mur et les mains sinueuses de Tevere se posaient sur les ventres, les épaules et les crânes, leur défendant la triche. Et Syd avait compris que Tevere ne décollerait pas. Et tout en se félicitant de ne pas avoir à le sauver, lui, pour les avoir sauvés, eux, car Blue ne pouvait pas encaisser l'attentionné satyre pour des raisons aisément compréhensibles, Syd s'était demandé si lui-même n'était pas relié à ce sol par quelque cordon qu'il ne lui serait pas si facile de rompre.

Il tourna dans Texaco Boulevard au niveau du 130, là où une série de piquets et quelques flics délimitaient la terre rase où s'était dressée l'église qui avait sauté. Sinon, on aurait dit que la série de drames de ces derniers jours n'avait jamais eu lieu. Syd évita la voie payante et se rabattit sur la file de gauche où les véhicules avançaient au pas, exposés en première ligne à la poussière des marteaux-piqueurs et à la mitraille habituelle des grands axes.

TOUT LE MONDE A DROIT À LA JEUNESSE, TOUT LE MONDE A DROIT À LA BEAUTÉ.

C POUR CONFESSIONNAL, DITES-NOUS VOTRE PRÉSENT, NOUS VOUS DIRONS LE FUTUR.

BANQUE DE LA CITÉ, FAITES LA SIESTE, VOTRE ARGENT TRAVAILLE.

URBAINE DES JEUX, ICI ON FABRIQUE DES MILLIARDAIRES.

COKATRIL, NOURRISSEZ-VOUS PAR LE NEZ.

PANHÔTEL, LE BOUT DU MONDE AU COIN DE LA RUE.

PRÉVENTIVE-ROUTIÈRE, ROULEZ VITE, MOUREZ VIEUX.

PRÉVENTIVE-AGRESSION, SORTEZ NUE.

IMMO ÉCRANS, VOUS ÊTES NOS INVITÉS.

WHISKY LIGHT, LA BOISSON QUI MANQUAIT AUX FILLES.

LEXO JUNIOR, LES MOINS DE SIX ANS ONT ENFIN TROUVÉ LEUR MARCHAND DE SABLE.

PRÉVENTIVE-SUICIDE, SAUTEZ DANS LE FILET.

H COMME HOLOGRAMME, LE HÉROS, C'EST VOUS.

CLAIR-NEWS, LA VÉRITÉ, RIEN QUE LA VÉRITÉ, TOUTE LA VÉRITÉ.

S POUR SENTIMENTAL, AVEC CLAIR-MONDE L'AMOUR EST À QUELQUES MÈTRES.

AVEC CLAIR-MONDE, VOTRE BONHEUR N'EST PLUS UNE UTOPIE.

Pour une fois, la dernière, Syd s'était refusé à se réfugier en lui-même. Pour une fois, il avait décidé d'écouter. Il avait décidé de regarder. Les voix se confondaient et s'entremêlaient, luttant les unes contre les autres, les images se succédaient, s'accéléraient, vingt-quatre images-seconde, sur une centaine d'écrans-titans sur toute la longueur du boulevard, et les écrans au flanc des taxis et des bus, et les écrans en vitrine, et les façades vitrées qui faisaient réflecteurs, jusqu'au ciel de brouillard où se bousculaient les faisceaux géants des rétroprojecteurs, des travellings circulaires, des montages à la hache, des chutes libres et des survols, des tablettes de chewing-gum grandes comme des planches à supplice, des horizons de synthèse, des hamburgers parlants, des poupées en train de baiser, des chiens promenant des humains en laisse, des grosses qu'on métamorphosait en blondes en moins de temps qu'il n'en fallait pour que le feu passe au rouge, des incisives blanc lavabo qui se plantaient dans des barres énergétiques dans un craquement d'arbre foudroyé, des monospaces en train de baiser, des parents blonds refilant des consoles de jeu à leurs gamins blonds, et ceux-ci leur foutaient enfin la paix et la quiétude reprenait ses droits dans un grand salon blond, des Etoiles mortes depuis des lustres souriant à l'objectif, des capotes enduites d'agent érectif possédant le phallus d'un malheureux adolescent, le retour des parents blonds refilant des calmants à leurs enfants blonds rendus épileptiques par l'abus de jeux vidéo, des machines à expresso dégueulant un café onctueux comme une sécrétion, des appareils photo immortalisant des adultères à la longue focale, des types rendus fous par l'insomnie à s'assener de grands coups de marteau sur le crâne tandis que d'autres, les affranchis, avalaient du Clonaxil et se retrouvaient par-delà les nuages, des nuages innombrables d'ailleurs, non pas gris, gonflés de pluie et flingueurs d'horizon, mais roses, légers comme une gaze, s'éthérant au-dessus d'un lagon où Anna Volmann se baignait sous un soleil de plomb, des aurores aveuglantes rasant des plages à marée basse, le tout qu'on renfermait dans des lampes à U.V. garnissant des cabines à installer chez soi, des rayons de soleil, des rayons d'un soleil de pixels se jouant dans les branchages d'un arbre à chewing-gum, des vents soufflant des risées à la surface d'une mer bleu sombre, des voitures de sport brûlant la politesse aux péages pour filer dans la steppe où dansaient des éoliennes et les phrases et les mots se dénaturèrent à travers les images, perdant leur agencement, perdant la deuxième personne du pluriel, l'impératif et le racolage, et n'en restèrent que des bribes, des particules orphelines laissées à leur envol que l'oreille de Syd recueillait et dont son cerveau faisait ensuite ce qu'il voulait. Ici, ILLIMITÉ, ici, VÉRITÉ, ici, BEAUTÉ, BONHEUR, SEUL, SABLE, VITESSE, TOUJOURS, POURQUOI, UTOPIE, POUR VOUS, DÉSIR, SAUTEZ, BOUT DU MONDE, FUTUR. LÀ-BAS...

Klaxons et bordel redoublaient à l'approche
d'Exit. Quarante-huit heures que les abonnés
fuyaient en masse, abandonnant leurs véhicules qui
bloquaient les accès à la gare. Quelques flics tentaient
d'harmoniser une fournée de fuyards, donnant la
priorité aux chauffeurs de taxi sous les quolibets des
futurs expatriés qui n'en avaient plus rien à foutre
de cette autorité qui cesserait de les concerner à l'instant précis où le 12:45 s'ébranlerait pour la zone.

Syd dit à Blue qu'ils feraient mieux de continuer
à pied et sortit du coffre trois valises bourrées à
craquer de biscuits protéinés, de shampooing, de
munitions et la pièce-maîtresse, un épurateur d'eau
que le prévoyant Tevere leur avait offert, quitte à
assoiffer ses orchidées le temps d'en racheter un
autre. Précautions purement formelles, s'était dit
Syd, et qui ne les empêcheraient pas de crever de
faim et de saleté dans ces non-zones où, à l'exception
de gigantesques complexes industriels où l'on exploi-
tait les zonards, il n'y avait que des campements ou
des ruines, bâtisses sans toit, sans eau ni électricité,
souvenirs d'anciennes puissances, que la Ville avait
vampirisées puis laissé mourir : escaliers éclatés montant vers le ciel noir, fenêtres sans vitres, quelques
murs encore debout qui ne supportaient plus rien.

A l'approche de la gare, la foule devint si compacte
qu'avancer relevait de l'exercice militaire. Syd saisit
le bras de Blue et la serra de près. Ils entrèrent dans
la mêlée. Une palette de sueurs et de parfums contradictoires vint stimuler un siège précis de leur cerveau,
celui préposé à la nausée, déjà suffisamment sollicité

au cours de ces deux nuits passées à s'imbiber de
vodka. A l'entrée de la station Exit, l'heure n'était
pas à la courtoisie. Trois adolescents de quinze ans
heurtèrent violemment Blue pour passer et Syd,
étouffant un réflexe de riposte, se contenta de res-
serrer les rangs. Derrière eux, une rixe éclata. Les
foules compactes étaient un bon conducteur pour les
bagarres. Ça dégénéra. Derrière les pylones qui délimitaient les circonvolutions de la queue, les quelque
dix ou quinze gars de la sécurité continuèrent de
jouer les majorettes avec leurs bâtons électriques,
sans faire mine d'intervenir. Leur mission devait se
borner à s'assurer que les abonnés qui souhaitaient
décamper, décampent pour de bon et en nombre. Et
c'était tant mieux pour deux voyageurs en particulier, Syd Paradine et Blue Smith, alias la tête de liste
noire du S.P.I., qui pouvaient se féliciter que, de cette
ville où il était si difficile d'entrer, il fût si simple de
sortir. C'était là un beau témoignage de mansuétude :
la grâce si seulement vous acceptiez de quitter le jeu.
De part et d'autre du porche, deux avis, peinture
noire sur crépi blanc sale :

STATION EXIT, TOUTE SORTIE EST DÉFINITIVE

Un coup de feu résonna derrière eux. Syd n'eut
pas besoin de se retourner pour savoir que le coup
de feu avait été tiré en l'air. Il se demanda pourquoi
il n'y avait pas pensé lui-même. Après les cinq secondes de pétrification réglementaire, la foule hurla, se
dispersa ou alors baisa le sol. Le tireur escamota son

arme vite fait et fila dans la gare, un bon père de famille, flanqué de jumelles, l'extérieur plutôt classe qui jurait avec ses méthodes, toutes personnelles, de resquillage. Syd empoigna le bras de Blue et ils filèrent à la suite du bourgeois, enjambant valises et corps recroquevillés sur le macadam. Derrière les pylones, la sécurité se payait un fou rire.

La station Exit remontait au déluge. Sous l'ère solaire, elle avait eu le monopole des liaisons avec la côte. Depuis l'interdiction des littoraux, elle n'assurait plus que le service minimum. Sur vingt-deux voies, seules trois fonctionnaient. Une de remise, deux pour le trafic, aller, retour à vide. On y accédait par un hall couvert. Des magasins de spiritueux, un Starbucks, un marchand de journaux, un point Delivery et des fast-foods en guerre. Au-delà du hall, le plafond se métamorphosait en un treillis de métal à travers lequel des sources de dix-huit kilowatts jetaient des ombres arachnéennes sur le béton nu des quais. Le Roi du Hamburger s'étendait sur une mezzanine en U qui dominait le hall. Syd et Blue s'étaient installés au bord de la plate-forme, vue plongeante sur la marée de voyageurs. Il flottait dans la gare, alors même que les trains se tenaient tranquilles, un écho suspendu de roulements, de coups de frein et d'adieux. Syd acheva les dernières miettes de son sandwich. Son café était tiède. Il le but. Face à lui, Blue repoussa son assiette de crêpes.

« Pas faim ? » demanda Syd et il regretta aussitôt la nullité de sa question.

Blue eut un vague geste qui pouvait signifier tout ce qu'on voulait. Pas faim, pas le cœur à bouffer, pas envie de parler pour rien dire.

Sous le pont des Abattoirs, après le point final à ses confidences, tandis que tout autour d'eux le glas sonnait pour le chef de l'hyperdémocratie et peut-être pour l'hyperdémocratie elle-même, il y avait eu un silence, de ceux qui suivaient les coups de feu. Syd n'avait pas répondu à l'aveu de Blue. Son récit avait été prodigue en révélations, dont certaines le concernaient d'un peu trop près. Dont certaines l'avaient atteint un peu trop profondément.

Non pas que Blue l'aimât depuis longtemps et, sans doute, à tort. Non pas que ce passé trop lourd l'eût flétrie à ses yeux. Au contraire, Syd n'imaginait pas être compris et admis par quiconque ne connaî-trait rien des vérités honteuses, indéfendables de la vie. Il avait toujours su que Blue en possédait plus que sa part. De cette espèce particulière, elle avait les prunelles empesées d'une humeur obscure, la voix sans âge et le rire impropre, ce rire en lequel étouf-faient les cris.

L'espérance de vie de cette espèce particulière était inférieure à la moyenne. Leur espérance de vie et ce qu'eux, espéraient de la vie.

Leurs jours passaient dans une horrible rêverie. Ils avançaient dans un sas calfeutré, tout à côté du monde. Souvent, ils le comprenaient mieux mais en retiraient moins que le plus imbécile de ses membres actifs. Et puis parfois, la collision avait lieu. Une fissure, une impureté. Par où on était rendu à la vie.

Blue était vivante. A cause de lui. Il était le dépositaire de sa réinsertion au bruit et au mouvement du monde. De sa station debout, de son entière espérance en la vie.

« Pourquoi tu as attendu tout ce temps pour venir à moi ? » demanda Syd.

Blue fit un vague geste qui pouvait signifier à peu près tout ce qu'on voulait. Ça me regarde. Laisse tomber. Qu'est-ce que ça peut foutre ?

Ils se donnèrent rendez-vous un quart d'heure plus tard devant la voie A. Syd s'occupa de l'avenir des clefs de voiture de Tevere. Blue alla changer leurs unités hyperdémocratiques en valeurs sûres. La moitié en alcool. L'autre en dollars pour marché noir. Syd se rangea à la queue devant le Delivery, et comme il voulait éviter de penser à Blue, à eux, au départ et à tous ses non-résolus, il pensa à autre chose. Trois jours après la mort de son père, Delivery avait sonné à sa porte. Recevoir une lettre d'un mort était une expérience. Elle avait, entre autres mérites, celui de vous faire dessaouler à l'instant. Le jour de son arrestation, le vieux avait pondu deux pages d'une prose à faire pleurer, justement parce que telle n'était pas son intention. Des recommandations froides comme des directives de supérieur hiérarchique, variations sur le thème de la morale, expression maladroite d'une affection jamais dite, une affection pudique et lumineuse de père plein d'illusions sur son fils qui en crèverait sa vie durant de ne pas avoir su y répondre. L'apostrophe de l'employé Delivery coupa court à ses réflexions. Syd lui remit les clefs : livraison en

PCV pour Matthew Tevere, Centre-Nord, Pandémonia, tour F, puis retourna vers la voie A, plein de
mépris pour lui-même, pour sa propension à s'api-
toyer sur son sort. Plein de pitié pour Blue, pour
Shadow. Il avait eu un bon père. Pour ce privilège
sans prix, il aurait dû cogner chaque jour son front
dans la poussière comme action de grâces envers un
Dieu de cinq minutes.

Les haut-parleurs crachaient des coups de sifflet
en conserve.

Il était 12:30 et les écrans avaient été pris d'assaut
par des portraits sépia de Watanabe, flash de la mi-
journée oblige. Au sommet des escaliers qui descendaient vers la voie A, pas mal de voyageurs
gambergaient. L'heure était au dilemme : revenir sur
ses pas vers les chaises musicales de l'attentat à la
bombe, embarquer pour la préhistoire avec femme
et enfants. En retrait, des petits groupes en plein
conciliabule. Blue se tenait debout, résolument tour-
née vers les quais. Syd la rejoignit et discerna sur son
visage un bref sursaut de soulagement, qu'elle ravala
vite fait. « C'est l'heure », dit-il et ensemble, ils prirent le temps d'évaluer la portée du grand saut : quelques marches, une vingtaine à descendre vers les
composteurs donnant sur le quai à ciel ouvert où un
train attendait toutes portières ouvertes d'engloutir
son poids de voyageurs pour un aller sans retour.

A l'extrémité du quai A, les rails plongeaient dans
le tunnel d'Exit, deux heures à rouler sous terre, sans
adieu possible à l'habituel chapelet d'habitations sor-
dides aux meurtrières donnant sur le départ des

autres qui ouvraient et ponctuaient depuis que le
monde était monde, tout trajet ferroviaire. La sortie
était définitive. La sortie était immédiate. Pas de tran-
sition en douceur pour les morts bancaires volontaires. Au bout de deux heures, le train rejaillirait à l'air
libre et ce seraient déjà les non-zones, c'est-à-dire la
nuit totale pesant sur la plaine, avec l'éclair filant du
train qui attirerait à lui quelques détachements de
locaux, comité d'accueil à base d'injures et d'ordures
ramassées en guise d'armes de jet, pour quelques
vitres cassées et peut-être un ou deux gnons déparant
des tronches de bons citoyens. Après cinq heures de
trajet, les passagers de l'Exit de 12:45 verraient le
terme du voyage. Pas de gare, pas de parents, pas
d'amis, pas de pancartes, et pas de station de taxi.
La voie ferrée formait une boucle de retournement
où l'arrêt avait lieu. Alors la Brigade Extérieure avait
dix minutes pour descendre de cheval et faire évacuer le train. Syd observa le gros des voyageurs
gagner lentement les quais. Des hommes faiblards,
civilisés, des hommes qui toute leur vie avaient misé
sur l'inviolabilité d'une porte blindée, l'honnêteté
des banques, les vertus du langage contre les poings,
le numéro des flics sur la table de nuit. Et Syd
éprouva une pitié admirative pour ces hommes désar-
més et le courage qu'il leur fallait déployer pour
brûler leurs vaisseaux. Cependant, c'était là une bien
bonne plaisanterie, ce revirement de l'exode. De tout
temps, non-zones immenses et parcelles urbaines
valorisées avaient été des vases communicants. Com-
municant à sens unique. Les conditions d'admission
étaient très strictes : elle était refusée à nombre

d'hommes et de femmes qui n'avaient commis d'autre crime que de naître à l'extérieur, mais certains sujets dits d'élite passaient parfois avec succès leur examen d'entrée. Les hommes forts, les hommes intelligents, ceux qui portaient en eux de quoi renflouer les effectifs urbains aux forces appauvries par le confort et l'abondance. Des femmes castées comme des juments, des enfants pour aller emplir les bordels. Les non-zones avaient été les mines de force de l'hyperdémocratie. L'hyperdémocratie en avait usé comme d'un stock, opérant des réassorts au hasard de ses besoins. Les zonards avaient toujours eu le regard tourné vers les frontières, ressassant des espoirs de passage vers une vie meilleure. Et maintenant, l'exode avait lieu en sens inverse. Le navire coulait à pic et il s'agissait de sauver sa peau. Emigreraient des médecins, des ingénieurs et des ouvriers qualifiés. Des architectes, des mécanos, des entrepreneurs, des cuistots. Il s'écoulerait peut-être un bon bout de temps avant qu'on entamât la reconstruction. Mais la reconstruction aurait lieu. D'ici à quelques années, des Starbucks et des Panhôtels, rebaptisés peut-être, ce qui n'y changerait rien, s'élèveraient là où pour le moment, un vent de scorbut soufflait sur un désert de ruines. Les non-zones deviendraient un contre-Clair-Monde. Des types se jetteraient alors sur le pouvoir libre de droit qui jaillirait de la terre fertilisée. Il y aurait des guérillas, des prophètes, des idées. La tectonique sociale ferait affleurer ses riches et enterrerait ses pauvres, on frapperait de la monnaie, on planterait des réverbères et un beau jour, un type inventerait le Coca-Cola.

Syd comprit qu'il n'irait pas. Il se tourna vers elle pour le lui dire et il vit dans ses yeux qu'elle l'avait su bien avant lui. Une bordée de coups de sifflet galvanisa la foule. Syd et Blue restèrent l'un face à l'autre au cœur de la bousculade. Ils ne se dirent rien. Il n'y avait rien à dire. Cette chose entre eux, ils la laissèrent filer hors d'eux-mêmes, retourner au simple point de convergence de leurs deux trajectoires, ces trois nuits de bivouac autour d'un frère mort, cette vérité qui devait changer de mains.

Le peu qui avait été vécu, le rien qui avait été promis.

Il y eut une seconde bordée de coups de sifflet et Blue descendit la première marche. Elle descendit la seconde marche et se retourna pour le regarder. Il y eut une ultime série de coups de sifflet. Il y eut des cavalcades. Il y eut une annonce concernant le départ imminent de l'Exit de 12:45 qu'il n'entendit pas. Et puis Blue disparut.

Syd resta planté en haut des marches, à contempler les fulgurances rouges que jetaient les néons du panneau Exit au-dessus du tunnel. Le train prit de la vitesse et fila, et le contraste de la vitesse avec la pierre donna à Syd l'impression d'un grand coup de vent.

*
* *

CINQUIÈME PARTIE

Avant le crépuscule

11

Aussi léger qu'un type amputé d'une moitié de lui-même. Un trop grand nombre d'âmes sur les quais de Central et le métro se faisait attendre. D'Exit, Syd avait pris le transdivisionnaire pour Sub-Tex. Sub-Tex était jumelée à Central, via un long boyau éclairé en jaune criard. La ligne 4 que desservait Central, vous recrachait pile à l'angle Septième et A où siégeait l'hôpital Daimler-Miséricorde. Syd comptait y cueillir Doc Meyer au sortir de sa journée de meurtrier par injection. Doc Meyer avait signé ce ramassis d'omissions et de contre-vérités, le rapport officiel du regretté Charles Smith. Quand il ne trifouillait pas les macchabées avec les yeux bandés et la conscience en panne, le Doc dirigeait un département de l'hosto divisionnaire. Agonies écourtées sur dossier. Il finissait à 17:00.

Les haut-parleurs annoncèrent l'entrée en gare du train pour Alphabet. Syd se tourna vers la gauche où luisaient les yeux du métro. Le train d'en face fut annoncé. Syd plongea son regard vers les deux jeux de rails, en pensant aux quelques quidams que lui-même avait dérobés au choc d'un wagon de tête lancé

à quatre-vingts kilomètres-heure. Les rails se retrouvèrent parsemés de débris de corps humain, qui laissèrent place à une sérigraphie du visage de Blue
quand il l'avait perdue. Les trains entrèrent en gare
dans un grondement.

Distinctement, Syd vit les deux voies s'élancer
l'une vers l'autre, déviation fulgurante, nerveuse
comme une impulsion contrariée. Les trains ondulè-
rent pesamment, les freins sifflèrent au-delà du
contre-fa.

Les deux parallèles s'épousèrent puis se fondirent
dans le crash.

Syd eut le réflexe de déguerpir avant que la panique se déclarât tout à fait.

Les dédales de Central à fond de train, fuyant la
foule qui le talonnait, le hurlement des alarmes,
l'odeur de métal surchauffé qui montait du souterrain accidenté. A terme, Syd avait atteint l'air libre
pour constater que celui-ci n'avait plus grand-chose
d'une échappatoire.

Les feux narguaient les files de véhicules tout en
cafouillage tricolore.

Sur les quatre axes de Fortune Square, les flux de
bagnoles, sans cesse réalimentés par les rues perpen-
diculaires, grossissaient sur pied, faisant comme une
mer ouverte et furieuse, dans un ressac de klaxons
et de crissements de pneus contraints. Dans l'œil du
carrefour, un cordon de flics armés s'efforçait de
rétablir un semblant de trafic. Tout autour, le long
des trottoirs où les poubelles étaient montées jusqu'à
hauteur d'épaule, les piétons faisaient du surplace,

semblant invoquer le ciel de pub pour y chercher en vain les indices d'une nouvelle direction. Syd vit que la superpharmacie Fortune Square Ouest Vingtième Rue avait baissé rideau. Le Starbucks rentrait sa terrasse. Les couloirs privés amenèrent un camion de pompiers, toutes sirènes hurlantes, qui stoppa devant la bouche de métro. Vingtième Rue, le peloton de bagnoles coincées au croisement commença de mordre dangereusement sur le passage clouté, dans un rugissement d'embrayages velléitaires. Au mégaphone, un agent de circulation annonça qu'on n'hésiterait pas à faire feu sur les contrevenants. Et, pour étayer son propos, se mit à jouer du pistolet-mitrailleur à trente degrés avec le sol. Une série de trous ronds creusa l'asphalte. Les embrayages se turent net. Syd put traverser, au cœur de la foule, dans une odeur de cordite et de trouille animale.

Les retombées de cette brusque aggravation du mal ne se firent pas attendre. Syd avait continué à pied en direction d'Alphabet, en tentant d'étouffer en lui l'image de Blue qui s'intensifiait à mesure que les secondes enterraient leur dernière entrevue. Fortune Square et ses dysfonctionnements ne constituaient en rien l'exception. Syd courait, croisant les avenues déréglées, les feux rebelles et les abus policiers et au cœur de ce chaos métastasé, il lui avait semblé qu'il était seul à savoir réellement où il allait. La nouvelle du couvre-feu le cueillit alors qu'il parcourait l'avenue A vers la Septième Rue où se trouvait l'entrée des urgences de Miséricorde. Il était seize heures précises quand les écrans-titans laissèrent de côté la réclame pour informer la Ville qu'à partir de vingt et une heures, tout abonné se trouvant sur la voie publique sans autorisation extraordinaire serait abattu sans sommation.

Devant Miséricorde, des junkies mal en point donnaient un assaut faiblard. L'hosto se voyait de loin. Au fronton des urgences, un écran-titan diffusait, vingt-quatre heures sur vingt-quatre, des vidéos optimistes. Des hémiplégiques sereins s'ébattaient dans de petites piscines. Leurs sourires irréels, de résignation boostée aux anxiolytiques, flambèrent avec la toile à l'éclatement du premier cocktail Molotov. Syd vit le feu et se figea. Des flammèches orphelines s'abattirent sur la rangée d'agents de sécurité qui gardaient l'entrée. Ceux-ci se replièrent vite fait à l'intérieur. La partie était pipée. Bâtons électriques contre canons sciés. Dans les rangs des junkies, certains portaient des sacs-à-dos des surplus de l'armée, dont dépassaient des bouteilles remplies d'un liquide translucide, rebouchées au chiffon torsadé. Les camés brandissaient leurs passeports Narcotiques, avec sur le visage, l'air indigné des grandes injustices subies. Syd ne pouvait entendre ce qu'ils gueulaient, à cause du croisement avec la Septième Rue, où le cafouillage automobile battait son plein. Il additionna deux et deux. Sur le trajet, il avait croisé bon nombre de superpharmacies, toutes fermées. De quoi mettre sens dessus dessous la fraction toxicomane de la population. Et encore, Miséricorde s'en tirait à bon compte. Une vingtaine d'assaillants dont à peine le tiers tenait debout. Les vigiles revinrent sur les lieux, renfort de flingues et de flics en bleu. Syd décida d'essayer l'entrée administrative, sur l'avenue B. Il repartit en sens inverse tandis que derrière lui, la fusillade couvrait pour quelques instants la rengaine lassante des klaxons et des sifflets.

Les gosses chialaient, les adultes s'insurgeaient, les blessés graves dépérissaient sur un bras de canapé ou un rebord de fenêtre. A l'accueil, les hôtesses faisaient chauffer les radios, cherchant en vain à établir le contact avec les ambulances dont un coordinateur suggéra, d'une voix hachée par la transmission déficiente, que la Ville les avait sans doute englouties. Nul ne semblait s'alarmer du feu qui avait pris à l'aile nord de l'hosto, si ce n'était l'alarme elle-même. L'alarme y allait de sa plainte ondulante qui n'émouvait plus grand monde. Un type vêtu de cuir des pieds à la tête fit un arrêt du cœur et ses voisins s'écartèrent de lui à grands cris indignés. Un père de famille se mit à gueuler sur les hôtesses, maudissant l'ensemble du personnel soignant de l'hôpital Daimler-Miséricorde, qui avait sans doute trop à faire à tripoter les comateux. Syd s'éclipsa vers les ascenseurs et personne n'y fit obstacle.

Pas de passeur à l'accueil du bloc E. Un couloir et des portes, un silence uniquement altéré par des bruits de pas dont Syd ne pouvait localiser la provenance. Il se servit du téléphone de l'accueil pour appeler le bloc. Le Doc décrocha lui-même. Syd fut bref. Il lui dit simplement qu'il avait à lui parler. Le Doc lui dit où l'attendre. Une dernière intervention

et puis ils iraient boire un verre au bar du Panhôtel
du coin.

La salle de repos du staff avait vue sur le couloir
de la mort.

Une glace sans tain donnait sur le couloir par où
les volontaires accédaient au Bloc E. Syd tournait en
rond. La lente prise de conscience de son acte d'au-
tomutilation, de la perte de Blue le fouaillait sans
relâche en un endroit particulièrement sensible dont
il n'avait jusque-là jamais soupçonné l'existence,
avec, de loin en loin, la conviction sèche et soudaine
comme une électrocution qu'il ne la reverrait plus
jamais. Il s'était tourné vers l'extérieur, vers l'espoir
d'une diversion quelle qu'elle fût. Après quelques
minutes, il avait entendu battre les portes du sas. Il
avait collé son nez à la vitre pour recueillir les derniers instants d'un homme. Celui-là avait peut-être
une cinquantaine d'années. Rien dans son visage ou
son allant ne révélait la maladie ou la dépression.
L'homme était tiré à quatre épingles. Il progressait
à petits pas contraints et rectifiait sans cesse son
nœud de cravate et le tombé de sa veste, comme s'il
se rendait à un entretien d'embauche où il serait jugé
dans les moindres détails.

Il s'arrêta devant la glace sans tain et respira profondément.

Syd capta avidement ce regard d'un homme qui
se croyait seul. Il y vit l'humilité totale d'une âme à
bout. L'homme se redressa et reprit sa marche vers
le bloc, droit et raide comme la justice, et le bruit de
ses pas continua de marteler le crâne de Syd bien

après qu'il eut disparu derrière la porte. Alors Syd sut le pourquoi de ses propres obsessions ; ces images qui ne le laissaient jamais en paix, quoi qu'il fasse, la mort de Shadow, des cadavres foutus au feu au milieu du désert, des images assez violentes et dégueulasses pour faire office de points de repère, ses derniers points de repères ici-bas.

« Oui, Smith s'était fait tabasser. Il s'était fait tabasser et entraver. Il avait des lésions aux avant-bras. Je vous confirme qu'il a passé une partie de sa dernière nuit sur terre avec des menottes serrées. Je vous confirme que son implant manquait et c'était du sale travail. Je pense qu'il a pratiqué lui-même l'exérèse. Il y a autre chose. Les techs m'ont rapporté une dizaine d'échantillons du sang qui trempait la piaule. Sur les photos, on aurait dit un abattoir en fin de journée. Trop de rouge. J'ai analysé le sang et j'ai fait une découverte grotesque. C'était du 0+ et votre ami était AB–. C'est un groupe rare et j'imagine qu'il fallait faire vite. Oui, la mort de Smith a fait l'objet d'une mise en scène. C'était de la viande froide quand "on" l'a amené au motel. "On" a maquillé la piaule avec un peu trop de zèle et "on" a magouillé un faux témoignage. Qui est ce "on" et pourquoi "on" a fait ça ? Je n'en sais rien et si c'était votre copain, vous êtes en droit de vous poser la question. Mais en tant que chanceux qui a écopé du post-mortem, je peux vous raconter une chose. Pendant la prep du corps, mon assistant a tourné de l'œil. J'ai posé moi-même les écarteurs dans la bouche de Smith et je suis allé à la pêche. La langue était en deux morceaux que j'ai extraits à la main. La

section était foireuse à souhait, inégale avec des ratés et les marques des dents bien visibles aux ancrages. Charles Smith s'est bel et bien bouffé la langue, et il se l'est bouffée tout seul. Et il se l'est bouffée à froid. Les examens toxicologiques n'ont révélé ni alcool, ni stupéfiant. Je ne connais aucun moyen de pression suffisamment intense pour forcer quiconque à s'infliger pareille souffrance. Ni la menace d'une arme, ni les coups. La promesse d'une mort fulgurante lui serait apparue comme un bienfait. Les coups comme un moindre mal. Seule une volonté inébranlable d'en finir a pu entraîner cet acte intolérable, pour que cet acte intolérable lui semblât néanmoins plus tolérable que de continuer d'être vivant. »

Quand ils atteignirent Pandémonia, un chœur de sirènes avertissait les abonnés de la tombée du couvre-feu. Le Doc dit à Syd de ne pas s'inquiéter pour lui. Il avait un permis de circuler de nuit. Syd partit sans autre adieu qu'un dernier regard aux mains du Docteur Mort sur le volant. Il marcha jusqu'à la tour F sans se presser, à la manière dont il convenait de remonter une impasse. Son enquête en panne. Des supplices plus tolérables que la vie. La Ville en phase terminale. La sortie de Blue, définitive.

De l'entrée des jardins, le Doc le suivait des yeux de ce même regard lourd dont il avait chargé son poignet tailladé au bar du Panhôtel. Syd entra tour F, avec la quasi-certitude que le bon docteur composerait la touche D pour Délation dès qu'il aurait tourné le coin d'Absolut Avenue. Il entendit la voiture s'ébranler, le crescendo du moteur et puis decrescendo. Il haussa les épaules. Le hall puait l'encaustique et la désertion. Il envisagea de se laisser choir au sol et d'y rafraîchir sa fièvre au contact du marbre, en attendant que la Clandestine vînt le prendre. Seule la course l'avait maintenu en vie et la course, à présent, n'avait plus de direction, plus d'objet, même plus celui de sauver sa peau pour ce qu'il y tenait. La voix du portier lui parvint comme à travers un rêve. Le portier l'appelait par son nom. Syd s'approcha et reçut des mains d'un type dont il n'avait jamais remarqué l'existence, une grande enveloppe scellée de cire jaune.

« Le coursier ne vous a pas attendu, parce qu'il devait filer avant le couvre-feu. »

Syd examina le colis. *Elle* avait écrit son nom à lui sur l'endroit en grandes capitales bouleversées. Son nom à *elle* ornait le rabat en cursives enfantines qui avaient poinçonné le papier aux ancrages.

Syd entendit des crissements de pneus, des portières claquer, une cavalcade de semelles à bout de fer dans les jardins. Il déchira hâtivement l'enveloppe. Il y trouva les deux billets pour l'Exit de 12:45, non compostés ni l'un ni l'autre, et un livre sans titre.

*
* *

12

D'instinct Syd avait pris la direction de Sous-Tex.
Le couvre-feu prétendait prévenir les Activités Anticitadines. Il prétendait protéger les abonnés. A Sous-
Tex, il n'y avait pas grand-chose à détruire et pas
grand monde qu'il importât réellement de protéger.
En principe, la désignation Sous-Tex englobait tout
ce qui se trouvait au-dessous de Texaco Boulevard.
Toujours, Texaco avait tracé une balafre interminable au ventre de la Ville qui, vue sous cet angle,
évoquait à Syd un corps monstrueux, dont la tête et
le tronc, sains et bien formés, reposaient sur des
membres infectés, atrophiés d'avoir trop porté.
Depuis le succès de la série éponyme, l'appellation
Sous-Tex s'était resserrée à une petite fraction d'Alphabet, quelques blocs étanches autour de l'avenue Z. Là, Syd savait qu'il trouverait à se planquer.
Il avait quitté Pandémonia par le parking, rasé les
murs d'Absolut, gagné la Septième Rue et amorcé sa
descente. Les avenues désertes, figées, comme net-
toyées, avaient été rendues à leur perfection d'origine, leur perfection inanimée. Dans la perspective
que plus rien ne venait obstruer, elles semblaient

infinies, directes pour un autre monde. Syd eut l'impression que la Ville usait du couvre-feu comme d'un exercice au dépeuplement qui menaçait. Sur une dizaine de blocs, il ne croisa que trois véhicules : une voiture officielle aux vitres opaques, un 4 × 4 de l'armée qui remontait Texaco à cent cinquante à l'heure : six troupiers, tous flingues dehors, l'un d'eux, debout sur le siège passager, à lâcher des rafales au petit bonheur. Un fourgon à viande froide. Syd fila au couvert d'échafaudages, des monceaux de poubelles à l'abandon, à la faveur de l'éclairage minimum. Il fila sans penser à rien. A part peut-être au danger. De toute part, les moteurs des voitures de patrouille rugissaient. Les cris des militaires surexcités par la vitesse et l'impunité enflaient puis déclinaient, avec la ponctuation omniprésente des fusillades, trop régulières, estima Syd, pour être chaque fois justifiées par une mise à mort. Tandis qu'il remontait Texaco vers le delta que le boulevard formait avec Microsoft pour une traversée en deux temps, avec moins de découvert, trois hélicos le dépassèrent. Les hélicos volaient bas, frôlant les façades des gratte-brouillard inhabités du quartier d'affaires, leurs pleins phares déplaçant de larges découvertes au sol de Texaco. Syd s'arrêta net en apercevant l'homme qui courait. Le faisceau accrocha sa course désynchronisée par l'essoufflement. L'homme accéléra, atteignit le trottoir d'en face et chercha sa sortie.

Là-haut, l'un des hélicos s'était immobilisé. Les deux autres s'éloignaient vers le nord. Syd vit le 4 × 4 déboucher de la Cinquième Rue à contresens. Le véhicule stoppa à la hauteur de l'homme. Son air aux abois fut pris dans les phares qui révélèrent sur le mur d'en face le dessin géant d'une basket. Syd prit son élan et se mit à courir. Les militaires lui tournaient le dos. A cinquante mètres à l'est, l'hélico faisait du surplace. Devant lui, l'ombre. Il courut sans bruit, courbé en deux. A quelques blocs vers la droite, l'homme courait aussi. Il courait dans le direction opposée. La première salve troua les briques. La seconde se perdit dans une spirale de fumée blanche. A la troisième, Syd tourna le coin du boulevard dans le boyau de la Septième Rue. Il se plaqua sous un porche et respira, et du cessez-le-feu qui suivit, il n'aurait pas su dire s'il signifiait que l'homme s'était enfui, ou s'il était tombé.

A 22:10, tandis qu'il traversait l'avenue R, le boucan lointain d'une explosion lui parvint. Il y eut un mouvement général des véhicules de patrouille : crissements de pneus, accélérations frénétiques, sirènes et, toujours, ces rafales à perte l'enveloppèrent, le dépassèrent puis l'abandonnèrent. Il força l'allure. Au détour d'une petite rue limitrophe des quartiers-écrans, il aperçut comme statufié sous un porche, un blanchi centenaire aux yeux sans regard qui psalmodiait seul dans la langue des rêves et il sut qu'il était arrivé à Sous-Tex.

Vingt officines de blanchiment pour la seule avenue Z. Les enseignes tape-à-l'œil jetaient leur promesse dégueulasse de conformité au gribouillis de néon de part et d'autre de l'axe qui se prolongeait jusqu'au-delà des limites de la Ville : décoloration des iris offerte en prime d'une greffe de peau, refonte des paupières payable en douze mensualités. Un écran-vitrine diffusait l'effacement progressif d'une femme noire. Un autre déclinait divers formats d'yeux caucasiens. Une palette dermique, des tons albâtres aux ambrés, trônait dans la vitrine d'en face, présentée comme un échantillonnage de carrelage pour salle de bains. Sinon, l'activité commerciale de l'avenue Z se répartissait entre quelques magasins de spiritueux, un Bureau Annexe des Arts Humains et des terrains à ciel ouvert où étaient parquées des voitures oblongues, végétant dans leur poussière, dont les ultimes soubresauts se monnayaient autour de quelques billets de cent. Des étals à sandwichs. Des stocks de hardes en dixième main. Les maisons étaient basses, toutes bâties sur le même modèle : brique rouge, fenêtres grillagées, perrons en béton.

C'étaient les maisons des travailleurs à la retraite, centenaires, affaissées, à l'instar de leurs occupants. Ceux-là mêmes qui en construisant la Ville avaient gagné le droit contesté d'y vivre éternellement. Les loyers stagnaient depuis près d'un siècle, bloqués pour la jouissance de cette frange de la population. Sous-Tex avait donc échappé à la flambée des prix intra-muros. C'était l'alternative aux quartiers-écrans. Les agonies bancaires y faisaient souvent étape, avant l'inévitable glissement vers la banlieue. Idem pour les blanchis, les accidentés du travail. Les recalés du Clair-Monde. Ceux qui fuyaient la contrainte des quartiers centraux, les cours insensés de la première nécessité. Le regard.

D'ordinaire, s'il n'y avait eu le couvre-feu, la rue aurait été envahie de hordes d'adolescents camés aux acides légaux, gesticulant et hurlant pour dissiper le grand souffle d'ennui et de silence qui balayait l'avenue Z, et peut-être même un ou deux tour-operators de désœuvrés de Sub-Tex, quelques chasseurs d'images en panne d'actualité, venus photographier les pauvres.

Le 611 avenue Z, ouvert. A travers un hublot concave, deux yeux dévissés par l'ice, grossis par les épaisseurs de verre, guettaient les visiteurs. La porte s'entrebâilla sur un blanchi malingre, à planer loin, très loin d'ici. Syd lui demanda de le conduire chez le Bookie.

Ils traversèrent l'immensité du club. Une nuit comme une autre au 611. Sur la piste des infirmes de toutes confessions dansaient dans la mesure de leurs possibilités. De toute part, des sons rudes, dénués de tessiture, malmenaient l'air, libérant une force et une violence presque palpables, aussi palpables que la chaleur humide que rendait la foule en plein effort. Les sons s'emparèrent de Syd, ordonnant pour sa perception les apparitions successives des corps malades. Des membres interrompus, des figures aux yeux blancs, des silhouettes cabossées. La foule se livrait aux activités typiques que proposaient les endroits de nuit : cette cuisine de sexe et de défonce qui niait les réalités auxquelles tout un chacun se devrait de faire face au matin. Mais hantée par ces hommes et ces femmes destitués de l'apparence humaine, cette parodie de fête, atrocement comique, avait quelque chose d'une tromperie. La tromperie de la vie elle-même, ses promesses non tenues. Un homme au visage brûlé riait juste en face de lui. Le rire, un rire artificiel de défonce, allumait ses prunelles, faisait tressauter sa mâchoire mais les commissures pétrifiées de la bouche se refusaient à s'arquer, le front bas, posé directement sur les yeux, paralysait toute expression et il y avait quelque chose dans le dessin mal vissé du cou combiné aux mouvements incontrôlés de ce rire clandestin, qui faisait davantage penser au rictus et aux sursauts d'une transe. Syd accéléra le pas.

Le Bookie avait eu l'idée de fonder l'endroit en croisant dans une rue de Sous-Tex, la sortie d'un groupe de soutien pour physiques discriminés. Il s'était avisé que c'était là une clientèle libre de droits. Il avait monté le club sur la base d'une politique simple : ne rentreraient que ceux qui ne rentraient nulle part, qui, le soir, restaient confinés chez eux par crainte du regard. Le regard au 611 n'aurait pas cours. Les pires isolements trouveraient là leur terre de partage. Des rescapés des Labos. Des mutilés du travail. Des obèses. Des mal blanchis. Des nabots. Des grands brûlés. Des attardés légers. Des handicapés moteur. Des neurodégénérés. Des sourds-muets. Les derniers vieux. Le Bookie avait dit à la presse qu'il n'y avait rien de plus beau au monde que l'amour qu'une naine pouvait inspirer à un aveugle. Au 611, des miracles de ce genre se produisaient tous les soirs.

Ce papier dans les pages mondaines de *Clair-News* avait rameuté quelques oiseaux de nuit de Sub-Tex qui se targuaient d'originalité. Myra en était. Elle s'était montrée impressionnée par les liens de Syd avec le Bookie.

C'était le Bookie qui l'avait recruté quinze ans auparavant pour aller jouer les punching-balls vivants dans les salles borgnes des environs de la Rivière de Ferraille. Le Bookie excellait dans des activités diverses. Il chassait les bibelots humains dans les zones de non-droit. Il trafiquait des faux Traceurs. Il avait initié la série télé. Distribué les rôles. Tous habitués du 611, six laissés-pour-compte de la forme humaine aujourd'hui Etoiles… Soudain, Syd s'était pris à douter, douter que le livre pût lui en apprendre plus que simplement, la traversée de la Ville s'empoisonnant aux pointes récentes qui l'avaient touché, au long terme fatal de germes immémoriaux.

*
* *

Sur l'écran de télé, les sites ravagés se succédèrent de plus en plus vite jusqu'à se fondre presque en une seule et même danse épileptique. Les secours en train de courir, la poussière, les immeubles rasés, le verre cassé, les ambulances, la fumée qui se propageait le long des rues comme une maladie de l'air.

Les victimes.

Le sang sur les images avait été colorisé en blanc. Tout ce sang blanc sur des cadavres blêmes. On avait voulu atténuer le choc mais c'était pire encore. Purification. Renaissance. La Ville blanchie, lavée au sang.

Et puis il y avait les cris, les plaintes et les sirènes. On savait, à force, ce que ça voulait dire, cette clameur-là. C'était aussi significatif, aussi violent que la vraie couleur du sang.

On avait retrouvé des numéros peints ou gravés au sol ou au sous-sol de la plupart des bâtiments touchés. Les autres avaient été si proprement pulvérisés qu'il avait été impossible de procéder à l'expertise. Les sites avaient explosé dans l'ordre chronologique de la numérotation. Il y avait eu trente-quatre attentats au total, en l'espace de quatre jours. Les attentats s'étaient multipliés selon une conjonction complexe de facteurs. Il y en aurait sûrement d'autres demain. Les explosifs avaient été identifiés. Du plastic C-5. L'idée avait été émise par les experts que celui-ci se serait trouvé dans les murs.

(On bombardait la Zone Extérieure Nord depuis le matin. Des groupes d'éplorés avaient lancé des expéditions punitives. Bilan, une soixantaine d'abonnés vengeurs et le double de morts bancaires rendus à l'égalité sous les grenades.)

Une dernière chose.

En plein cœur du quartier d'affaires, dans une petite rue perpendiculaire à Microsoft Avenue, un gratte-brouillard avait sauté l'après-midi même, autour de 17:40. Il s'était produit quelque chose à cet endroit, qu'un passant s'était empressé de filmer au Traceur.

L'image à gros grain apparut sur l'écran, vacillante, obstruée de poussière.

Surexposée.

Une trouée dans le brouillard à travers laquelle pendant quelques minutes, le soleil avait brillé.

Un porte-parole des Activités Anticitadines succéda piteusement au miracle. Costard-cravate bleu nuit sur fond de boiseries armoriées. A parler avec les mains, à tenter de justifier le couvre-feu. Toujours cette vieille rengaine, cette doctrine-mère du Clair-Monde. La restriction de la vie pour la protection de la vie. La redite s'étrangla dans un grésillement. Le Bookie avait fait feu sur l'écran. L'appareil fit un bond en arrière et alla s'écraser dans la cheminée. Les circuits connurent un semblant d'agonie. Quelques flammèches bleutées jaillirent puis s'éteignirent comme des spasmes.

Le Bookie se tourna vers Syd et lui demanda ce qu'il voulait. Syd lui répondit qu'il avait besoin d'une pièce close, sûre, de silence et d'heures.

Il lut le livre, assis sur un lit de camp dans une chambre de malade. Le père du Bookie, enfermé en lui-même. Ses yeux, deux veilleuses allumées au creux d'un masque mortuaire, surmontant un corps massif que la nutrition de fortune et l'éternelle station assise n'en finissaient pas de dissoudre, sa chair brune d'une extrême vulnérabilité qui donnait le frisson comme à regarder battre la fontanelle des nouveau-nés. Les fenêtres étaient ouvertes sur l'avenue Z et ses porches hantés, son trafic inexistant de bout du monde. Au-dehors, le chuintement des moteurs, la râpe des roues immenses des poids lourds contre l'asphalte et, au loin, le ciel sombre dépourvu d'horizon.

Il lut sous le regard du père. Il en eut fini vers une heure du matin et alors il connut son affreuse illumination.

Il se leva et s'approcha des fenêtres. Le souffle court, il regarda le monde et là, la colère, la haine, cette indignation meurtrière qui, toutes ensemble, étaient montées en lui pendant qu'il lisait, se brisèrent pour aller se résoudre en une seule prière.

Il voulait voir de ses propres yeux.

Il voulait voir l'aube se lever sur la mer.

*
* *

Une limousine avenue Z.

Flambant neuve, tache de puissance lustrée au royaume du délabrement et de la seconde main. Les phares mirent en lumière la composition réelle de l'air, poussière et crasse, accrochant au passage les vieux travailleurs qui semblaient avoir été gelés sur les marches des porches. Syd monta à l'arrière où les vitres fumées l'abriteraient convenablement des regards des patrouilles.

Anna Volmann avait décroché à la première sonnerie. Syd avait bafouillé qu'il voulait la voir à propos d'une affaire. Anna Volmann s'ennuyait à mourir. Les prétextes de Syd ne l'intéressaient guère. Qu'il désirât la voir lui allait à merveille. Elle avait proposé elle-même l'envoi immédiat du chauffeur.

Syd avait fait ses adieux au Bookie. Le Bookie était enfermé dans sa salle de montage. A visionner les rushes du prochain épisode de *Sous-Tex* en buvant de l'eau claire. Syd lui avait demandé ce qu'il fabriquait tout seul. Le Bookie lui répondit que tout le monde était parti chercher la Fête Mobile. « Mais c'est le couvre-feu », avait objecté Syd. « Mais c'est le couvre-feu », avait conclu le Bookie. Syd avait tu la seconde naïveté qu'il avait sur les lèvres. La Fête Mobile n'existait pas. Le Bookie le savait. Les autres aussi, sans doute.

Il était descendu attendre dehors. Il avait attendu un quart d'heure avenue Z, à remâcher sa science toute neuve. A lutter contre sa propre violence que le livre avait éveillée plus fort que jamais, et avec laquelle Syd savait qu'à un moment ou un autre, il allait lui falloir compter.

Il éprouvait une sensation étrange, d'une texture proche de l'orgasme : une grande joie désespérée. De cette sorte de joies qui devaient porter leur exact contrepoids de souffrance pour se libérer pleinement. Il savait et par ce savoir, il possédait la Ville. Il la possédait grâce à cette maladie honteuse dont il était dorénavant l'un des seuls experts, le seul, en tout cas, à pouvoir se réclamer d'une relative innocence.

Le chauffeur avait préféré remonter l'avenue Z pour le périphérique. La Cité se trouvait à l'exact opposé de Sous-Tex, tout en haut, à la périphérie ouest. Quarante minutes de route, peut-être moins, grâce au couvre-feu qui avait fait de la Ville entière, une voie rapide pour passe-droit.

L'affiche I&N fit intrusion dans sa rêverie peu avant la sortie pour Citadelle. Il dit au chauffeur de s'arrêter. Le chauffeur freina sec. Syd sortit de la voiture et grimpa sur le toit. Un réverbère halogène servait de hampe au panneau, déversant un flot de clarté jaunâtre sur le visage irréel d'Anna Volmann. Celle-ci était assise au premier plan, la tête inclinée vers l'avant, les yeux mi-clos d'où filtrait quelque chose d'une rancœur, la mâchoire contractée. Elle déchirait un brin d'amarante. Les mains étaient doublées, elle n'avait pas un trait de vrai, la figure d'une perfection cireuse, un corps mathématique. On aurait dit qu'elle venait de naître au papier.

Derrière elle, une falaise sinuait sur des kilomètres, tendant la perspective à l'extrême. En un point de fuite miraculeux, la terre blanchissait à la rencontre du soleil pâle et de l'écume. Syd attaqua à la lame de rasoir. L'affiche se déchira au gré des imperfections du collage. Une fusillade éclata derrière la paroi, aussitôt suivie des protestations d'une dizaine de chiens invisibles. Syd arracha le reste à la main, abandonnant au panneau la moitié inférieure gauche d'Anna Volmann.

L'entrée des artistes, aile ouest, pour éviter la foule. (Au pied de la Cité des Etoiles, il y avait toujours foule. Une foule qu'il était impossible de disperser. Qu'il était impossible de faire taire. Au pied de la Cité des Etoiles, il y avait toujours foule pour supplier qu'on les laissât entrer dans la seule enclave connue du spectacle. C'était une illusion qui n'aurait pas résisté à un droit de visite. Alors ils restaient à la porte.)

Cour Carrée, cinquante limousines étaient parquées au tête-à-queue, aussi noires, luisantes et rigoureusement identiques qu'une colonie de cancrelats. Syd connaissait la maison. Il emprunta sa lampe-torche au chauffeur et s'engagea seul dans les dédales de la Cité. Il régnait dans les galeries une obscurité presque totale, non pas en vertu des restrictions d'électricité mais parce que les Etoiles l'exigeaient. La plupart des murs étaient affligés de miroirs intouchables de par la classification historique du lieu, dont les Etoiles n'avaient que la jouissance. Les Etoiles dormaient peu et, la nuit, erraient le long des corridors interminables où elles n'auraient pas supporté d'être prises en traître par un miroir sauvage. Sous les arcades qui reliaient l'aile ouest au bâtiment principal, Syd croisa Leia Schuller, la sœur jumelle de Lila Schuller qu'un fan avait assassinée au début des années 20. Le non-résolu mondain du siècle. En passant, il négligea d'abaisser sa lampe-torche. Le faisceau effleura le visage ravagé de l'Etoile et celle-ci se rejeta vivement en arrière, comme sous la brûlure. Syd se souvint alors du petit nom que le personnel donnait à l'endroit quand toute cette impérieuse dinguerie finissait par leur coller des montées d'amertume.

La léproserie.

Il retrouva Anna sur le balcon d'honneur. Sa suite ne répondait pas. Le concierge n'avait pas fait de difficultés à la localiser pour le compte du héros hebdomadaire de la Préventive-Suicide.

L'Etoile était assise, dos à la cinquième colonne. Elle descendait du whisky sec. Malgré les lunettes Reflex qui dissimulaient un bon tiers de son visage,

Syd sut, à son hochement de tête imperceptible et régulier, qu'elle avait les yeux fermés. Il comprit que l'ivresse de l'Etoile ne pouvait être que partiellement imputée au whisky.

Le balcon d'honneur donnait sur l'entrée principale, protégé des regards par l'ampleur du renfoncement et une dizaine de colonnes porteuses d'une épaisseur antique. La clameur venue d'en bas vous remuait jusqu'au fond du ventre. Ce n'était pas une question de décibels. C'était l'accent atroce en lequel s'accordait chaque hurlement, chaque appel, chaque sanglot, car il y avait là des abonnés qui sanglotaient pour de bon, c'était le diapason d'un chœur de deux cents, peut-être trois cents personnes rassemblées là, au milieu de nulle part, au milieu de la nuit, pour si peu de chose.

La supplication.

Anna Volmann était, de loin, la plus populaire de toutes les pensionnaires de la Cité. Son visage, « ce » visage que quiconque aurait identifié plus rapidement que celui de sa propre mère, passait quatre mille fois par jour dans la rétine de tout abonné, sans compter ses milliers de répliques vivantes que la reconstruction plastique, gratuite ou privée, éditait à tour de bras, selon une demande qui n'avait jamais faibli. Des scénaristes s'évertuaient à lui composer des romances et des hauts faits, tandis qu'une armée d'attachées de presse travaillaient à étouffer ses frasques moins avouables. Ses sosies les plus réussis étaient exhibés de loin en loin à des dîners caritatifs, les politiques se disputaient ses doublures et un vague scandale avait éclaté en 27, car deux Anna de premier rang avaient été vues, le même soir à la même heure, aux Q.G. distincts des deux bords rivaux. C'était Anna elle-même qui avait orchestré le tour de passe-passe. Manière aussi bonne qu'une autre de laisser entendre qu'il était temps de foutre la paix à sa putain de persona. Un mois après l'événement, elle avait été versée à la liste rouge de la Préventive-Suicide. Depuis, Syd était intervenu auprès d'elle à une fréquence inlassable, presque chaque mois, in extremis à chaque fois.

Elle s'était mis en tête d'abattre sa propre icône. Les nuits blanches, elle sortait se promener dans la Ville. Sans escorte, le visage découvert, elle jouissait, à sa façon bien à elle de jouir uniquement des coups ; du poignard d'un regard de dégoût, de la pointe empoisonnée d'un chuchotement moqueur. Elle obligeait son chauffeur muet à la conduire dans des bars. Elle s'y cuitait seule. Elle ramassait des adorateurs. Ceux-ci couchaient avec le mythe et souvent maltraitaient la femme pour l'avoir bafoué. Typique. De ces nuits-là, Syd avait souvent réparé les outrages. La rumeur avait fini par se répandre dans la Ville qu'un double dégradé, indigne, de l'Etoile, hantait les bars à coke, les rues jouisseuses d'Absolut, un double qui était sans doute l'Etoile elle-même. Car malgré les ravages et les contrefaçons, son visage était reconnaissable entre tous, justement en ce qui n'était ni imitable ni altérable. C'étaient ces yeux gris, presque transparents, dont la fixité semblait sans cesse lutter contre l'imminence des larmes, où, de loin en loin, le rire et la joie passaient avec l'espérance de vie d'un coup de jus.

La colonne se découpait dans le soir opaque. La tête d'Anna semblait solidaire du marbre dont la diaprure rappelait presque exactement les nuances pâles de sa peau. Et au-delà du garde-fou, de cette clameur invariable qui saturait l'air, à des dizaines de kilomètres, ces kilomètres dilués dans l'immensité obscure du ciel, elle était encore là.

Son visage, « ce » visage, grand comme une nuée, fait de brouillard et d'ultraviolets, que grignotait en ce moment même la traversée lente d'un escadron d'hélicos, comme de gros insectes noirs au front d'un macchabée.

Anna Volmann aurait voulu être immortelle. C'était en cela, ni plus ni moins, qu'elle était folle. Anna Volmann voulait vivre éternellement et quand elle était rappelée à l'impossible, elle essayait de se foutre en l'air, comme on quitte en premier, de peur d'être quitté.

Il n'eut aucun mal à la persuader de partir en virée. Elle était saoule. Elle étouffait. Elle lui demanda où ils allaient. Il déploya l'affiche et lui désigna l'arrière-plan.

*
* *

13

Une quarantaine de kilomètres après les contrôles, Syd, de l'intérieur du coffre, sentit la voiture s'arrêter. Le couvercle s'ouvrit et la brusque clarté piqueta ses paupières. Il s'extirpa maladroitement du coffre. La route était logée dans un tube de verre. Des parois courbes se déversait une lueur froide, cyclique, qui faisait comme une respiration. Le tracé était d'une pureté surprenante, s'élançant à travers les non-zones, jusqu'à crever la ligne de flottaison. A quelques centaines de mètres sur sa droite, un incendie crevait la nuit. Syd reconnut l'enseigne au néon des Etap'Hôtels. Tournant le dos au brasier, des hommes et des femmes en peignoir gambergeaient, debout, de grandes tasses de café à la main : tous regardaient vers l'ouest, vers ce point où la route continuait au-delà des possibilités de l'œil.

Il ne voulait pas s'endormir. Son corps entier lui faisait mal, le manque de sommeil : comme des clous qu'on lui aurait entrés dans la rétine. Mais la route… Ils roulaient à plus de deux cents et la vitesse lui fouaillait le ventre. A ses côtés, Anna lisait le livre en

silence. Les kilomètres s'évanouissaient avec la ful-
gurance d'instants, déployant les lignes téléphoniques effondrées, l'éclair d'une carcasse d'avion, les
oasis régulières des Gin Station ou tout simplement
l'uniformité captivante du désert. Soudain, Syd se
rendit compte qu'il exultait. Il souhaita ne jamais
arriver à destination. Il souhaita être déjà mort et
avoir reçu comme peine à perpétuité pour ses fautes,
un aller sans retour ni destination, à rouler sans
jamais ralentir ni s'arrêter, à rouler au cœur de nulle
part.

Il fut réveillé d'une bourrade dans les côtes. Les
murailles littorales n'étaient plus qu'à deux kilomètres. Il secoua son corps endolori. Dehors, les ténèbres s'étaient refermées sur le tube. Il prit place dans
le coffre en se demandant où Blue Smith pouvait
bien être en ce moment. Le couvercle claqua.

Au contrôle, les douaniers demandèrent pourquoi
la voiture s'était arrêtée. Du faîte des murailles, des
sentinelles surveillaient le moindre mouvement suspect à la surface d'un désert limpide comme la pleine
mer. Syd entendit la vitre s'abaisser, Anna Volmann
marmonner quelque chose à propos d'un chien mort
en travers de la route. Il y eut un flottement pendant
lequel Syd estima que les gardes se rinçaient l'œil au
visage ravagé de l'Etoile. Puis la bagnole s'ébranla,
roula et au bout de quelques minutes Syd desserra
ses doigts sur la crosse.

Il ressortit à l'air frais de la route, libérée du tube
après les murailles. Il remonta en voiture et se plaqua

contre la vitre arrière, il vit la fourmilière d'un camp
militaire, accolée aux murailles qui serpentaient à
perte de vue, à travers la plaine. Il repéra un autre
camp à peut-être cinq cents mètres au sud, et se dit
que les postes devaient se succéder au même intervalle tout le long des murailles qui elles-mêmes semblaient interminables.

Et puis il aperçut le ciel. Les brumes mouraient à
l'approche de la côte. La démarcation était confuse,
comme résultant d'une lutte. Les limbes noirâtres,
épaisses comme du magma, s'effilochaient sur quelques mètres où elles s'entremêlaient au ciel puis lui
laissaient la place. Il était sept heures du matin et ce
n'était pas encore tout à fait l'aube. Le brouillard le
cédait à l'infinité du ciel qui s'éveillait lentement de
sa propre nuit, secouant ses dernières ombres pour se
muer en immensité blanche, d'une pureté à faire pleurer. Là-bas, à l'extrême point de fuite, une lueur perçait, rose et tenue et, juste au-dessous, elle était là.

La mer.

La route en lacet collait au plus près du vide,
comme sous l'emprise d'une attraction dangereuse.
De loin en loin, l'étendue herbeuse déclarait forfait,
s'abîmant en pointe massive d'un noir luisant, vers
la fureur hypnotique de l'eau. Après un ultime
détour, la route se mit à descendre en droite ligne
vers la baie. Syd vit qu'une ville occupait la terre en
contrebas. Quatre cents mètres plus loin, ils dépassèrent un panneau signalant l'entrée en annexe divisionnaire d'Heritage.

A cette distance, Syd ne pouvait distinguer qu'un
gribouillis de toits et de rues étroites, le tracé en U

de l'artère principale qui longeait la mer et quelques enseignes au néon criard annonçant casinos et motels. A l'intérieur des terres où les constructions se raréfiaient, la présence d'une Gin Station achevait la ressemblance d'Heritage avec n'importe quelle annexe à s'étioler loin du Centre. Ils abordèrent l'artère principale de conserve avec l'aube. Syd cligna. L'éclat soudain, aveuglant du soleil sur l'asphalte lui brûla les yeux jusqu'au cerveau.

Autour de lui, la ville inconnue se déployait en flou artistique. Il gardait ses yeux endoloris rivés au large, se demandant pourquoi on était fait ainsi, pourquoi les choses manquaient jusqu'à l'intolérable pour ne rien donner, rien de vrai, à leur restitution. Et puis il pensa à son enquête, à cette grande part d'obscurité intacte et la pensée que la route était loin d'être finie lui rendit la raison. Il réalisa que le détour n'en était pas un. Il marchait en ce moment même sur les traces de Shadow. Le livre avait conduit Shadow à la mort. Le livre l'avait conduit jusqu'ici.

Ça tournait à Heritage.

Des barrières s'abaissèrent en travers de la voie. Il y eut une sonnerie qui évoqua à Syd un train d'autrefois. Le chauffeur arrêta la voiture et coupa le moteur. La perpendiculaire était déserte. Le bitume luisait comme un miroir, une petite croix de scotch noir y faisait comme une éraflure. Deux hommes en jaillirent, à s'allumer au .38 Spécial. Les hommes portaient des masques bleus, percés de deux trous à la place des yeux. Les détonations déchirèrent le refrain du ressac. Au-dessus, la caméra dansait

dangereusement à la tête de la grue, le bras souple,
d'un beau rouge vif épousait les fulgurances de l'action, comme s'il livrait lui-même combat contre le
vide. L'un des duellistes s'effondra sous les balles et
mourut sur le scotch. La caméra gravit encore quelques mètres puis s'immobilisa. Une voix hurla :
« Coupez. »

L'homme tomba une vingtaine de fois. Il tomba
sous tous les angles. Il mettait à mourir une bonne
grâce admirable.

Anna Volmann bâillait. Anna Volmann buvait du
whisky pour passer le temps. Ça pouvait prendre des
heures. C'était ainsi à Heritage. Heritage avait quelque chose d'un trou perdu et tout d'un studio. La
ville et les mouvements qui lui étaient propres passaient au second plan. On les tolérait comme un mal
nécessaire. La prise d'images était permanente. La
prise d'images était prioritaire. Les rues, les façades,
la mer elle-même n'étaient qu'un vaste plateau où les
destins des quelque cinq mille âmes recensées ne
disposaient que d'un droit de passage à la fin de la
journée. Des rails qu'on ne prenait jamais la peine
d'enlever s'étiraient le long des rues. Le temps lui-
même était affranchi des cases en lesquelles la vie
ordinaire prétendait le contenir. Heritage avait
détendu et corrigé sa spirale, il n'était que sursauts,
séquences qui faisaient et défaisaient l'irréversible,
longue ligne droite diluée dans l'effort continu des
dizaines d'équipes lourdes à trimer, sollicitant la
machine, leur savoir-faire, leurs propres forces pour
arracher au moment réel quelque court espace d'illusion.

Ça tournait dans les studios du centre-ville, juste
là, derrière les façades le long desquelles patrouil-
laient des militaires. Ça tournait sur la plage après le
parterre de pylones orange qui délimitait le champ
réservé au duel, vingt mètres de rails que parcourait
de gauche à droite, de droite à gauche, une caméra
ventrue, rutilante, braquée à bout portant vers les
gueules desquamées d'une haie d'Etoiles en fauteuils
roulants, surélevés pour le cadre. On les retoucherait
ensuite, image par image, outrage après outrage, à
moitié effacées, elles s'en iraient orner les murs de la
Ville et nul ne saurait dire que ce jour-là, le vent du
large soufflait à ensabler les roues d'une chaise rou-
lante. Ça tournait en mer, à la pointe sud, où l'eau
verdie par l'ombre de la terre charriait des arbres
morts dont les bras gonflés et tordus par l'immersion
semblaient implorer ou menacer les embarcations
figées pour une prise invisible. La sonnerie retentit
à nouveau et on put passer. Anna regarda se disperser
l'équipe vers le haut Heritage et haussa les épaules.
Des courses-poursuites témoins pour des programmes hologrammes, des acteurs qu'on décapiterait à
l'image pour leur substituer les traits du spectateur.
Des courses-poursuites et des mises à mort, on ne
tournait que ça à Heritage. Des polars hologrammes,
des pornos hologrammes, des bluettes hologrammes.
Des meurtres hologrammes de pères hologrammes.
Le mal hologramme. Le bien hologramme. La
rédemption hologramme.

La voiture accéléra et ils traversèrent un champ
de bataille de sable gris. Et sur leur passage, les morts
au combat ramassaient leurs tripes et se relevaient

pour aller faire la queue au Starbucks d'en face. Un extra cogna le capot, pour un coup de frein un chouia tardif. Un autre balança son mégot sur la vitre arrière. Anna Volmann baissa la vitre et les injuria. Le chauffeur accéléra.

Ils traversèrent le décor de *Sous-Tex* qui reproduisait l'avenue Z à l'identique. Le long du trottoir, cinq des six anormaux vautrés sur des chaises au dos desquelles leurs qualités étaient brodées en lettres d'or. *Le Boiteux. L'Homme-Tronc. L'Albinos. La Naine. L'Aveugle.* Ils portaient des lunettes Reflex. Ils s'ennuyaient. Ils engueulaient des assistants. Un garde du corps tenait une ombrelle au-dessus de l'albinos. La fausse pluie fut lancée et un régisseur fit signe de dégager le plateau.

De l'autre côté, sur la plage à marée basse, deux silhouettes minuscules de femme éparpillaient des cendres vers le large. On déplaça le plan. On avait filmé les femmes de loin. On filma les cendres au plus près. Par trois fois, la poussière fut remplacée dans le vase et, par trois fois, le vase livra sa poussière au large et Syd comprit que tout ça n'était qu'un prétexte pour filmer la mer, pour filmer la mer allée avec le soleil.

Ils abordèrent un piquet de grève.

Une centaine d'extras occupaient les deux trottoirs et la chaussée jusqu'au virage qui amorçait la montée vers l'hôtel. Devant la grille qui abritait les bâtiments administratifs des studios, trois rangées de troupiers, fusils et boucliers anti-émeute, attendaient leur heure.

Les extras portaient des costumes ridicules et des pancartes de revendications, la plupart arboraient ce masque bleu de bourreau à la belle saison. Pas d'arme visible dans les rangs des manifestants.

« RENDEZ-NOUS NOS VISAGES. » « DEHORS LES ÉTOI-LES. » « NOUS EXIGEONS LE RETRAIT DU RALENTI ET DU FLASH-BACK JAUNÂTRE. » « NOUS EXIGEONS LE RETRAIT DE LA FIN HEUREUSE. » « NOUS EXIGEONS LES MÊMES SANDWICHS POUR TOUS. »

« LIBÉREZ LE SUPER 35. » « NOUS EXIGEONS DES MONO-LOGUES, NOUS EXIGEONS DES TRÈS GROS PLANS. »

« NOUS EXIGEONS LE RETRAIT DE NOTRE CONDAMNA-TION À LA FOULE. »

L'hostilité se forma spontanément, grossit et se répercuta comme une vague quand la voiture s'engagea sur la chaussée bondée. Anna Volmann exhorta le chauffeur muet à ne point se laisser déborder par la sympathie. Qu'il fonce dans le tas, et si on en mutilait un ou deux, quel mal à cela ? Les extras n'avaient pas d'âme. Ce n'étaient pas des hommes. Des injures fusèrent. Les extras encerclèrent la voiture. Le rugissement contraint du moteur parut exciter les assaillants. Des mains et des pancartes s'abattirent sur la carrosserie. Des visages s'écrasèrent contre les vitres, outrés par un maquillage grotesque guère assorti à la férocité ou impénétrables sous le masque. Anna Volmann renfoncée sur la banquette ne montra aucun signe de crainte. Elle ne montra aucun signe de crainte quand un clown décapita sa pancarte pour assener le manche, un pied photo massif, en plein sur le pare-brise.

Les flics chargèrent. En quelques secondes, l'attroupement se dispersa. Les flics tapaient sur les extras au plat de bouclier anti-émeute. Les extras ripostaient à coups de pancarte. L'escalade fut fulgurante. Les pancartes se changèrent en gourdins. L'arrière-garde en poste à la grille tira en l'air puis se déploya à son tour. Un cocktail Molotov vola. Les flics balancèrent quelques grenades. La voiture fonça, cartonnant au passage une grappe de protestataires, engrenant les flammèches éparses sur le sol qui s'éteignirent sous les pneus. Quand elle atteignit le virage en montée, quelques extras avaient défouraillé et les flics n'attendirent pas davantage pour ouvrir le feu.

*
* *

Syd regardait les lames blanchâtres se lancer et se relancer inlassablement contre les récifs, tout en formulant des épitaphes à la mémoire de Colin Parker. *Colin Parker 01-31, qui crut sans doute en se donnant la mort accomplir son premier acte d'homme libre. Colin Parker 01-31, il finit comme il avait vécu, en rebut social, consumé au milieu des ordures, dans l'incinérateur municipal.*

Colin Parker, affaire classée.

Colin Parker avait fait le grand plongeon parce que le Black-Out lui avait coupé l'arrivée de spectacle. Et alors il s'était retrouvé tout seul et la réalité lui avait fait tout drôle. Idem pour ses pareils, les phénomènes de foire. Parker y était passé comme tant d'autres : pour lui et pour ceux-là, survivre en Clair-Monde avait été un genre de supplice de la roue. La roue tournait et, à chaque tour, l'homme enchaîné plongeait. Et à chaque tour, l'eau lui emplissait un peu plus la bouche et les narines. L'eau gagnait l'intérieur, montait dans les poumons. L'homme revenait à l'air libre mais n'était plus capable de respirer. L'homme mourait sur la roue et celle-ci n'en finissait pas de tourner. Le S.P.I. avait fait ce qu'on fait dans ces cas-là : il avait éliminé les preuves. Les suicidés du Grand Black-Out étaient l'indice que la Ville était malade. Or il valait mieux qu'elle continue d'aller au restaurant, au cinépub, et un mois par an au Panhôtel du coin, et trois fois par semaine à la superpharmacie, plutôt que de commencer à s'examiner le corps pour le trouver couvert de sarcomes.

La Ville malade... Syd avait toujours soupçonné une sale affaire de cet ordre-là. Il y avait trop de signes, des signes au néon qu'à sa grande perplexité, la majorité des abonnés semblaient regarder sans les voir puis passaient leur chemin. Et alors qu'au cours de ces années d'errance au long des boulevards lunaires, il n'avait pensé qu'à l'aube et l'océan des premières heures de sa vie, qu'il avait cru perdus sans retour, aussi perdus que sa propre innocence, maintenant qu'il avait sous les yeux le miracle de pureté de la mer, la bénédiction aveuglante de la lumière, ses pensées étaient retournées à la Ville, aux appartements insalubres des quartiers-écrans, aux tôles noircies de la Rivière de Ferraille qui montaient, montaient, menaçant d'engloutir les berges et puis les quais, aux déclinaisons innombrables des traits d'Etoiles plaqués sur les visages inexpressifs d'armées d'adolescentes, à la stupidité triomphante qui vous cornait aux oreilles de tous les écrans de pub au moindre coin de rue et personne, personne pour se lever et hurler qu'on la fît taire. Il pensait aux compositions d'enfants pauvres qui enjolivaient les salons. Il pensait aux non-zones, au grand nulle part périphérique où des abonnés qui ne valaient pas plus ou moins que les autres se mouraient de bannissement. Il pensait que d'une façon ou d'une autre, ce bannissement avait été décidé puis consenti. Puis il se dit que les coupables n'y avaient pas gagné grand-chose. A ceux-là comme aux autres, on avait retiré l'aube et peut-être même la faculté de la reconnaître, pour la plus risible, la plus insensée des contreparties.

Un mode de vie.

Il s'approcha tout près du bord. Il joua avec son propre vertige, avec l'appel des eaux bouillonnantes, infatigables. Le soleil tapait dur à découvert. Le soleil caressait son épuisement. Il n'avait rien dans le ventre. Il avait dormi deux heures en trois jours. A ses pieds, Heritage scintillait, minuscule, comme rétractée par la frappe des rayons. D'ici, du sommet de la falaise, l'annexe apparaissait telle quelle était, orpheline, née miraculeusement de sa propre lumière, comme autrefois les villes industrielles poussaient sur les mines. D'ici, elle semblait calme. Il avait laissé Anna au Panhôtel-Origine et s'en était allé faire un tour. Il était monté aussi haut que possible, réfléchir à la quête imbécile qu'il s'était choisie, à l'irréalisable qu'il s'était fixé.

Au nom de quoi il avait abandonné Blue Smith. Au nom de quoi il avait renoncé à ses maigres espérances de bonheur. Blue était plus intelligente que lui, elle avait toujours su qu'ils n'avaient aucune chance. Elle avait toujours su que leur lien souffrait d'un grave déséquilibre. C'est qu'il était son irréalisable à elle, et elle... elle n'était rien de plus que la fille qu'il aimait.

Elle savait que tôt ou tard, il faudrait qu'elle le relâchât à la course.

A courir derrière... quoi ?

La vérité... Sa propre enfance, dont il avait cru que l'océan la lui restituerait. Il frémit à l'idée de la présomption sans bornes dont il avait fait preuve à s'imaginer découvrir la vérité sur son monde, se figurer qu'il y en avait une, carrée, intelligible comme une conclusion d'enquête. A sa décharge, il avait embarqué sans savoir. La nuit du 18 au 19, dans le désert progressif de la périphérie, il avait surpris l'horreur. La rencontre de l'horreur exigeait des réponses.

A sa décharge, il avait à son actif quelques affaires classées.

La Ville malade, classée comme on classe un homicide perpétré par *un ou plusieurs inconnus.*

Syd pensait au mal. A ce qu'était le mal. Un écho, une répercussion. Une offense subie puis rendue dans l'inconscience. Un crime de transmission.

Il pensait à l'offense-mère, il se demandait qui l'avait perpétrée. Il se demanda s'il ne péchait pas par complaisance. Il vit les limites de son intelligence.

Le livre ne lui avait dit ni la mort de Shadow, ni les attentats. Il ne lui avait pas donné le nom des coupables. Il n'avait que l'océan à interroger. Il le fit. Ça remontait à loin, l'océan et Syd. Une histoire d'enfance. Quand Syd était enfant, il croyait que l'océan appartenait au père. Il croyait qu'on possédait les choses par l'amour qu'on leur porte. Son père l'emmenait en mer. Syd pensait à cette phrase que Carrie lui avait dite. Ça causait d'éternité. D'éternité qui était en fait la mer allée avec le soleil. Ce n'était pas exact. L'éternité, c'était d'aller avec eux. C'était grâce à son père qu'il savait ça.

Son père n'était plus là.

A cette offense-là, il n'était pas de réparation possible.

Il vit les limites de sa propre justice.

Il cessa de percevoir le silence et la fixité des éléments. Il se mit à les subir. Il eut l'impression de disparaître devant eux. Le sentiment de sa solitude l'atteignit comme un étourdissement. La solitude. C'était cette étendue fixe, le soleil qui entrait dans son œil, le vacarme incessant des vagues qu'il avait assimilé comme une nouvelle forme de silence.

Il sortit son 9 mm et lâcha trois coups au hasard. Il tira sans trop savoir. Il tira sur le silence. Sur l'éternité incomplète.

Il crut que ses oreilles malmenées par les détonations lui jouaient un tour. Il se détrompa. Un palier de la falaise lui renvoyait l'écho de sa propre salve. Mais au lieu de coups de pistolet espacés et compacts, ce fut une rafale. Il y en eut une autre, venue d'encore plus loin. Puis une autre, puis d'autres encore, si lointaines celles-là qu'elle se confondirent avec le vent.

Les sentinelles.

Les sentinelles jouant de la mitrailleuse pour se calmer les nerfs. Ça lui rappela la Guerre Narcotique. Ça lui rappela un certain coup de fil.

Shadow était venu ici, avant de mourir.

Un ou plusieurs inconnus.

Il voulait les entendre. Il voulait entendre leurs justifications.

Il passa ses coups de fil de la suite d'Anna Volmann. Par les baies vitrées entrouvertes, des bourrasques brûlantes apportaient le grondement inlassable des vagues mêlé à la clameur de l'émeute.

Un volet mal refermé claquait, tout proche. Syd sentit la chaleur dans ses nerfs. Deux vodkas glace pour soigner sa fièvre. Vence décrocha à la première sonnerie. Syd lui dit qu'il voulait le voir.

« Je croyais que vous étiez mort, dit Vence.

— Mais je le suis, je ne vois pas ce qui peut vous faire penser le contraire.

— En quoi puis-je vous être utile ? répondit l'autre.

— Je vous dirai ça en face.

— Alors je vous attends. »

Syd lui dit qu'il serait là dans quelques heures. Il était sur le point de raccrocher puis se reprit pour demander à Vence de ne pas prévenir Myra. Il ne voulait pas la voir. Il ne voulait pas lui causer une peine inutile.

« Vous pouvez venir sans crainte », dit Vence. Il raccrocha le premier.

Syd se resservit et composa le numéro des Identités et Localisations. Il s'approcha de la fenêtre et écarta les voilages malmenés par le vent.

Il vit poindre les insectes noirs, une tapée d'hélicos s'amenant par la mer. Les rafales lourdes redoublèrent et Syd savait qu'il ne s'agissait plus, pour les forces littorales, de tromper l'ennui et le silence.

Il lui fallait décamper d'ici et en vitesse. Une femme prit l'appel. Syd lui refila son vieux matricule Criminelle. Il lui demanda le numéro de Traceur de Blue Smith, domiciliée Ford Avenue, Sud/Deuxième Division. La femme lui demanda de patienter tandis que le Central brassait tous les Smith de Sous-Tex. Pendant qu'il notait le numéro, la femme lui dit que le signal tracé ne répondait pas et qu'elle ne pouvait localiser la dénommée Smith. Syd dit que c'était O.K. et raccrocha. Il composa le numéro. La communication peina à s'établir. Il obtint la messagerie. La voix rauque de Blue, froide, mesurée, sonnait comme une accusation. Le vent faisait siffler la fusillade à ses oreilles. Il attendit debout. A lui de parler, les mots avortèrent. Il tenta de les ranimer à la vodka. Il toussa dans le combiné. Il dit qu'il voulait simplement savoir si elle était vivante. Il ne dit rien d'autre.

Son dernier coup de fil : la réception pour demander qu'on lui localisât Anna Volmann. Occupé. Il alla se passer de l'eau froide sur le visage puis descendit. Il sortit de l'ascenseur et prit la tangente aussitôt.

Depuis le hall, on pouvait apercevoir une douzaine de Mahindra noires dégueulasser l'harmonie des

jardins. Toute la fraction non syndiquée d'Heritage
semblait s'être donné rendez-vous au Panhôtel, sans
parler des taches noires ou kaki que jetait la proportion non négligeable d'uniformes. Le hall bondé
bruissait de pleurs d'enfant et de bribes de conversation tendues. Ça buvait sec. Ça causait représailles.
Quatre militaires en guise de portiers. A la réception,
trois agents en noir faisaient le topo au personnel en
charge. Syd s'esquiva par le premier couloir. Il y
trouva un bar annexe, un peu planqué, rideaux tirés,
velours cramoisi. La pénombre invitait à la cuite
matinale. Miroirs et affiches désuètes languissaient
sur les lambris. De la fumée de cigarette accrochait
le clair-obscur. Téléphone sur le bar.

Syd appela et rappela la réception. Il reconnut le
Boiteux de Sous-Tex, vautré dans le box du fond à
saouler consciencieusement une fille spectaculaire.
La réception traça Anna Volmann au bas de la falaise
où une plate-forme rocheuse captait la lumière,
mieux que de la pellicule. Dans le miroir, en partant,
Syd vit que la fille se laissait embrasser tout en
repoussant, du bout du pied, son sac à main sous la
banquette.

L'habitacle de l'ascenseur avait été taillé à même
la falaise. Tandis qu'il glissait entre deux épaisseurs
de pierre, Syd se sentit gagné par une angoisse vague.
Il mit ça sur le compte de la claustrophobie. La
bombe n'exploserait pas avant de longues minutes.
Au moins le temps que la taupe désertât l'hôtel. Suffisant pour donner l'alerte, bonne action incontour-
nable dont il ne retirerait que des emmerdes sous

prétexte d'ajourner la fin de quelques parfaits inconnus.

A l'exception du chauffeur muet qui s'acharnait
au Rubik's Cube assis sur l'accoudoir d'une chaise
longue, le spot était désert. Deux cents mètres carrés
de roche plane, anthracite. Sur les transats vides, des
matelas battaient au vent et pas d'Anna Volmann.
Des vaguelettes léchaient les rives. Un ponton de bois
s'élançait vers l'horizon. Sous un auvent en palmes,
un bar réduit à sa plus simple expression. Frigo,
téléphone et des quarts de citron dans des vasques
argent terni. Syd appela la réception pour signaler la
bombe. Il raccrocha au nez de l'employé et ses questions superflues. Les affaires d'Anna tapissaient la
roche aux pieds du chauffeur. Un peignoir au chiffre
du Panhôtel, un Traceur-bijou, des liasses de dollars
lestées par une pince à billets.

Syd se détourna vers la mer.

Le téléphone sonna à l'arrière tandis qu'il passait
en revue les impuretés du large. Une sonnerie aiguë,
stridente comme une mauvaise nouvelle en pleine
nuit. Le téléphone sonna sans discontinuer, rythmant
balises et crêtes d'écume jaillies du flou, réduisant à
néant l'écho des coups de feu et le chœur de hurlements en provenance de Cinecittà Boulevard, le cla-
potis des eaux prisonnières de la crique. Bientôt, il
n'y eut plus que ces longues nappes sifflantes et la
pureté désespérante de la mer. Syd s'avança sur le
ponton.

Il mit ses mains en éventail sur ses yeux et fit
porter sa vision aussi loin qu'il le put, par-delà les
balises qui délimitaient le danger.

Alors, il la vit.

Elle nageait lentement, sans s'arrêter, en droite ligne vers le soleil.

Syd dut baisser les yeux, ébloui par ce qu'on ne pouvait regarder en face. Il baissa les yeux, au moment précis où Anna touchait à la ligne de flottaison. Il savait que c'était un mirage, le simple jeu des perspectives. Il savait que pour Anna, la destination qu'elle s'était promise reculait à mesure qu'elle s'efforçait. Il savait qu'Anna faiblirait bientôt et se retournerait vers la terre. Elle ne verrait qu'un autre horizon.

*
* *

Flicaille contre extras. Du côté des uniformes, Syd reconnut les brassards de la Spéciale et des tenues kaki. Les extras avaient triplé leurs effectifs. Ils avaient conservé leurs habits sacerdotaux pour l'offensive. Lapins géants et pharaons agressifs donnaient l'assaut, fusil de chasse et jet de cocktails Molotov. Trois blindés devant les studios.

La manifestation avait légèrement dérapé.

De l'intérieur de la voiture arrêtée dans les hauteurs de la corniche, Syd rappuya sur le zoom et l'image patina. Il remit au point et promena le Traceur d'Anna Volmann de droite à gauche, de gauche à droite. Une pluie de grenades en provenance des studios. De loin en loin, un homme tombait. Uniformes et déguisements : égalité. Un blindé flambait tout contre les grilles du bâtiment administratif. De

l'intérieur des jardins jonchés de blessés, on tentait
d'éteindre le foyer au tuyau d'arrosage coquet.

A bonne altitude, des hélicos traçaient des ronds
dans le ciel clair, attendant Dieu seul savait quoi pour
s'en mêler, peut-être la dispersion de l'empoignade
sur le boulevard à brouiller les cibles. Sur la plage
quelques macchabées gisaient.

Bienvenue à Heritage. L'usine à rêve. Le paradis
retrouvé.

Syd se renfonça dans la voiture et s'occupa de ses
propres affaires.

Il avait décidé de ne pas s'attarder sur la perte
d'Anna Volmann. Il avait remisé ça dans un coin
plutôt encombré de sa conscience.

Il avait séché les larmes du chauffeur et l'avait
rallié à sa cause : rentrer en Ville au plus vite. L'évacuation de l'hôtel avait plutôt servi sa fuite. De ce
qu'il avait saisi par la vitre baissée au minimum, tandis que, planqué à l'arrière de la limousine, il brûlait
la politesse à dix agents en noir sur le parvis du
Panhôtel, on avait désamorcé la bombe et arrêté la
fille, mais pour plus de sûreté, on avait décidé de
déserter les lieux. Familles d'administratifs, équipes
et Etoiles par charretées à récupérer, qui leur
bagnole, qui leur progéniture, dans le grand cafouillage de l'évacuation, encore ralentie par l'entonnoir
des contrôles tracés. L'urgence avait tout de même
permis qu'il passât, véhicule liste A+, confirmé par
le signal qu'à l'abri des vitres fumées il tenait bien
au chaud dans le creux de sa main, en évitant de
regarder sur le fond d'écran la photo d'une Etoile
morte. Et maintenant, Cinecittà Boulevard était

entièrement consacré au lancer d'explosifs et au tir en rafales soutenues. Les bagnoles avançaient pourtant. Au pas, mais avançaient. Syd comprit que la route avait été déviée par l'arrière des studios.

Quelques mètres avant la Gin Station, il sut qu'il ne s'en tirerait pas comme ça. La voie sans nom, large plaque d'asphalte dépourvue de trottoirs, étirait son zigzag tout le long des contreforts des studios puis bifurquait à travers le désert, direction les murailles littorales et ses accès névralgiques à la route-tube. Juste avant la boucle où la Gin Station était logée, trois 4 × 4 de l'armée et une dizaine d'hommes en armes faisaient office de barrage préliminaire.

Trois agents en noir à superviser les opérations. Au programme : contrôle des listes, identification tracée, identification bancaire, passage à la fouille. Conducteurs et passagers. Pas de traitement de faveur pour les femmes et les enfants.

Syd cadra les alentours. A sa gauche, des hectares de plaine désertique, sable et poussière chauffés à blanc aussi loin que l'œil pouvait porter. Quelques bosquets vacillèrent sous une bourrasque qui cessa aussi abruptement qu'elle était née.

Une vingtaine de chevaux aux robes luisantes, des purs-sangs à première vue, faisaient du grabuge dans une carrière enclose au câble électrifié : triples galops déréglés, coups de cul et changements de pied fulgurants qui les envoyaient dinguer les uns contre les autres, dans un concerto de hennissements effrayés. A l'exception des mauves changeants que distillaient les arbustes dépressifs, pas un pouce d'ombre sur

des kilomètres et des kilomètres, jusqu'aux premières
nuées assises sur le lointain. D'ici, la frontière paraissait irréelle : vers les terres du cauchemar.

Deux véhicules étaient passés. Un troisième fut
recalé et alla pointer avec les autres, sur un vaste
parking où végétaient cars-loges et semi-remorques.
Là, d'autres nervis en uniformes kaki contenaient les
fuyards éconduits. Seuls les inscrits aux listes A et B
avaient le droit de repasser au centre-ville. Syd se dit
qu'il était temps de raisonner en termes d'échappatoire.

Les studios alignaient leurs portes de derrière à
une quinzaine de mètres de lui. Des murs lépreux,
sans fenêtres : promesses de chambres noires, de
recoins, de désaffectation. De quoi arracher au cours
des événements le délai de clandestinité nécessaire à
la réflexion.

La file de bagnoles bouffa encore quelques lon-
gueurs d'asphalte. Tandis que son propre véhicule
s'ébranlait, Syd sentit des sueurs froides dans son
dos. Il savait qu'il était piégé. Par la vitre entrouverte,
les coups de feu continuaient de lui parvenir, insistants, inlassables, aussi inlassables que le roulement
des vagues ou la persécution du remords. Il lui sembla, oui, que le pétard incessant avait quelque chose
d'un remords, d'un tourment sourd ; de ces voix qu'il
est impossible de faire taire.

De brefs adieux au chauffeur et il sortit par la
portière côté studios. Il fila, courbé en deux, prenant
soin de rester à couvert des voitures qui le dérobaient
à la vigilance des hommes du contrôle. Il atteignit

l'ombre des contreforts. De la route, quelques passagers l'avaient vu. Il fit reposer tous ses espoirs sur
l'individualisme. La première porte refusa de s'ouvrir. Il longea le mur jusqu'à la suivante, réduisant
d'une dizaine de mètres la distance qui le séparait de
la Gin Station. Il préférait garder la menace de face.
La seconde porte refusa de s'ouvrir. Il fit peser tout
son poids sur la poignée. Verrouillée. Il touchait au
bâtiment suivant quand le premier coup de klaxon
retentit. Le type appuya et rappuya. Quelques secondes de ce manège et la dénonciation se propagea
comme un feu de forêt de bagnole en bagnole, de
bon citoyen en bon citoyen. Trente avertisseurs à
sonner la charge. Ça s'agita du côté du barrage :
quelques hommes furent détachés, départ au quart
de tour, fusil à hauteur de poitrine, au pas de course
vers le périmètre renfoncé dans l'ombre que dési-
gnaient les moulinets de bras d'un tas de connards
qui croyaient bien faire.

Syd sortit son arme à son tour et tant pis pour le
profil bas. Il fit sauter la serrure et passa.

L'endroit : du sur-mesure pour la cavale. Des centaines de mètres carrés, plafonds d'une hauteur de
nef, sols nus où couraient des câbles, où croupis-
saient des piles de cubes et de caissons, le tout distribué à l'avenant, panneaux sur roulettes, murs en
carton-pâte, profondeurs en trompe l'œil, fresques
tendant à l'œil paysages aux couleurs impossibles et
figures humaines en deux dimensions qui semblaient
s'animer à la confusion. Une obscurité de route
désaffectée avec, çà et là, des traverses de lumière

blanche en provenance des tournages maintenus qui faisaient comme des éclats de phare. Syd avait mis à profit sa courte avance. Il s'était enfoncé dans le dédale, rasant les murs des plateaux inoccupés, tentant de garder le cap vers Cinecittà Boulevard et ses portes de sortie vers la guérilla. Les profondeurs renvoyaient des échos multiples. Des échos dénués de sens. Coups de feu, craquements, bruits de pas, respirations, grincements de porte, bagarres invisibles tonnaient comme la colère divine. A travers elle, Syd crut entendre ses poursuivants faire leur entrée, concertation puis dispersion des cavalcades dans un cliquetis de métal entrechoqué, aussitôt couvert par une nouvelle vague d'impacts échappés de l'auditorium.

Il s'en éloigna. Il ne pouvait compter sur ses sens. Il sursauta en entendant une marche derrière son épaule, avant de reconnaître le crissement de la neige. Des chuchotements semblaient suinter des murs.

Des sueurs froides dans son dos.

Il continua. Il continua car il ne pouvait faire autrement. Les forces qui avaient suscité sa quête, nées de la peur irraisonnée de rester immobile, immobile et sans désir, comme un à-valoir fait à la mort, étaient en train de s'épuiser. Il marcha sans plus prendre garde à rien. Il marcha simplement pour ne pas s'immobiliser. Ça tournait dans les studios, ça tournait de la tuerie et de la fornication, tuerie à blanc et fornication tout ce qu'il y avait d'authentique, et le sexe et la mort étaient affligés du même masque bleu. Râles et gémissements, douleur et plaisir confondus lui parvenaient comme s'ils étaient siens. La tête lui tourna, le jeûne et le manque de sommeil combinés à la vision crue de la chair sous les projecteurs lui infligèrent une nausée qui le fit vaciller. Devant lui, une fille assaillie par cinq hommes. La fille n'avait pas de masque. Son visage appelait à la dévoration. Il entendit la musique tandis qu'il cherchait les yeux de la fille sous les paupières épileptiques, le voile de la jubilation de commande. L'ordonnance et la texture des sons lui évoquèrent les odeurs de vieux cuir et de cigarette de la voiture de son père, quelque chose d'un bon vieux temps qui ne reviendrait jamais plus. Une voix enrouée chantait...

Car mon amour est comme le vent...
Et sauvage est le vent...

Il se rendit compte que la fille le regardait et dans ses yeux, il ne vit... rien.

Il fila aux toilettes pour vomir.

La première chose qu'il vit fut le panneau EXIT au-dessus de la porte du fond. Lumière jaune de couloir de métro dégringolant du plafond. Deux hommes pissaient. Un extra dans le plus simple appareil, son masque bleu de toile passé autour de la nuque, à fredonner les paroles de la chanson belle et triste.

Un du S.P.I.

Un du S.P.I., en train de pisser. L'agent en noir lui jeta un bref coup d'œil dans le miroir qui surmontait la rangée de pissotières. Rien dans l'expression de l'agent ne semblait indiquer qu'il l'avait reconnu. Syd alla se poster devant le mur opposé. Sa

nausée était passée. Il agit naturellement : il débou-
tonna son jean et essaya de pisser. Il resta détourné
du miroir. Il n'arrivait pas à pisser. Le gros sensible
à poil fut le premier à sortir. L'agent en noir se
rajusta. Il pivota sur lui-même. Syd sentit ses yeux
lui transpercer le dos. Il se reboutonna vite fait.
L'agent fit un pas vers lui.

Syd attaqua le premier.

Il fit une volte-face rapide tout en se décalant sur
le côté puis frappa du poing droit. L'agent esquiva
ce qu'il put et son épaule encaissa. Syd anticipa la
riposte et le poing gauche de l'agent pulvérisa du
vide. Celui-ci perdit furtivement l'équilibre et Syd
l'attrapa par les deux bras et lui colla un coup de
genou dans l'estomac. L'agent eut le temps de le
frapper sous le menton avant de se courber en deux
en hoquetant. Syd emporté en arrière tapa contre la
tuyauterie. Son propre sang lui réchauffa la nuque.
L'agent mit la main au côté gauche. Un coup de feu
et toute la tribu S.P.I. s'amènerait au pas de course.
Syd se rua sur l'agent, le ceintura et tous deux val-
sèrent sur la faïence humide. Il lui cogna l'avant-bras
jusqu'à ce qu'il lâchât prise.

L'agent se dégagea. Dans la confusion, Syd sentit
son nez prendre, l'os propre reculer, lui causant un
mal de chien. Il se mit sur ses pieds, attrapa l'autre
au collet et lui cogna l'arrière du crâne contre le mur.
Celui-ci fut dans les vapes en un instant et Syd lui
assena quelques coups de poing lents et lourds. La
tête de l'agent partait sur le côté entre les beignes et
les carreaux derrière furent tout badigeonnés de
sang. Syd ne pouvait cesser de frapper. Sa vigilance

diminua. L'autre lui lança son genou à l'entre-deux. Alors Syd lui enfonça l'épaule gauche tandis qu'il abattait une main persuasive sur le sommet de son crâne. L'agent ploya les genoux et pivota vers le mur. Syd lui encastra le robinet dans le visage.

Le silence reprit ses droits. Syd relâcha sa prise. Le corps de l'agent glissa de trente centimètres et resta coincé, la tête dans le lavabo. Il respirait. Syd voulut passer ses mains endolories sous l'eau froide. Il appuya sur le robinet et se rendit compte qu'il n'y avait pas d'eau.

La cloison frémissait. Elle oscilla. Syd leva les yeux. Pendant une seconde interminable, elle parut hésiter puis s'effondra lentement. Elle rencontra le sol dans un bruit de déflagration.

Syd courut à la porte. Elle refusa de s'ouvrir. Il fit porter tout son poids sur le levier. Il entendait la cavalcade. Il entendait le cliquetis du métal.

Il s'acharna de plus belle sur le verrou et celui-ci finit par sauter. Il ouvrit la porte.

Des briques.

Un décor.

Les événements suivirent leur cours et Syd n'en perçut que le flou, muré qu'il était dans la sensation du non-retour. Il vit les agents piétiner le panneau et se déployer dans les chiottes. Tout un tas d'armes pointées sur lui et les sommations d'usage, hurlées à travers sa torpeur, lui parvenaient à l'état de murmures. Comme si elles concernaient quelqu'un d'autre. On le ceintura par-derrière. On lui prit son arme. On le menotta serré.

Un agent releva son camarade que Syd avait si bien arrangé. Plus qu'une bouillie sanguinolente en guise de visage. Paupières tressautant sur les globes oculaires, blancs et ronds comme des petits œufs. Il respirait. Autour de Syd, il y avait peut-être vingt agents qui faisaient cercle, tous bas instincts dehors. Un chapelet de chiens mauvais, attendant le coup de feu de la curée. Syd en eut le vertige tant ces visages étaient semblables. Aussi semblables entre eux que les deux yeux blancs de l'agent qu'il avait tabassé. Aussi semblables que des œufs.

On le poussa dehors à coups de pied au train avec, en supplément, des tapes en plein sur sa plaie au crâne. Comme des clous qu'on lui aurait enfoncés dans le cerveau. Les hommes qui ouvraient la marche se retournaient de loin en loin et lui collaient des beignes qui achevèrent de lui péter le nez. Son nez se mit à pisser le sang directement dans sa bouche. Il s'arma d'un courage imbécile qui était tout ce qu'il lui restait.

*
* *

14

« Je suis vivante. »

La voix de Blue sur le répondeur planquait, sous une froideur apparente, les accents de l'encouragement et du pardon. Une légère saturation altérait la courte phrase, un bruit de fond comparable à la mer entendue de très loin. Syd ferma les yeux. La pensée de Blue vivante l'habita tout entier.

Il entendit le bip. La piste vierge de l'enregistreur s'égrena sans qu'il prononçât un mot.

L'agent en noir raccrocha le téléphone. Syd serra les dents et les poings. La massue choqua son coude. La douleur remonta à vitesse fulgurante le long de son bras. Son coude lui faisait mal à l'impossible. Le mal se prolongea par vagues comparables à une résonance. L'agent frappa une nouvelle fois. Puis une autre. Puis une autre.

Syd se disait qu'il aurait tout de même bien voulu que la douleur cessât. Il se disait aussi qu'il souffrait par choix. C'était elle qu'ils voulaient. Un rendez-vous. Qu'il lui donnât rendez-vous et qu'on allât la prendre. Cinq fois, l'agent en noir avait composé le numéro de Traceur de Blue. Cinq fois, Syd avait

refusé de l'ouvrir. Ce n'était pas du courage. Il gémis-
sait et gueulait comme un porc, il pleurait à chaudes
larmes et savait bien qu'il sentait la pisse. Non, il
n'était guère intrépide en ce moment et ça le déman-
geait à l'intérieur des jambes, là où frottait le jean
imbibé de pisse. Il avait décidé de garder le silence
avant. A présent, il savait que ce n'était pas du courage mais bien de l'inconscience. S'il avait su ce qui
l'attendait, il aurait sans doute pris la décision de
donner Blue. Mais il s'était décidé dans l'inconscience et il s'était bloqué. Quand bien même il l'aurait voulu, il aurait été incapable de dicter à sa langue
les mots attendus, aussi incapable que d'ordonner à
son cœur d'arrêter de battre. Cinq fois, les trois
l'avaient frappé avec les massues, aux coudes, au
visage et à l'entre-deux. L'agent en noir, celui qui
s'exprimait convenablement, composa le numéro. Il
tendit le combiné à hauteur du visage de Syd.

« Je suis vivante. »
Syd garda le silence.

L'aiguille. Une vieille figure passée au burin spécifique des années de coexistence avec la maladie et
la mort, non pas cette mort bravache et clandestine
dont l'ombre planait sur les trajectoires des flics, des
hors-la-loi et des hommes violents en général mais
celle humble, immobile et malodorante avant l'heure,
des hôpitaux, des lits spartiates, des couloirs blancs,
dont la tactique était l'affût patient, la prise lente et
minutieuse comme une œuvre de givre. Syd s'était
toujours émerveillé de voir à quel point la singula-
rité physique se dissolvait dans les classes au

vieillissement. Les vieux riches, les vieux pauvres. Les traits des uns s'attendrissaient et se coloraient aux années comme ces bœufs qu'on gavait et frottait à la bière, les autres ternissaient, leur chair séchait, sucée par ses propres angles, comme si l'œuvre des méplats et des sillons répondait à la science exacte de l'injustice sociale. Les vieux médecins avaient de petites figures de givre... Syd se tortilla sur sa chaise. L'aiguille dansait devant ses yeux, flammèche mince et froide, dont la vision lui collait une frayeur animale. On injectait des substances addictives aux prisonniers. On les rendait accro. On les abandonnait au manque. Syd savait que le succès de la torture de base n'était qu'une question de temps. Il ignorait combien de temps il parviendrait à maintenir arc-boutée contre la douleur sa propre violence qui jubilait, malgré l'horreur des sensations, d'avoir enfin trouvé son exercice. Combien de temps il resterait ainsi arc-bouté en lui-même. La chimie percerait ses défenses, le posséderait par l'intérieur. Il ne s'agirait plus de se roidir contre le mal. Il s'agirait de le chasser. Alors il supplierait lui-même qu'on voulût bien le laisser trahir la fille.

Les nervis le saisirent par les deux épaules, caressant ses bleus. L'aiguille pointa, perça, largua son liquide. Syd sentit la torpeur l'envahir. Même ses pensées se retrouvèrent empesées, ralenties, vaguement pétrifiées. Son corps entier à blanc.

Des calmants.

Il se mit à hoqueter, son nez coula, ses yeux déversèrent un torrent de larmes stupides, des larmes de

reconnaissance et d'amour envers la petite figure de
givre.

Depuis qu'il avait été pris, on l'avait battu sans
arrêt. Il avait retraversé la grande foire porno comme
un rêve, sans même se rincer l'œil aux dernières
chairs moites qu'il verrait jamais. Quolibets et cra-
chats des bons citoyens sous-listés d'Heritage avaient
égayé ses adieux à l'air libre. Il avait regardé le soleil
une dernière fois, il l'avait regardé bien en face, et
tout au long du trajet vers la pointe nord et son
héliport improvisé, des taches noires s'étaient for-
mées devant ses yeux éblouis, brûlés par le soleil. De
loin en loin, l'agent sur le siège passager lui trouait
la peau des phalanges, des avant-bras et des épaules
à l'aide de l'allume-cigare. En tant que dissident de
marque, Syd avait eu droit à un hélico pour lui tout
seul. Tandis que la machine décrivait une large boucle au-dessus du bas Heritage, il vit que les affron-
tements se poursuivaient, au travers des fumées
opaques libérées par une dizaine de foyers qui s'échelonnaient à présent tout le long de Cinecittà Boulevard. Près de deux heures, ils étaient allés vent arrière
de conserve avec trois autres fourgons aériens, bourrés de guérilleros et Syd n'avait compris la vraie raison de son isolement qu'en captant le rappel bref
que l'homme avait donné au pilote après une énième
séance de passage à tabac. Les autres machines
allaient au Quartier Général du S.P.I. en Zone Périphérique Sud. Lui seul devait être conduit dans les
Labos.

Il s'était mis à table.

La torture avait toujours figuré en bonne place au rang de ses énigmes insolubles. Ce vertige sans fond qui prenait l'homme ordinaire devant un corps vivant à sa merci. Outre ce qu'elle impliquait de merde comme fond souterrain aux instincts de sa race et dont Syd n'avait jamais vraiment pu identifier l'origine et la composition, elle avait suscité en lui d'autres questions sans réponse. Comment certains avaient su y résister, si lui faisait partie de ces hommes-là ou s'il faisait partie des autres. Ceux qui, sur-le-champ, donnaient femme, frères et enfants en rampant et se conchiant. Il s'était tout autant demandé ce qu'il ferait dans le cas contraire, si le hasard le mettait en situation d'en découdre avec sa propre merde souterraine. Si viendrait le vertige. S'il serait capable de ne pas s'y abandonner.

A son arrivée dans les Labos, il n'avait traversé que des espaces isolés : le tarmac se trouvait dans l'enceinte du large bâtiment en U, du béton sur du sable. Tout autour, le désert. On l'avait fait entrer par les quartiers administratifs : longues coursives aux éclairages opalins, silence vicié d'un ronronnement succinct d'appareils en veille. Au détour des couloirs vides, des échos à peine perceptibles de hurlements et de martèlements l'avaient fait frémir peut-être plus encore que s'il avait eu l'image. On l'avait fait entrer dans un bureau d'une soixantaine de mètres carrés, aux fenêtres hautes donnant sur le tarmac, aux murs revêtus d'un papier peint à motif floral désuet tout maculé de taches. Des tours de rangement en métal orange croulaient sous d'épais dossiers dont Syd se demanda ce qu'ils pouvaient bien contenir. Des ventilateurs de table et des lampes à abat-jour étaient disposés un peu partout. Une machine à café, une odeur de café rance qui dissimulait imparfaitement celle dont Syd se dit qu'elle devait être l'odeur résidente, indélogeable du lieu. Sueur, désinfectant et un effluve de viande pourrie. Un bureau d'angle, des chaises alignées contre le mur du fond, deux ordinateurs d'avant-krach et un portable flambant neuf, un canapé en cuir fatigué et, négligemment repoussé dans un coin, un joyeux fatras de tenailles, de cordes, de gourdins, des jerricans de détergent et d'essence, un gros générateur portatif, du verre cassé et toute sorte d'objets pointus, tranchants, voire ludiques comme ce vieux coup-de-poing américain rouillé, des chiffons sales, et trois seaux à chiottes emboîtés. Cet étalage spécifique excepté, c'était un bureau dépressif et fauché assez ordinaire, caféiné jusqu'aux plâtres, patiné par la routine, chargé de zèle et d'heures volées au sommeil. L'ordinaire de la torture. Syd avait senti son front se couvrir de sueur. Son nez cassé, son dos, ses reins en bouillie et ses mains où l'allume-cigare avait tracé de petits ronds de chair à vif, c'était déjà plus qu'il n'en pouvait supporter. Il avait su qu'il se soumettrait, tant que ça n'engagerait rien d'autre que cette idée foireuse qu'il avait de son propre honneur.

De l'atterrissage à l'arrivée dans cette pièce moite, ses gardes du corps de la première heure s'étaient abstenus de le provoquer ou de le frapper. Sans doute, ils s'étaient désintéressés de ce manège monotone, à l'approche du coup de feu des festivités

réelles. Syd en était là de ses réflexions quand enfin
il avait fait sa grande rencontre du jour, sa nouvelle
moitié indissoluble, le compagnon sacramentel qui
lui avait été assigné pour les prochaines heures, les
dernières, probablement.

L'homme en noir. Le gradé. Celui qui s'exprimait
convenablement.

Il y avait presque cru. Presque cru qu'il s'en tirerait comme ça.

Syd était étendu sur le banc qui représentait,
comme le voulait la coutume, l'unique mobilier de
la cellule. L'analgésique le faisait planer, affectant
jusqu'à la conscience de sa station allongée. Il croyait
léviter. Puis l'instant d'après, il croyait que le banc
s'enfonçait dans le sol. Il jouait avec ses phalanges
brisées. Il contemplait ses bleus et les lacérations
enflammées sur ses côtes. Il promenait ses doigts
valides, ceux de la main gauche, le long des brûlures
et des ecchymoses. Il tâta ses parties. Elles étaient
intactes. Il avait répété ce geste à plusieurs reprises
depuis qu'on l'avait mis en cellule et chaque fois qu'il
les trouvait telles qu'il les avait reçues, il était repris
de cette émotion intense. Son cœur se gonflait à nouveau d'une reconnaissance sans bornes envers cette
existence si calomniée, cette existence qui savait
pourtant faire preuve de clémence parfois, puisqu'il
était toujours un homme.

La cellule était mal isolée et du quartier des
cobayes lui arrivaient pleunicheries, soliloques et cris
désarticulés. Il connaissait à présent la nouvelle vocation des Labos, ces Labos qu'on n'avait jamais fermés. On disposait des corps, comme on en avait

toujours disposé. Certains allaient à la servitude au terme d'une longue initiation entre les mains des briseurs. Prostitution ou S.P.I. Les membres du S.P.I., excepté une proportion non négligeable de volontariat-suicide, étaient des ex-Labos. D'autres, la plupart, allaient à la science. Qu'ils fussent vifs importait peu. L'homme sans droits n'était plus un homme, il n'était qu'un tube digestif affligé d'une conscience. L'éthique était, ici, respectée. Nulle charte ne prétendait protéger la dignité des tubes digestifs.

*
* *

« Ce que nous voulons savoir, c'est ce que vous savez. »

Syd avait hoché la tête, lentement. Le gradé avait fait allumer toutes les lampes, branché les ventilos, ouvert deux fenêtres. Un nervi avait avancé un siège à Syd. Le gradé en personne lui avait servi une tasse de café et un verre d'eau. Le café était bon et chaud, les lampes irradiaient une lumière cotonneuse, les courants d'air avaient quelque peu dissipé le remugle et par les fenêtres ouvertes, bruissait l'écho des rotors et de la grand-route qui avait rappelé à Syd que la liberté était toute proche, qu'elle continuait d'exister juste là, derrière ces murs. Oui, ce qu'il ressentait, c'était presque du bien-être. Le regard bon du gradé, malgré le néant de ses traits, y était pour beaucoup. Syd savait que c'étaient les pires, ceux qui gardaient les mains propres, ceux qui, le moment venu,

semblaient communier avec la douleur de leur victime, comme ennuyés qu'il fallût en passer par là.
Mais pour le moment, rien n'était dit et l'ambiance
laissait à penser qu'un interrogatoire du S.P.I. relevait d'un simple rendez-vous.

« Ceci n'est pas à proprement parler un interrogatoire, dit l'homme, vous détenez peu d'informations par-devers vous que nous serions susceptibles
d'ignorer. Il est formellement impossible que vous
en sachiez plus que nous. Quand je dis nous, je ne
parle ni de moi, ni de l'institution que je sers... Vous
savez à quoi je fais allusion bien entendu ?

— Non, répondit Syd en fronçant furtivement les
sourcils, d'une part, parce qu'en effet, il ne saisissait
pas l'allusion et d'autre part, parce qu'il se demandait
si l'interrogatoire était commencé.

— Tant mieux », dit l'homme mais Syd crut sur-
prendre quelque chose d'une déception passer dans
son regard sans cils, ni paupières.

L'homme ouvrit le clapet de son ordinateur, tra-
fiqua quelques touches. Il reprit la parole tout en
guettant l'écran du coin de l'œil : un programme
quelconque y chargeait. Derrière lui, les trois nervis
trompaient le désœuvrement comme ils le pouvaient,
à tiquer et s'agiter comme des chevaux entravés par
grosse chaleur.

« Le crime que vous avez commis n'est pas un acte
net, c'est un état de choses auquel il est possible de
remédier. Cet état de choses est la connaissance.
Pour le dire vulgairement, vous en savez trop. Nous
devons mesurer l'étendue de ce savoir malsain, puis
nous vous sanctionnerons en conséquence. A deux

égards. Pour vous punir et pour vous empêcher de
nuire. Moi-même je ne sais rien. Je ne sais rien officiellement. Que nous protégions l'information ne
signifie pas que nous en ayons la jouissance, à l'instar
de ces convoyeurs de fonds qui ne voient jamais la
couleur de l'argent. Je vais guider cet entretien mais
les réponses se contenteront de transiter par moi. Je
ne saurais trop vous recommander la véracité. *Ce* qui
vous jauge et vous entend ne sera dupe de rien. On
en sait plus que vous. On sait tout en vérité, sur vous,
sur ce que vous désirez savoir au point d'avoir stu-
pidement bravé le danger de mort. En essayant de
mentir, d'omettre ou de falsifier, vous tenterez de
tromper l'omniscience. Vous tenterez de tromper la
vérité elle-même. »

Le regard de l'agent ripa vers l'écran. Syd but une
gorgée de café froid. Il ne lui avait pas été difficile
de comprendre que c'était le Grand Central qui
posait les questions. A présent, il se sentait étrangement calme. La partie était bien entendu perdue
d'avance.

L'enjeu en était à la fois colossal et inepte. Sa
propre vie, il n'avait jamais été foutu de savoir quel
prix il y accordait, quel était son degré d'attachement
à la sensation et à la conscience. A cet instant, il sut
que ce qui l'y avait rattaché, c'était l'intuition ténue,
opaline des choses possibles. Brusquement, il connut
le but du voyage, ce voyage tortueux qui l'avait vu
larguer tant de choses possibles : peut-être rien de
plus qu'un long, un aveugle suicide.

Il s'était mis à table.

Il avait dit la Guerre Narcotique. Une guerre des gangs, un ennemi qui n'existait pas. Les assassinats qu'il avait lui-même commis, sous le haut patronage de ceux que l'opinion tenait pour les bons. Une banale récupération de marché, sanglante. Une initiative malade, parmi d'autres.

Il avait dit l'Innocence. Il avait dit Shadow. Shadow qui avait signé son arrêt de mort en montant là-haut, au Grand Central où se trouvait le livre. Le livre qui leur avait appris, à tous deux, à regarder le monde. Shadow qui l'avait précédé à Heritage et puis ici, sans doute.

Il en savait encore. Son savoir malsain s'étendait loin. Il savait à quoi le S.P.I. avait occupé sa soirée, le lendemain du Black-Out. Il avait assisté aux funérailles singulières des malheureux phénomènes de foire. Il savait à présent ce qu'ils étaient.

Le livre le lui avait appris.

Des précurseurs.

Il avait dit le livre. Le livre et ses révélations. Certaines avaient exigé qu'il allât les vérifier. Il était allé à Heritage. Il avait vu la mer et le soleil. Il avait vu qu'ils étaient inviolés.

Et puis il y avait la Ville elle-même. Au bout du compte, il n'était nul besoin d'avoir assisté aux exploits vespéraux du S.P.I., d'avoir lu le livre, ou d'être allé respirer l'air iodé, brûlant d'Heritage pour comprendre que la Ville était malade. Sa seule conception la trahissait. Rien que l'occupation de ses espaces, les chances réservées d'un côté, la débine de l'autre, l'union éclatante du symbole et du terrain : la crevasse à néons de Texaco Boulevard. Il y avait les brûlis des Labos sur lesquels la Ville avait connu sa renaissance. La came légale, la mort bancaire, la Fête Mobile, la divinité spectacle. Il y avait la confession. La voix chorale du grand corps criblé. Ses accents de phase terminale.

Et puis il y avait la nuit. Cette nuit qu'on avait répandue sur la Ville. Elle avait déployé ses ombres, étouffé les aubes, le lendemain et l'intuition des choses possibles, corrompu jusqu'au temps qui passait et la plupart des âmes qui s'y étaient retrouvées prises. On l'avait fabriquée. On l'avait distribuée. On l'avait maintenue.

Syd avait vu les Capteurs. Il avait même le nom du type qui s'était sali les mains, à défaut de connaître la tête.

« Vous ne connaissez pas la tête, avait demandé l'homme.

— Non.

— Vous n'avez pas même un soupçon ?

— J'ai des soupçons, répondit Syd, des présomptions, rien de tangible. Je vous ai dit mes vérités acquises. Je croyais que c'était ce que vous vouliez. »

A nouveau, il vit dans le regard bon de son interlocuteur, ce regard bon qui n'était qu'une malformation, la lueur promptement étouffée d'un espoir déçu.

« Dites-les.

— La même tête malade… » souffla Syd.

L'autre n'avait pas bien entendu. Il posa ses deux mains ouvertes sur le bureau et pencha le buste en avant.

Aux aguets.

Brusquement, Syd comprit que l'agent du S.P.I. n'en savait pas plus que lui. Et qu'il désirait savoir lui aussi. C'était aussi fort que le geôlier du quartier des peines capitales tombant amoureux de la belle infanticide.

« Je dis, reprit Syd, que c'est l'œuvre d'une même tête malade. Tout ça est bien trop salement harmonieux. »

Si l'agent fut déçu, il n'en montra rien cette fois-ci. Il se renfonça dans sa chaise et articula :

« Où est Blue Smith ? »

Avant cela il n'y avait rien eu. Sa vie n'avait jamais eu lieu. Il était né sur ce sol et ses yeux n'avaient jamais connu d'autre spectacle que des plinthes. On lui avait cassé chaque doigt de la main gauche. On l'avait battu avec la massue, partout, sur tout le corps. Il n'avait plus vraiment de corps, juste de la poussière d'os, des plaies, une respiration. Il haïssait la fille. Deux fois, il avait demandé qu'on lui redonnât sa chance. Il promettait de s'exécuter. Mais dès que la douleur cessait, sa résolution reprenait le dessus et la voix de Blue sur le répondeur faisait avorter la sienne. Il payait pour ces désistements. Il avait perdu deux fois connaissance. On lui collait la tête dans un seau plein de pisse et de merde. Ses poumons le ramenaient à la conscience. On l'avait déshabillé. On l'avait arrosé d'eau. On avait envoyé le courant.

*
* *

Le moindre mal.

On étudiait le moindre mal. On ne cherchait ni la solution, ni la panacée, ni la guérison. On étudiait, on analysait ce que pouvait bien être le moindre mal.

« Vous vous prenez pour le dernier juste, avait ricané celui qui s'exprimait convenablement, c'est à se tordre de rire. »

Malgré le poids des calmants entravant sa pensée, Syd n'avait pas cessé de demander tandis que les nervis le portaient au long du couloir interminable du quartier des cobayes vers sa future cellule, si c'était un détour ou le chemin tracé. Si l'homme avait bel et bien choisi de le traîner là et pourquoi il prenait la peine de jouer les aboyeurs. Certains sujets possédaient déjà leur malheur à l'arrivée et on s'était contenté de les enfermer avec. D'autres étaient entrés neutres, et il avait fallu aider la chance. Syd pouvait néanmoins être sûr d'une chose : il n'y avait pas d'innocents entre ces murs. Non pas que tout ce monde eût commis des crimes et que le procédé s'en trouvât ainsi justifié. Simplement, dans l'enceinte du quartier des cobayes, on était loin, très loin de ces vétilles. Elles appartenaient au monde extérieur, c'était un luxe d'idée qui devait rester au greffe. Le quartier des cobayes était un trou noir où s'annihilait tout ce qui n'était pas la souffrance pure.

Ce qu'étaient l'espace, la disposition des cellules de détention, la couleur des murs ou la nature de l'éclairage, Syd n'en avait pas le moindre souvenir. Il n'y avait là que des odeurs, des cris et des ombres et cette impression que tout s'arrêtait là. Des explications de l'agent, Syd ne remontait que des fragments, un bruit

d'insecte qui ajoutait à sa confusion. Il semblait que
le Labo départageait l'étude des souffrances du corps
et celles plus abstraites de l'esprit avant que celles-ci
ne se résoulussent dans un retour au sang. Et l'empa-
thie, l'intelligence crevaient en route, il ne lui était pas
possible d'atteindre ces confins suffocants dont les
yeux des uns et des autres laissaient entrevoir le miroi-
tement.

Un prisonnier, entendant les pas, se tourna vers
le couloir. Il regarda Syd. Son orbite droite béait,
noire. Un murmure lointain apprit à Syd que
l'homme s'était énucléé lui-même. Et tout ce que Syd
savait, tout ce en quoi il avait cru, la quête imbécile
qui l'avait mené jusqu'ici, moururent, s'annihilèrent
dans le vide hurlant de l'œil.

*

* *

Je t'emmènerai là où il n'y a pas de ténèbres.

*Je t'attendrai aujourd'hui à Exit. Il y a des trains
jusqu'au crépuscule. A Exit.*

L'agent raccrocha le téléphone.

Syd avait fait ce qu'on attendait de lui. Au moment
où les effets de l'analgésique avaient commencé à se
dissiper, il avait su qu'il s'exécuterait. Il ne comptait
pas affronter une seconde session.

Il fut aussitôt largement dédommagé, en calmants
et en acides.

On lui annonça qu'à présent, plus rien ne retardait
son passage à la Chambre. Syd ne trouva même pas
en lui la force d'avoir peur.

Il avait trahi. Il avait rampé. Ça ne lui faisait ni chaud, ni froid.

Ils sortirent à l'air libre de la nuit de midi et coupèrent par la vaste étendue où un hélico au décollage soulevait des trombes de sable qui roulaient entre les jambes des agents, les pneus des camions, s'engluaient dans les faisceaux entrecroisés des phares et puis retournaient au désert. Syd ne pensait pas à grand-chose. Déjà la sensation le quittait, puisqu'elle allait le quitter de toute façon. Déjà la conscience se préparait au repos, cristallisant ses premiers givres. Il n'éprouvait ni peur, ni tourment. De la stupeur : cette réalité de bruit, de lumière et de vent, la réalité de sa marche, de ses pieds écrasant le sable, celle des moteurs, des odeurs d'essence, des visages inconnus allant au départ, de son propre corps vivant et souffrant, comment cela pourrait-il disparaître, cesser, sans retour. De la stupeur. Et une tristesse immense et blanche non pas parce qu'il allait mourir, il ignorait ce que signifiait ce mot-là, mais parce qu'il venait de comprendre que plus rien n'était possible.

Et la pensée de Blue se perdit dans cette sentence.

Elle ne lui était plus, ne lui serait plus jamais possible.

Pas de rituel pour la Chambre.

La Chambre était en sous-sol : on y accédait par une enfilade de couloirs et d'escaliers puant l'humidité. Les murs noirs, lustrés déclinaient un nombre géant, toujours le même, un grossier 35, peinture blanche écaillée. La chambre était construite dans un ancien bunker. S'il n'y avait pas de rituel, la moindre des choses, quand on exécutait le monde, c'était que la Chambre ne contenait rien de létal. On n'y tuait personne mais on y mourait souvent. Syd ne serait pas exécuté. Pas plus que Shadow ne l'avait été. Et quelques autres avant eux. A la porte, Syd dit à celui qui s'exprimait convenablement que l'heure était peut-être venue de laisser tomber les périphrases.

Une chambre anéchoïque.

Syd prit place en se disant qu'en tout cas, il ne mourrait pas idiot.

Un fauteuil de peine capitale : entraves métalliques qui, au poids, se refermèrent sur ses poignets et ses chevilles. Les deux nervis se hâtèrent de sortir.

La Chambre : un peu plus, un peu moins d'une dizaine de mètres carrés, quatre murs recouverts d'un relief de figures géométriques d'un rose nauséeux de muqueuse. Syd n'entendit pas la porte se refermer. Il sut qu'elle était close au malaise qu'il ressentit soudain : un enfermement amniotique, abyssal.

Le silence fut soudain, tranchant comme un couperet. Il s'abattit littéralement et alors Syd entendit son corps.

La peur de l'espace clos se dissipa tandis qu'il pénétrait en lui-même. Il était aveugle, orphelin, ignorant de tout ce qui n'était pas son propre grouillement. Ses intérieurs pleins d'une vase immonde où se débattaient des entités molles. Un séisme le traversait de loin en loin, faisant gicler le tout dans une précipitation de chairs écrasées.

Et bientôt les corps mous, les vivants et les morts furent partout dans la pièce.

Et la pièce était devenue son propre cœur.

Syd tombait. Il tombait dans un abîme sans fond et c'était l'abîme qui lui chantait aux oreilles, son chant sans mesure en lequel tout s'engloutirait.

Une lumière éblouissante frappa le mur, dans la stupeur.

Une inscription dégradée par les dièdres.

HISTOIRE DE MYRA V

Syd se retourna avec effort : un rai de blancheur poussiéreuse crevait dans la longueur, les hauteurs de la chambre. Il fut hors de l'abîme. Les images apparurent. Il s'y raccrocha comme à sa seule certitude.

Une figurine hologramme enfermée dans une cage. Un très gros plan : les traits exacerbés de Myra. Ses yeux noirs, immenses, barrés de sourcils horizontaux qui couraient jusqu'aux tempes. Sa bouche démesurée. La proue de ses pommettes dans son visage asséché par la contre-vie. Ses yeux : deux cavités sans pupille à dégorger des larmes de dessin animé. Elle enserrait les barreaux de la cage, ses jointures étaient blanches. Elle suffoquait. Elle enserrait son propre corps, elle s'étreignait de toutes ses forces et sa peau bleuissait sous ses doigts.

La cage s'anamorphosa, se déploya en un tunnel entouré de barreaux. Myra y marchait. Elle marchait jusqu'à la chapelle et s'agenouillait pour une prière muette. Elle téléphonait, elle n'obtenait pas de réponse. Elle buvait. Elle se défonçait à la coke. Elle se bourrait de Zolpin, d'Atarax, de Nauzépam puis retournait à la coke : des lignes caillouteuses longues comme une main tendue. Elle se tenait le cœur et Syd pouvait en entendre les battements.

Puisque son cœur était la pièce. Puisque la pièce était le monde.

Puisque le monde était l'obsession de Myra. Elle continuait de marcher. Elle vomissait. Elle pissait sur un test de grossesse. Syd pouvait voir son pubis glabre, anémique, les os saillant de ses hanches, la pâleur de ses cuisses maigres sur la cuvette des chiottes. Myra n'était pas enceinte. Elle jetait le test. Elle buvait, elle se défonçait. Elle en faisait un autre. Elle n'était pas enceinte.

Elle marchait dans les jardins sous bulle de la résidence Vence : elle traversait indifféremment des aubes et des orages, toujours à articuler cette même prière sans voix, qui n'avait d'autre voix que la mécanique malade du cœur de Syd.

Elle titubait. Son visage était tout barbouillé de mucus. Elle suffoquait. Elle cherchait sa respiration et ses yeux hagards regardaient tout autour mais semblaient n'y rien trouver de respirable. Alors elle tomba à genoux, son visage blanchit, elle bavait, son nez laissa échapper deux traînées de sang, d'un rouge insoutenable sur les lèvres et le menton blêmes, ses yeux se vidèrent, le cœur décupla sa frappe, roulant dans les chairs écrasées et il n'y avait plus que ce cœur. Il était la respiration du monde. Il était la pièce qui était le monde. Il était Syd. Il était l'agonie de Myra.

Le cœur battit plus fort et Myra cessa de vivre.

Le cœur continua de battre. Une nouvelle inscription apparut sur l'écran.

HISTOIRE DE PLUSIEURS INCONNUS

Le blanc aveuglant fondit dans une non-zone en guerre.

Des images vidéo. Des images réelles. Des ruines et des soldats. La nuit dévorée de flammes hautes et claires. Des barbelés, des talus de gravats coupant une rue. Des zonards, leurs hardes, leurs gueules ardentes mangées par la malnutrition, leurs fusils flambant neufs, parfaits, qui juraient avec le délabrement des corps.

Ils tombèrent sous une rafale muette.

Une autre rue, d'une autre cité déchue. D'autres soldats, d'autres corps d'inconnus que les balles criblaient sans bruit. D'autres images. D'autres sursauts et d'autres chutes, les mêmes impacts surgis du silence. L'hécatombe se poursuivait absurde. Invariable. Des tirs et des morts. L'image acharnée courait, à montrer toujours la même chose. Les scènes défilaient dans la froideur de l'uniformité. Il se passait toujours la même chose, alors il ne se passait rien. Des inconnus étaient touchés, ils crevaient. Un jeu de quilles à corps vifs sur fond de terres lointaines. Sous la tension extrême, les visages avaient disparu. La lueur plus ou moins vive qui couvait dans les yeux de tout homme, reflétant la matière singulière dont chacun était fait, avait pâli, baissé, nettoyée par l'embrasement de la mise à mort. Elle ne reviendrait plus, pas même aux armes déposées. Cette mécanique malade de la mise à mort, cette éternelle riposte qui ignorait elle-même d'où était parti le premier coup, semblait s'être affranchie de sa propre conception, elle montait et écumait, balayait et foudroyait dans l'aveuglement et sa violence parfaitement pure s'exercerait dans l'équité : elle ne reconnaîtrait personne pour les siens. Devant ce cataclysme aveugle, aussi aveugle que l'orage, tout hurlement, si efforcé qu'il fût, ne serait que tentative dérisoire de communier, et la communion aurait exigé qu'on cessât de vivre. Il fallait aller jusqu'au bout de l'impuissance. L'impuissance à perturber la mécanique, la perturber avec des pleurnicheries ou des hurlements qui se perdraient comme des bruits d'insectes à la face du tonnerre et l'impuissance de la conscience qui ne souffrirait pas le luxe, l'impropriété d'une indignation. Brusquement, le son se déchaîna. A nouveau Syd perdit toute certitude. Le battement avait repris possession de la pièce. Le battement était la pièce. Il était le monde. Il était la déflagration des fusils, les cris d'agonie, le crépitement des flammes. Il était la mort sous ses yeux. Syd prit alors conscience de sa puissance et de sa faute. La mécanique malade était celle de son propre cœur ; il le sut comme les premiers hommes aux premières foudres avaient vu l'existence de Dieu.

Il ne sentit pas ses dents s'enfoncer dans sa langue. Il ne savait pas ce qu'il faisait. Il ne savait plus rien. Il savait juste qu'il lui fallait arrêter ça.

Le miracle eut lieu.

Le silence revint avec le vacarme de l'explosion.

Il ressortit à l'air libre d'un champ de ruines. Il négligea le massacre au ras du sol. Son premier mouvement fut de lever les yeux.

Le soleil.

Le soleil ravageait le couvercle de brouillard. Des blocs de rayons transperçaient les épaisseurs de gaz et frappaient le sol en d'innombrables endroits, délimitant comme un périmètre de pardon autour des corps déchiquetés des agents. Ça n'avait rien d'une belle après-midi ensoleillée : ce que Syd voyait du ciel ressemblait plutôt à une éruption volcanique. La voûte au-dessus de sa tête avait l'aspect d'un cratère inversé, à l'activité furieuse. Les volutes noires du gaz de Kaplan s'entremêlaient au rayonnement suprême. Aux endroits de leur rencontre, le ciel rougissait comme des parcelles de miroir tendues vers le charnier.

Syd vacilla. Un bruit de moteur lui parvint comme un rêve.

Il secoua sa léthargie. Il se traîna jusqu'à la transdivisionnaire. A l'horizon, une trombe de soleil embrasait littéralement la carrosserie jaune d'un taxi.

Le type roulait pour échapper aux bombes.

Il ne voulait pas quitter la Ville, il ne voulait pas mourir bêtement.

Pas qu'il eût peur de la mort, mais la mort bête, très peu pour lui. A quarante-deux ans, un corps sain, et encore des joies à venir, se retrouver fauché sans préavis, rattrapé par une charge de plastic C-5 pour avoir oublié de payer le parking et y être retourné au mauvais moment. Pour être descendu à la mauvaise station. Ces hécatombes de plastic C-5, c'était à désespérer de la justice immanente. Et ce n'était pas comme si on savait qui les posait et pour revendiquer quoi.

Il fallait être un beau malade, un beau puits d'ignorance de ce que c'était que la vie des hommes pour prétendre envoyer au grand plongeon des inconnus, des innocents pour servir on ne savait quelle chapelle, et cette chapelle-là, disait le taxi, qui justifiait pareils dommages collatéraux, elle n'était pas encore bâtie, pas la première pierre de celle-là.

Et puis il soupira et dit que bien malin celui qui montrerait au monde les bons d'un côté et les méchants de l'autre. Nous n'étions pas si innocents que cela. L'hyperdémocratie, c'était une sale affaire, ouais.

En tout cas, lui n'avait pas envie d'y passer et pour conjurer la chance, il roulait, il roulait sans jamais s'arrêter. Et puis il faisait bon rouler avec le soleil, tout ça... Il avait toujours aimé rouler. Après tout, il en avait fait son métier. Mais rouler sous le soleil...

Une joie qui ne lui avait pas été accordée de long-temps.

Syd lui demanda pourquoi il ne quittait pas tout simplement la Ville.

Le taxi avait sa réponse toute prête.

« Pour aller où ? »

A rouler sur la transdivionnaire Nord. A compter ses morts.

Le soleil s'abattait par plaques sur la route, comme des voies d'eau à travers un barrage. Syd retenait une envie de pleurer, de libérer ce sentiment que plus rien n'était plus possible. Qu'il fût mort ou vivant.

Il irait jusqu'au bout. Il interrogerait Vence. Il irait jusqu'au bout de ses réponses.

C'étaient bien des acides qu'on lui avait donnés. Il en sentait l'illusion dans son corps : ces plages de douleur absente aux endroits où la chair à vif disait le contraire. Il se souvint des cellules de descente, au commissariat divisionnaire, où les gardés à vue se mangeaient les mains sous l'effet du L.S.D. Il se souvint avoir fait feu sur des camés, que les balles traversaient de part en part, et qui continuaient de courir.

Il se sentait pourtant parfaitement lucide. Lucide et sans douleur. Et tandis qu'il roulait, sa conscience s'était mise au diapason : la déchéance de Myra, sa mort probable, lui étaient étrangères. L'idée d'avoir trahi Blue n'éveillait rien en lui. Déjà les impressions qui l'avaient traversé dans la Chambre tarissaient, comme les réminiscences d'un cauchemar reculent devant la réalité sourde des gestes quotidiens du réveil, avec néanmoins ce doute qu'il y avait peut-être davantage de réalité contenue dans les brumes en voie de dissipation que dans l'odeur du café, le bien-être de la douche, la promesse d'une journée semblable à toute autre.

La radio comptait ses morts, elle aussi. Ceux de l'hyperdémocratie.

A 14:10, soixante-quatre sites avaient explosé. A ce rythme, il ne resterait plus grand-chose de la Ville au crépuscule. Le premier crépuscule qu'elle verrait de longtemps. On ne s'expliquait pas ce revirement insensé du soleil. L'affaire Kaplan n'avait toujours pas filtré.

Les autorités préconisaient le départ... Aux abonnés était prêchée la résignation. Il faudrait se résoudre à quitter la Ville. La Ville souffrait d'un mal inexplicable, un mal contre lequel on ne pouvait pas lutter.

Le soleil, dans sa mansuétude, avait recommencé de briller sur les non-zones. Présage d'une nouvelle chance pour les abonnés de Clair-Monde. Il faudrait s'en aller. Abandonner les routes, les édifices, les magasins, les industries.

Il faudrait reconstruire. Ailleurs.

Il restait un ailleurs. On ouvrait les frontières. On affrétait des avions. On détournait des trains.

Quitter la Ville.

Et pourtant les abonnés refusaient d'en partir. Les abonnés étaient vissés à ce sol dont ils avaient réussi à arracher une parcelle pour leur propre compte. Le navire faisait eau de toute part. Depuis la veille, les descentes des junkies sur les hôpitaux et les super-pharmacies s'étaient multipliées. L'Exécutance reconnaissait l'erreur du couvre-feu, ses bavures multiples, impardonnables. La Ville était minée. On pronostiquait des incursions de zonards et de banlieusards dans les quartiers centres, Texaco Boulevard comme point de ralliement. La protestation s'était propagée comme un incendie de forêt. L'Exécutance avait disposé de son effectif militaire et policier : une véritable armée assurerait la contention d'une émeute qu'on prévoyait massive, furieuse, exigeant plus que des solutions.

Exigeant réparation.

L'émeute faisait rage devant le portail de la résidence Vence. Des cameramen et des preneurs de son, à l'assaut d'un cordon de flics à écusson EXE tandis que des maquilleurs et des coiffeurs trompaient le désœuvrement à jouer aux cartes sur les capots des véhicules. Des camions techniques aux armoiries des chaînes. En retrait, les berlines sombres, impénétrables du Pouvoir, plaques en toutes lettres, motards veillant au grain. Une horde de seconds couteaux, assistants, bras droits, délégués de toute confession, costard-cravate et coupe de cheveux idoine, trépignaient dans leurs Traceurs, sur toute la largeur de l'avenue. On devinait la présence des pontes, à l'ombre des vitres teintées. Pas de laissez-passer pour l'Exécutance. Une première. Ces émeutiers-là étaient affligés d'un gobelet de Starbucks, la plupart étaient maquillés. Eux savaient ce qu'ils réclamaient.

Ils réclamaient Igor Vence.

Igor Vence avait laissé tout le monde dehors. L'Exécutant entrant avait volé à ses hautes obligations quelques heures de paix pour pleurer sa fille.

Syd dit au taxi que c'était là qu'il descendait. Il chercha un adieu, quelques mots : il ne trouva rien à dire. Il descendit et le taxi redémarra aussitôt, fit demi-tour et s'éloigna sur la route inondée de soleil.

Syd marcha. Il traversa l'attroupement en se disant que jamais il ne s'était senti plus isolé, plus coupé de ses semblables qu'en cet instant. Le bruit humain, la

conversation lui parvenaient en dialecte primitif. Les
quelques regards qui se posèrent sur lui tandis qu'il
avançait vers le portail se détournèrent ou exprimè-
rent un dégoût confinant à l'horreur. Syd avait beau
dissimuler sa main détruite dans sa poche et s'effor-
cer d'avoir l'air impassible, les dernières heures
avaient laissé leur marque sur lui, plus que des
coquarts et des plaies. Il vit dans un rétro sa mâchoire
crispée, ses épaules tombantes, ses yeux de vieillard
et il puait.

Le paria n'en continua pas moins de marcher. Il
demandait le passage d'une voix douce, éteinte. Il
atteignit le cordon de sécurité. Il dit qu'il était
attendu. Qu'il était de la famille. Les flics le passèrent
à la fouille. Ils avaient vu en lui l'œil hagard, la solitude et la barbe suspecte du régicide. Le paria insista.
Il s'adressa à l'homme en charge. Il dit qu'il était le
veuf. Il dit qu'il s'appelait Syd Paradine. Le flic exigea du prétendant au titre qu'il prouvât son identité.
La fouille n'avait pas remonté de Traceur et c'était
un délit passible d'une arrestation. Syd présenta son
avant-bras au contrôle : la cicatrice de l'exérèse, les
traces d'aiguille, les doigts morts. Il suggéra au flic
de s'en remettre à la reconnaissance optique du portail.

Il entendit les coups de feu alors qu'il abordait
l'allée de gravier. Il traversa les jardins multisaison-
niers qu'une volonté récente avait rendus à un même
automne, au rythme des détonations. Les frondaisons
des cyprès étaient nimbées de brumes immobiles, il
n'y avait pas de vent et sous la lumière froide du jour

artificiel le parc, pourtant riche de couleurs vives, renvoyait un grand souffle de mauve. Syd aspira à pleins poumons : de la terre, montait une émanation de pomme rance et de bois mouillé, l'odeur d'un temps caché, dont toujours il s'était dit que le luxe ultime, c'était de pouvoir la respirer chez soi. La première âme qu'il croisa fut celle du fils unique d'Igor Vence. Junior déambulait sur une bande de terre fraîchement retournée : il titubait, piétinant le travail minutieux des monticules, un fusil à la main. Il était vêtu de deuil débraillé : les pans de sa cravate rejetés derrière une épaule, sa chemise froissée, tachée de vomissures, bâillait sur ses hanches de fille. Le périmètre autour de lui était tout éclaboussé de soleil. Junior se courba en arrière, ajusta ses lunettes noires, épaula et tira en l'air. Syd entendit quelque chose se briser là-haut. Junior continua. Il vida tout un chargeur. Il pleuvait du verre brisé tout autour d'eux. Il pleuvait des rayons de soleil, un soleil de plomb qui évanouissait les brumes. Junior reconnut Syd et le braqua avec le fusil.

Junior dit : « Elle ne s'est pas suicidée. »

Syd vit le visage du gosse, ses mains tremblant sur l'arme, entaillés, rongés de poussière de verre.

« Elle n'a pas dessaoulé, elle n'est pas redescendue de six jours. Elle ne voulait pas nous voir, elle ne voulait pas nous parler. Je ne voulais pas lui parler non plus. Pauvre conne de junkie. Elle ne parlait qu'à mon père. Elle voulait que mon père te trouve et qu'il t'envoie des mecs pour t'amener ici, de gré ou de force. Elle ne voulait pas bouffer. Mon père la faisait bouffer avec un truc pour les esclaves, un

truc de sa collection. Un spéculum oris, ça s'appelle.
Elle ne dormait pas non plus. Elle marchait ici, là.
Elle marchait et elle parlait toute seule. Elle criait,
elle restait dans un bain froid toute la journée ou elle
marchait en se tenant les côtes, comme ça en suffo-
quant, elle faisait peur. Elle s'est ouvert les veines
une fois mais mon père a dit que c'était du cinéma.
Il disait qu'elle ne voulait pas vraiment mourir. Mais
elle disait qu'elle allait mourir et qu'il fallait que tu
le saches, parce que si tu avais vu, si tu avais su dans
quel état elle était, tu n'aurais pas pu la laisser comme
ça. Elle disait que tout était blanc, qu'il n'y avait plus
de monde, qu'il n'y avait pas de futur. Elle disait
qu'elle essayait de voir le futur et qu'elle n'y arrivait
pas, qu'elle ne voyait que le temps, tout ce temps
sans toi, autant dire rien, alors autant mourir. On a
essayé de lui prendre sa coke et ses médocs mais elle
en avait planqué partout. On n'allait pas l'attacher.
Elle croyait qu'elle était enceinte. Elle disait qu'il y
avait des signes, qu'elle vomissait, que son corps avait
changé. Pauvre conne, pauvre conne de junkie. Hier
elle a passé la journée à faire des tests. Négatifs. Elle
est morte cette nuit. Mon père n'a pas voulu me dire
si c'était une O.D. Il n'a pas voulu me dire de quoi
elle était morte. Mais je le sais. Elle est morte de tout
ça.

« On en meurt. »

Il se tut et puis regarda Syd comme s'il en avait
attendu une réponse. Ils étaient tout proches à présent et le fusil reposait sur la poitrine de Syd. Ce
dernier ne trouva rien à dire, écarta le canon et reprit
sa marche vers la maison.

Il aperçut Carrie Vence alors qu'il coupait à travers la pelouse. Elle était assise, à ne rien faire. Elle avait les yeux fermés et offrait son visage à l'air frais. Ses jambes étaient recouvertes d'une grande couverture orange et Syd ne vit pas tout de suite qu'elle était en fauteuil roulant. Il se souvint alors qu'il avait éprouvé de la sympathie pour elle autrefois, qu'il lui disait dans les coins qu'à elle, et elle seule, avait échu toute la part d'humanité.

Carrie Vence ne portait pas de lunettes noires. En entendant Syd approcher, elle ouvrit de grands yeux médicamenteux. Elle colla sa nuque au dossier comme si elle avait peur. Un coup de feu résonna dans les jardins.

« Alors, demanda-t-elle, tu as trouvé ce que tu cherchais ? »

Syd répondit que oui.

« Tu es bien le seul, trancha-t-elle. Tu es venu voir le, hum, corps ?

— Non, dit Syd, je suis venu voir ton père. »

Carrie Vence lui dit qu'il était dans le bureau. Syd lui posa une main sur l'épaule. Carrie frissonna. Elle ne repoussa pas sa main, ils restèrent quelques secondes sans parler puis il se retira et alors qu'il gravissait les marches du perron pour entrer dans la maison, elle se retourna et cria :

« Tu n'as rien à me dire ? »

Il fit le dos rond et entra.

Igor Vence se piquait aux lueurs de l'émeute.

Le vaste bureau était suspendu entre la luminosité intense de l'automne artificiel filtrant à travers les persiennes et la pénombre du renfoncement où se tenait Vence.

Il était étendu sur une méridienne, les jambes ramenées contre la poitrine. Avec ses lunettes fumées et son scalp de cheveux blancs, dans le clair-obscur, il ressemblait de façon troublante à tout un tas de unes de journaux. L'Exécutant injecta, défit le garrot, retira l'aiguille. Il jeta le tout. L'attirail-héroïne luisait sur le parquet. Deux seringues, du coton souillé, des éclairs mats d'argent noirci. Il régnait dans la pièce une fixité, une absence de mouvement qui pesait bien davantage que l'ombre ou le silence, à la seule exception des sautes de l'image sur l'écran-titan. Le volume était baissé au maximum, mais à travers son bruit d'insecte, la violence passait. Elle n'arrivait pas jusqu'à eux. Toute chose ici semblait destinée à l'inertie, à cette immobilité où plus rien n'était possible.

Vence parla.

« Si vous n'avez toujours pas compris, dit-il, ce que c'est que cette tête malade que vous voulez si fort, c'est que vous êtes un imbécile et que vous ne voyez rien. »

Syd sut qu'il n'aurait qu'à écouter. Vence regardait le plafond, sa respiration était courte, difficile. C'était bien dans sa nature que de ne même pas mentionner la mort de sa fille à la vue de celui qui en avait été l'artisan indirect. Vence était démoli. Il se relèverait toutefois. En lui, les coups et les pertes possédaient de longue date leur lit tout préparé. Leur réalisation plus qu'un véritable heurt marquait tout simplement l'entrée dans un autre temps où les choses rétrécissaient.

Vence était un homme sans espoir, donc sans

révolte. Il parlerait. Non pas en vertu de leur alliance scellée par le deuil, ni par compassion, ni pour servir sa manie oratoire, il parlerait parce que Syd était arrivé jusqu'à lui.

« Il n'y a pas de tête, dit Vence, il n'y a que des prières. Des prières mauvaises, des prières irréalisables. J'ai commis des crimes, des atrocités et vous aussi. Les miens sont plus grands que les vôtres si l'on raisonne en terme de dommages, je ne vous parle pas des vies que vous avez prises, je vous accuse d'avoir respiré tout ce temps dans l'inconscience. Chacune de vos respirations depuis trente ans n'était pas autre chose qu'un consentement. Vous en ignoriez la portée… Le Grand Central n'est qu'un outil : il dépouille, il statue, avec la même stupidité, la même brutalité qui entrèrent jadis dans sa conception. Une utopie, un système en perpétuelle évolution, assigné à une quête permanente de perfection, un système sans tête où le pouvoir appartiendrait à tous et à personne. Un système capable de prendre en compte toutes les prières émises à chaque seconde par toutes ses particules avec la mission d'en exaucer un maximum.

« J'ai entendu les confessions… je les ai écoutées. Chaque fois que j'étais pris de scrupules, que je perdais la désillusion, je me rendais au Grand Central et j'écoutais la Ville gémir… Vous n'avez pas idée de ce que c'est, toutes ces voix, toutes ces voix qui réclament ou qui se contemplent ou qui hurlent, sachant bien que leur hurlement n'aura jamais le pouvoir d'intimider la marche démolisseuse de la vie, ou peut-être l'espèrent-ils, mais je crois que tout simplement, il est un point où l'on ne se tient plus de hurler... Et tout ce bruit s'est avéré d'une stérilité désolante : là où le filtre du Grand Central aurait pu recueillir un pur esprit de réforme, voire de révolution, il n'y eut que le souhait général de la meilleure captivité possible, une sélection d'opiums, la volonté passive que les choses restent en l'état, que les fêlures deviennent des brèches, puis des canyons, peu importait tant qu'on n'était pas soi-même menacé de voir s'ouvrir la terre sous ses pas... Mais la terre est minée... Si vous voulez une tête, je vous en offre une. Je vous offre celle de Clair. Le monde a élu Louis Clair et rien que par cet acte, il n'est pas innocent. Cette propension immémoriale à élire le sale type, comme certaines femmes choisissent d'instinct l'homme qui saura les maltraiter. Louis Clair était un imbécile pavé de bonnes intentions, il se voulait démiurge mais il n'avait ni religion ni poésie. C'était ce genre de politicien qui brandit le changement au-dessus de sa tête comme un hochet sans avoir la moindre idée de ce qu'il raconte. L'important ce n'est pas ce qu'il raconte, c'est la conviction du bras. Il avait une grande intelligence mathématique et d'incroyables dents blanches qu'il montrait volontiers. Sans elles, je ne crois pas qu'il aurait été élu. En 82, avec Alerte-Accident, il était l'homme du moment. Deux ans plus tard, avec la touche S pour Sentimental, c'était carrément le Messie. Les abonnés lui vouaient une adoration sans bornes. Il le leur rendait bien. Il divorça de sa femme. Son existence devint celle d'une rock-star. Il était riche à milliards, souriait de toutes ses dents blanches et incarnait à merveille le fantasme éculé de l'entrepreneur à poigne. Il allait de division en division et donnait des conférences sur ce qu'aurait dû être le monde.

« La conviction du bras.

« Sa popularité grandit, lui fit tourner la tête. Il commença à perdre les pédales, à s'imaginer qu'il avait été envoyé sur terre pour améliorer le monde. Quand les vendeurs de téléphones portables commencent à se prendre pour Dieu, c'est le début des emmerdements. Quand toute une population se met à y croire à son tour, les emmerdements lorgnent vers le non-retour. En 85, il fut élu à la Présidentielle. Son sourire de faux jeton orna les billets de banque.

« Il fit construire cette maudite tour et y installa le Grand Central. Il avait déjà sa petite idée. Sa petite idée, c'était l'hyperdémocratie.

« Il imposa les lois Civisme et Télécommunications. La Confession Tracée fut décrétée obligatoire. Se confesser à un téléphone portable onze minutes par jour devint un acte civique. Le fonctionnement du Grand Central est d'une effarante simplicité. Trois machines, trois programmes. Dépouiller. Interpréter. Statuer. Pour Clair, il était primordial que les abonnés ignorent la portée de la confession. Il voulait de la virginité. Du désintéressement. Ce genre de choses. Il voulait savoir en tout premier lieu ce que désirait vraiment la foule avant qu'elle le sût elle-même. En amont du prosélytisme des médias et des chapelles. Si les abonnés avaient connu leur pouvoir, la donne aurait changé. Clair pensait que les confessions, exprimées en connaissance de cause, auraient été préméditées, dictées par des intérêts personnels à faire valoir ou, au contraire, par la psychose de la

mal-pensance. Moi je crois que peut-être, il y serait
entré un peu de conscience. Et des intérêts personnels à faire valoir, il y en eut, il n'y eut que ça, de
toute façon. Clair était paranoïaque. Il voulait garder
le secret à tout prix. Il a fondé le S.P.I. dans ce but
exclusif. Le S.P.I. avait pour mission de protéger le
secret. Ce secret, ce n'était ni plus, ni moins que
l'hyperdémocratie elle-même et le territoire du S.P.I.
a fini par s'étendre à tout ce que nous décidions, tout
ce que nous commettions… Car nous avions le pouvoir, mais j'y reviendrai plus tard. L'erreur de Clair
a été de penser que la foule s'autogouvernerait à
raison dans l'inconscience. Ignorant la portée de leur
désir, les abonnés ne pouvaient en mesurer les conséquences. Ils n'eurent pas la possibilité de se censurer,
de se raisonner et peut-être l'auraient-ils eue, ils n'auraient su qu'en faire.

« Ils désirèrent *mal*.

« Et il fallut bien s'exécuter. Il n'y avait aucun
moyen de se soustraire au pouvoir absolu du Central.
Car Clair, avant de mourir, avait assuré ses arrières.
En 88, il a fait reconstruire les deux tiers de la Ville.
Clair-Monde lui rapportait des sommes folles dont
il allouait tout ce qu'il pouvait à sa danseuse hyperdémocratie. Il a fait reconstruire les deux tiers de la
Ville et, ce faisant, il l'a piégée. La Ville est construite
sur des mines.

« Clair m'a raconté ça quelques jours avant que la
maladie emportât sa lucidité. La Ville est construite
sur des mines. Et c'est le Central lui-même qui
détient le pouvoir d'actionner les détonateurs. Dans
trois cas de figure. Primo, si nous tentions, moi ou

un autre, de désactiver ou de corrompre le Grand Central, la Ville sautait. Secundo, si j'avais voulu me soustraire, éluder les édits du Central, la Ville sautait. Le Grand Central et son intelligence tristement célèbre, son accès direct aux cœurs et aux cervelles des abonnés. Il n'est pas possible de doubler sa vigilance. Tertio, si son rôle avait été révélé aux abonnés, le Grand Central l'aurait su et la Ville sautait. Clair et son complexe de démiurge. La destruction de la Ville est programmée sur sept jours. Sept jours, un crescendo de catastrophes et au crépuscule du septième jour, la fin.

« A la mort de Clair, j'ai été élu. L'hyperdémocratie était verrouillée, intouchable. L'Exécutance une escroquerie. Un poste piégé entre deux feux. L'impossible exigé par les abonnés d'une part, l'apocalypse de l'autre. J'ai sauté le pas en 00... Pendant huit ans, je m'étais contenté d'appliquer à mon corps défendant les décrets imbéciles du Central, sans trop de dommages causés à ma conscience. Je ne pouvais rien faire, je ne pouvais rien empêcher. Le krack de 99 marqua le point de non-retour. Il fallait rebâtir la fortune de la Ville. Vous avez trouvé ça tout seul, sans avoir lu une ligne de littérature de votre vie. Les grandes fortunes se bâtissent sur de grands crimes. Et quitte à me perdre, j'ai fait d'une pierre deux coups. Mes crimes furent grands, ma fortune faite. Oui, nous nous en sommes donné à cœur joie. Nous étions Douze et nous nous sommes partagé la charogne... Les abonnés étaient opiomisés jusqu'aux os. Ils baisaient sur le Réseau, buvaient sec, se camaient avec notre bénédiction, achetaient du mobilier, changeaient de Traceur tous les six mois et ouvraient grand les mirettes devant la télévision en s'imaginant qu'ils avaient le pouvoir de l'éteindre. Ce corps faible nous appartenait, nous l'avons nourri à la petite cuiller et nous avons joué avec. Nous l'avons brutalisé, dégradé. Nous étions placés devant un processus qu'on ne pouvait endiguer, nous avons choisi de l'accélérer, de le rendre pire, pour nous donner l'illusion que nous avions un pouvoir sur les choses ou peut-être, simplement, parce que ça nous excitait.

« Nous sommes hautement condamnables, mais ça n'a pas tant d'importance. La faute n'a pas surgi des méfaits isolés d'un petit groupe d'hommes mauvais, elle se trouvait là bien avant... Au commencement de tout et en toute chose, elle était en nous-mêmes...

« Depuis quelques années, les abonnés réclament un monde meilleur. Jamais, et s'il est un espoir, il réside en cela, les foules ne se sont totalement résignées aux mondes qu'on leur créait, ou qu'elles contribuaient à créer... L'espoir se trouve tout à côté de la faute, au fond de nous-mêmes, il y répond. Les abonnés réclament un monde meilleur, dans l'aveuglement, certes, l'aveuglement de leur propre faute, mais ce qu'ils réclament est juste : ce qui devrait être, ce qui ne sera jamais. Le Central a tranché dans la brutalité : comme toujours. Devant la prière unanime d'un autre monde, il a répondu par la destruction.

« C'est le quatrième cas de figure. Créer un monde meilleur supposait que celui-ci fût détruit pour que la renaissance eût lieu, en d'autres terres, en d'autres temps... Je crains malheureusement qu'elle n'apporte

rien que de semblable. Comme les jours se ressem-
blent. En attendant, il faut fuir. Il faut quitter ces
murs. Avant le crépuscule. »

Ils prirent des voitures séparées. Au-dehors, les
jardins avaient été rendus à leur calme brumeux par
le désarmement du fils de la maison qui embarqua
avec son père et sa sœur à bord du véhicule qui devait
les conduire au Palais-Ex. Dernière étape avant
désertion.

Les forces de l'ordre avaient déjà commencé à
procéder à l'évacuation de la Ville : la première et
dernière obligation de l'Exécutant Vence se borne-
rait à prononcer un discours officiel de validation.

Il n'y eut pas d'au revoir, ils ne se reverraient pas.
Syd monta en voiture. Il fut le dernier à partir : il vit
s'ébranler berlines, motards et corbillard, du fin fond
des vapes dans lesquelles l'avaient replongé les cache-
tons d'opium et les élucubrations du vieil homme
puissant.

Le trajet pour quitter la Vallée-Bulle s'effectua
sans histoire, rapide, propre, dans le sillage de l'escadron officiel. Syd vit qu'un soleil sans plus d'alté-
ration brillait sur la route.

Il se tenait parfaitement immobile sur la banquette.

Il avait dit au chauffeur qu'ils allaient à Exit.
Machinalement, parce qu'il ne voyait pas d'autre destination. Alors que le trafic de la Vingtième Rue se
refermait sur la voiture, Syd eut l'image de Blue l'attendant sur le quai.

Des retrouvailles nées de la trahison.

Et puis comme ils abordaient Microsoft, Syd vit le trafic, un trafic si chaotique qu'il sut qu'il ne parviendrait jamais à passer. Vence apparut sur les écrans-titans. Il haranguait la foule. Syd n'entendait pas ce qu'il disait. Il vit juste le frémissement qui parcourait la foule des abonnés rassemblés et puis la colère. Il dit au chauffeur de le laisser là. Il descendit de voiture et traversa la rue vers le métro dans le vacarme des klaxons, des moteurs et des injures. Les files de voitures semblaient s'aligner jusqu'en enfer et quand il atteignit le métro, il vit sur les écrans que le lynchage de l'Exécutant avait été éclipsé par les émeutes de Texaco Boulevard.

Il hésita. Il se raisonna. Il fit un pas vers le métro. La ligne était directe jusqu'à Exit.

Il s'immobilisa. Il regarda l'écran obscurci par les fumigènes, Texaco Boulevard rendu à sa nuit, les courses et les gestes, les tirs et les hommes qui tombaient, la violence en laquelle s'abîmaient les visages, une violence sans objet, sans espoir, juste la violence pour elle-même, parce que justement, il n'y avait ni objet ni espoir et qu'elle était tout ce qui restait.

Il se mit en marche vers le boulevard.

FIN

REMERCIEMENTS

Je tiens à remercier, au-delà de tout adverbe, Dorothée Janin pour son amitié et son soutien sans prix qui n'ont jamais faibli tout au long de cette entreprise.

Je remercie Georges-Olivier Châteaureynaud pour son attention et ses excellents conseils. Je remercie évidemment l'hypocondriaque Manuel Carcassonne et je remercie mon père pour m'avoir appris à lire.

Table